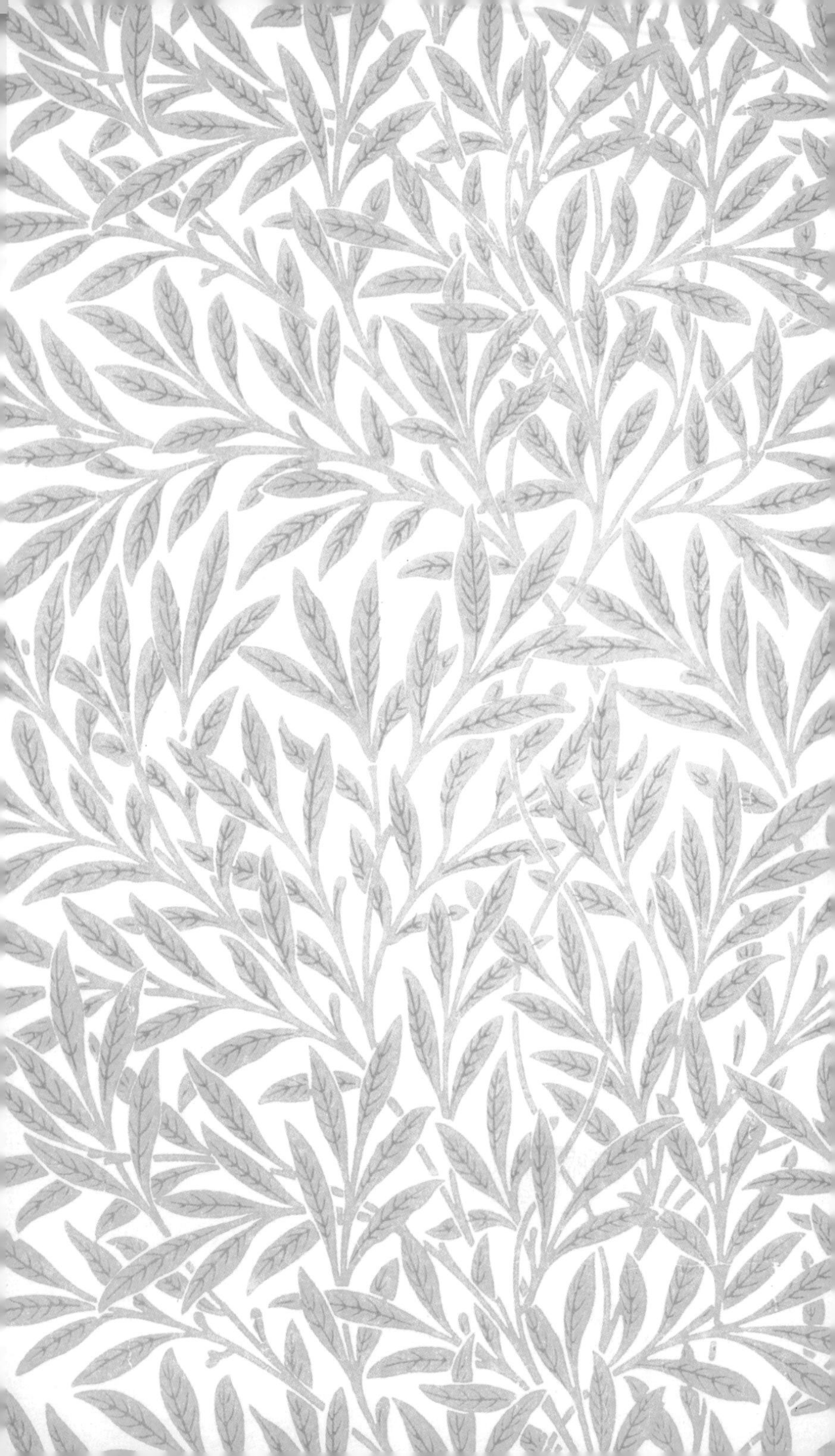

三民叢刊157

黑月

樊小玉著

三民書局印行

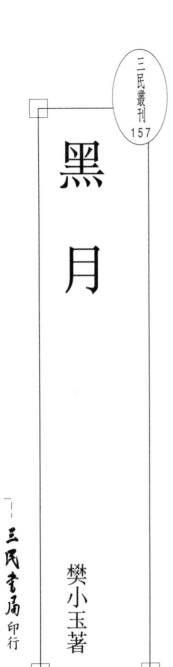

寫給中國人看的文章（代序）

樊小玉

前幾年在國外，做過打字員、攝影師、護士兼醫生（醫生走了，我只好接下了整個醫務室，此舉按我先生的說法屬非法行醫），甚至還幫朋友開的餐廳做過廚師。不曾幹的都幹過了，偏偏就丟了寫作，五年裡竟一個字沒寫。

總推說是因為了忙生計。那段時間人活得像機器，一轉動起來就由不得了自己。偶爾偷點閑時，也想過要寫點東西，可臨到頭卻每每作罷。如今想來，那無意的停頓和約束倒未必有那麼糟糕。現在讀十年前的作品，但凡見到拙處時便會好笑，對自己說，文章怎麼可以這麼作呢？汗顏之餘，又有些慶幸，倘若當初依舊是沒頭沒腦地寫下去，那文章如今還有人看麼？說來倒是塞翁之福了。

終於回到了國內。可在國外那幾年的生活，卻是怎麼也丟不掉了。那時人在客里，神經和感覺都多了幾分敏感，如一株經過嫁接的樹，不經意間便發出了一些鬱鬱蒼蒼的枝來。

在小時剛學會辨認人種時，私心裡便認為中國人在黃種人中是最好看的。只是在國外那幾年，卻常常不被人當做中國人看。遇見不相識的外國人，總是先問：「日本人？」又問：「菲律賓人？」再問：「泰國人？」終於有些生氣了，心想我當真醜得連中國人也不像了麼？於是便提了聲回答：「中國人！」對方聽了，竟會露出些驚訝之色。

一次，扛著攝相機去工地攝相，見幾個當地孩子在馬路上踢球。一個孩子腳頭偏了，球滾進了路邊挖開的溝裡，在溝裡幹活的中國工人拾起球還給了孩子。孩子接球後道聲謝謝，卻又看一眼滿身泥土的中國工人，然後跑開兩步對同伴叫道：「索馬里！」叫罷，孩子們哄笑著散去。

「索馬里」是當地人借了對非洲難民的稱呼，來表現他們對窮人的輕蔑。我不止一次地聽見當地人叫我們的中國工人「索馬里」。孩子這麼叫固然是因為不懂事，但這話他們卻是從那些已經懂事了的人那裡聽來的。這一切，難道僅僅是因為我們的貧窮？

我尋出筆，開始寫我認識的那些中國人。同我過去的作品相似的是，我仍然從女人寫起。我喜歡寫戀愛中的女人。數百年來，我們總是在規規矩矩地做人。無論是侵略還是羞辱，都無法讓我們違背祖宗立下的老規矩。可戀愛中的女人因了原始性的孩子氣被感情慫恿著，便多了幾分放姿和縱情，這就使得她們常常要做出些悖逆的事來。那些事在平常人眼中，愚蠢的近似於罪惡，他們不敢做也不屑於去做。不過他們沒看到的是，這些罪惡中總挾帶著一抹生命的淺綠，就那麼招招搖搖地去襯映著老宅裡的枯樹殘藤。

只是無論那放姿怎麼被誇張，她們仍舊是中國人，到底也逃不出骨子裡制約著她們的東西。不僅那一時縱情和後來的失落是徹底的中國化的，就連那魅人之處，也是十分的中國化。她們從來就與西方女人不同。她們的性感不在胸脯和屁股上，而是衍生於涵容和關懷之中。這種東方式的性感，似乎有著更深沉的魅惑力，倒有些地久天長了。

《黑月》裡的女人就是這種素樸的中國女人。你看著她們會眼熟，因為你每日出門時都會遇見她們，提一個拎包或菜籃，疲乏的眼神裡泛著些溫和生動的漣漪。即便有一日她們去做了外交官夫人或別的什麼夫人，她們生命的實質也不會有根本的改變，如同那些做了她們先輩的女人們。

《黑月》是我三部曲中的一部。原想是三部合起來出一本的，但因了種種原因，便抽了這之三先出版了。這些書對我來說不僅僅是文章，它們幾乎可以說是我在國外那幾年的所有。我十分看重它們，並感謝三民書局為此做的一切。

我作文章，從開始那天起，就是寫給中國人看的。給中國人寫文章是很難的。淵海般宏大的中華文化，就像如來佛的手掌，盡後來者在掌上翻騰，真不知誰能翻得出去。儘管知道自己也只是如孫猴子一般，卻又不肯停了翻騰去改做其他，這實在是很痴很蠢的。不過，仍然打定了主意要為中國人寫文章。痴也罷蠢也罷，倒也是不悔的。

1・黑　月

據某本經書上記載，這個位於阿拉伯半島的海濱城市，曾經是傳說中的伊甸園。在那段輝煌紅火的日子裡，這地方不僅水碧潭清鳥啼林翠，而且仙人雲集百獸不爭。不幸的是，在某日的清晨，滾燙的岩漿從地下噴出，聚成了有天地以來最大的一次火山爆發。無論是仙是獸，是花是草，全都沒能逃過這一場劫難，統統隨著煙塵去做了地底下的化石。留待著數萬年後，被人挖掘出來陳列在博物館裡，當做那稀罕珍貴的標本。

時至今日，那一度荒涼死寂的地方又建成了一個城市。儘管沒有羅馬紐約北京巴黎的名氣，但翻翻世界地圖手冊，卻也能查到地名和幾十個字的概況介紹。可惜的是，這城市不僅失了當年的風光和紅火，連地勢地貌，也跟著沒顏落色起來。有那來觀光旅遊的客人，伸了脖子從飛機的舷窗上往下看，半晌沒有言語。待飛機落定了，才惘惘悵悵地擠出一句，「這地方咋像把壺？」

也是這客人眼睛厲害。如今這城市，確實像一把被人扔在了沙漠裡的壺。壺把斜靠在光禿禿的山脊上，壺身陷落在厚實的黃沙裡。單單剩下個壺嘴，像隻渴昏了的羊，伸了脖埋了頭急忙著往海裡去。這城市就支著這麼個坐勢，強打精神在紅海口斜蹲著，經了千百年的風風雨雨興旺衰敗後，積下了一肚皮的貧窮和燥熱。

城市的中心有個很大的廣場，東北面修著一溜十多米高的看臺。逢到節日或重要集會，看臺上便會擠滿面目莊重的政府官員和東張西望的來賓。待重要人物講過話，廣場上的擴音器裡便轟轟地放出進行曲，跟著就有了一隊隊扛槍的士兵，很嚴肅很激昂的從廣場上走過，周圍觀看的人群自然是歡聲如雷。

這看臺前雖然熱鬧，但看臺後卻僻靜的緊。廣場後是一片住宅區，立著些修整規矩色彩漂亮的小洋樓。樓和樓之間，臥著條馬蹄形的街，乍一看像條懶懶散散正在冬眠的蛇。由於這地方不是交通要道，小街便修得有些窄小馬虎，最緊處剛好能容下兩輛車巴巴地捱過。街小了，便不會有人記掛著來天天打掃，這一處也就不比別的小街陋巷更乾淨。牆角下街沿邊，到處可見廢棄的塑料袋和空礦泉水瓶子。待過上個十天半月，方能見到一兩個上了年紀的當地人，提著尺把長的掃帚，不緊不慢的一下下從街道上蹭過。

儘管街容不大體面，但這條被當地人喚作菲法拉街的小街，在本城仍不失為個有頭有臉的地方。不說別的，單看街兩旁的院落和房屋，就比別處的漂亮齊整。若是明眼人，只需仔細瞧瞧小洋樓屋頂上的那些各式旗子，便立時能悟出些其中的端倪，隨即生出幾分好奇和敬畏來。

在阿拉伯語中，菲法拉是大使館的意思。大概因了那一個個大小不一的院落，在一陣握手和一紙簽約後，便成了別人國家的地盤，所以即便是本地的潑皮閑漢們，也不敢上此處來惹事生非。使館同使館之間，大多都只隔著一堵牆，但除了公務和宴請，幾乎不見這些近鄰們私下裡有什麼來往，大約都在提防著對方院子裡007之類的人物。因了種種的忌諱和小心，沿街那一溜鑲嵌著明晃晃的銅板、銅板上雕刻著各種文字的大門，常年都是緊閉著。倘若有人前來辦事，在按過門鈴後，還需耐心地在門口站一陣，待門上方的攝像鏡頭左轉右轉驗明正身後，方才會有人前來應聲開門。

除了各個國家的大使館，菲法拉街上還住著幾戶當地人。其中兩戶是現政府要員，家門口二十四小時有持槍的衛兵把守。剩下的兩三戶人家，十多年前也是很顯赫很風光的，如今卻連塌陷了的圍牆也懶得去修理，任它們齜牙咧嘴地泄露著眼下的敗落。

一日，那破落貴族的院子裡出來兩個小孩，抱了足球在小街上踢來踢去。玩一陣，大的一個抬腳猛射，球滴溜溜地飛進了街對面的院落。那球落下的地方，正好是隔開兩個院落的一堵紅磚牆。兩個孩子跑到臨街的圍牆前，踮著腳東看西看一陣，爭執了起來。

大的指了右邊的院子：「魯舍？」

小的卻指了左邊的院子：「舍尼。」

大的有些不服氣：「魯舍。」

小的直搖頭：「舍尼。」

「魯舍呀！」大的惱了。

「舍尼呀！」小的毫不讓步。

……

兩個孩子說的是阿拉伯話。魯舍是俄國，舍尼是中國。在中俄之間，兩個孩子誰也不肯放棄自己的立場。吵吵嚷嚷一陣後，那大的說，他托那小的上牆頭，看看球到底是落進了哪個國家，然後再去找人討回。

小的踩著大的的肩，爬上了牆頭，先向被他稱做「舍尼」的中國一方看去。誰想這一看，便覺得了有趣，最後竟嘻嘻笑出了聲來。原來這圍牆裡是一幢三層樓後的空地，被人們拉了幾根鐵絲當作晾晒衣服的場所。在一排濕漉漉的衣服後，有一男一女摟在一塊兒，痴痴迷迷地親著嘴。

許是這孩子的笑聲太大，那一對男女猛地分了開來。女的一低臊紅的俊臉，從濕衣服下鑽了過去。男的抹抹頭髮，拿了眼往四下裡睃。

也是合該這對男女運氣好。兩人剛分開，樓房底層的一扇小門便被人一下推了開來。先是竄出條狗，緊接著跟出來個面色黃白的精瘦女子。這女子個子不高，窄臉溜肩，上身穿件黃底紅花的汗衫，下身是條湖綠色化纖料長褲，腳上拖一雙大紅塑料高跟拖鞋。年輕女子出得門來，便挑起一雙細細長長的豆角眼，氣鼓鼓地向那衣服堆裡瞄去。只因那對男女的好事，先已讓孩子的笑聲驚散了去，所以這瘦女子看一陣，倒是自己先沒滋沒味起來。虧得一抬頭看見了爬在牆頭的孩子，一肚子的不快方才有了去處。瘦女子快步衝到圍牆前，仰起窄臉大聲地喝斥著，嗓門厚重粗啞，委實不像個瘦弱女子的聲音。這女子高聲一叫，那條狗便也跟著咬，邊咬邊使了勁往牆上跳，儘管只是做聲做勢，卻也驚得那孩子往後一仰，斜了身子從牆頭摔了下來。

孩子爬起身後，顧不上屁股的疼痛，埋了頭就往家跑。那大的一頭霧水，也跟著跑。邊跑嘴裡邊喊：「舍尼？魯舍？」小的不答，連頭也不肯回一下，如同有鬼魅攆著一般。於是兩個孩子就這麼驚驚乍乍地跑著，一前一後的進了自家的大門。

1

同往日一樣，歡歡跟在杏兒身後，一步一竄的要往樓上去。杏兒回轉身，狠命地跺著腳罵：「幹什麼幹什麼呢，整天發騷情樣屁股後跟著，就不知道臊麼？你也不好生的想想，這是什麼地方？是大使館！這麼個高級嚴肅的地方，總不能由著你想幹什麼就幹什麼吧？若是識趣的，就趕緊回到自己的窩裡去，別在這兒礙著別人的眼睛討人嫌了！」罵完，回過頭，氣咻咻地上了樓去。

歡歡往後一跳，有些疑惑地盯著杏兒的背影，接著掉過腦袋，拖了尾巴怏怏的往外走了去。歡歡有自己的窩，在餐廳後的過道裡，但平日裡很少在那兒待著。它通常是跟在人後，樓上樓下的來回亂竄。今日杏兒不讓牠上樓，這實在是少有的事。

在使館裡，經參處商務處一樣，單獨有自己的小樓小院。兩年前，國家撥下一筆錢來，將使館的舊房拆了，重新蓋起了新樓。打這起，在這條街上，最風光的便是中國人了。樓是最漂亮的，車也是最好的，即便是廚師出來買菜，也開著輛淡金色的奔馳臥車。

經參處是幢三層的小樓。一樓是餐廳、接待廳、宴會廳、活動室，外帶廚房和庫房。走廊頂頭，是三套帶小廚房和衛生間的標準客房。一套住著廚師王不才，另外兩套空著，留作來人時作接待用。二樓要簡單些，一半辦公，一半住人。住人的房間共有五套。二祕張河住一套，三祕吳家琪兩口子住一套，司機馬工勤住一套。剩下的兩套，仍是留做接待來人時用。待往三樓上去，那房子就有些不一樣了。不僅房間的面積比一樓二樓的寬敞，就是屋內的裝飾與家具，也要豪華氣派許多。住在這三樓的，是參贊趙仁宗夫婦和一祕韋孝安夫婦。除此之外，仍留有兩套客房。只是，這兩套客房一般不住人，除非是來人夠了一定的級別，方才會見到那門被打開。

杏兒和趙仁宗住的房間，比別人多一間客廳和起居室。杏兒進了門，抬腳蹬了汗津津的拖鞋，一扭身落在了沙發裡。這一坐，人便發了呆，把個下巴頦支在蜷起的膝蓋上，瞪了眼自個兒胡思亂想。待想一陣後，覺得了口渴，起身去冰箱裡取出礦泉水，咕嘟嘟喝了幾口。沒想這冰涼的水下肚後，反倒勾起了窩在心裡的邪火，終於去到書桌邊，抓過那份報告扔在地下，抬起光腳丫搗蒜般在紙上胡亂地來回踩。

報告是剛上班時丁小玎送來的。丁小玎所在的中國公司的經理護照到期，去使館申請辦照時，負責此項事務的二祕老馬告知需得有趙仁宗的簽字。丁小玎無奈，只好打了報告上經參處來。不巧丁小玎送報告來時，趙仁宗剛剛離開，他吃罷早飯便叫上了一祕韋孝安和三祕吳家琪，坐上馬工勤的車去了拉赫基的一個中國項目隊。丁小玎找不到趙仁宗，便把報告交給了杏兒，託她轉交一下。

照理說，丁小玎對杏兒，向來是客氣的。她不叫她杏兒，而是恭恭敬敬地叫她「夫人」。方才交報告時，她也是這麼說的：「參贊不在，麻煩夫人在參贊回來時，把這份報告轉交一下。」待轉身要走了，還添上一句：「謝謝夫人了。」在丁小玎的話裡，找不到一絲冒犯杏兒的地方。

即使這樣，杏兒也惱她。尤其惱她不笑時也在忽閃的一雙杏核眼。前幾日，杏兒在同一祕韋孝安的老婆邊桂蘭聊天時，邊桂蘭就說過：「你瞧見沒，那叫丁小玎的，活活長了雙狐媚子眼。聽說長這種眼的女人，幹男女間的那種事尤其厲害。按我老家那塊兒的說法，男人只要是沾上了這種女人，就算是把褲腰帶丟了，一走神褲子就要往下掉。」說完，自個兒吃吃地笑了好一陣。

杏兒沒有笑的心思。背著人，便擎了鏡子，對著窄臉上一雙細長的豆角眼發楞。有時想著，會自個兒猛地驚一跳，接著便一臉的緋紅。每每這時，杏兒便會尋思，那叫丁小玎的，是不是將自己的這份心思猜到了幾分？如若不是，為何在看著自己時，丁小玎的臉上就是再笑，那雙杏核眼也是不笑的？

丁小玎大學畢業後不久，便隨著所在的中國公司，來國外做工程承包。丁小玎是公司的英語翻譯，來這兒雖才一年，卻引起了大部分男人的注意。至少有一回，在丁小玎辦完事離開經參處辦公室時，杏兒聽見趙仁宗膩膩地對張河說：「這小姑娘真不錯。」那副軟塌塌的語調，弄得杏兒趕緊掉了頭走開。

其實，讓杏兒在意的並不是趙仁宗的話。在他們結婚前，她便知道了他是個花心的男人。他娶二十二歲的杏兒時，剛剛過完五十七歲的生日，但這並沒妨礙他在蜜月裡，每天把杏兒死死活活地折騰上一陣。杏兒知道趙仁宗喜歡任何一個稍有些姿色的女人，所以他喜歡丁小玎，是在杏兒的意料之中。真正讓杏兒煩心的，是二祕張河。這平日裡風流倜儻的年輕男人，在見到丁小玎時，一副傻呆呆的神情看得杏兒抓心撓肺。

方才，丁小玎把報告交給她後，轉眼便不見了人。盡管十來天前，杏兒在張河房門外偷聽時，被三祕吳家琪的老婆呂伊芬撞見過，但此時不見了丁小玎，杏兒仍耐不住去了二樓張河的住處。她立在門外聽了一陣，卻不見屋裡有任何動靜，這才又轉了身往別處去找。可樓上樓下轉了一遭後，仍是未尋到兩人的蹤影。

杏兒正獨自發著恨，就見歡歡搖著尾巴從食堂門口竄了出來。杏兒心一酸，撫了歡歡的頭說，「你一定知道那騷狐子勾著張河上哪兒去了。只可惜，你生就是個啞巴畜生，有話也說不出來。」這話原只是為了解恨隨口說說，沒想到真被這畜生聽了進去。這畜生平日裡被人們公認是個憨傻，今日卻不知哪裡來了幾分機靈，站起來抖抖身子，顛巴顛巴就往樓後的晾衣場跑。杏兒楞一陣，便也遲遲疑疑地跟了去，沒想張河和丁小玎果然都在那屋後的僻靜處。只是杏兒見到人時，兩人之間隔著排濕漉漉的衣服，叫誰看了，嘴裡也說不出個挑事端的話來。

想起方才那一陣憋氣，杏兒又狠狠往紙上跺了幾腳，嘴裡一迭聲的跟著罵：「騷狐子！騷狐子！我跺死你個騷狐子！」待罵過跺過，才彎腰拾起那張紙，胡亂地摩了摩，扔在了桌子上。她知道自己只能這麼出出氣。若是自己對張河的一番心思讓旁人知曉，倒是自己沒有了臉面。好歹她也是個參贊夫人，總不能低三下四的去勾搭一個二祕吧？

況且丁小玎送來的這份報告是樁公事，若依自己的性子揉了它，少不得會惹的老趙大發脾氣。杏兒同趙仁宗這對夫妻，說起來多少有些悖逆常規。世上大凡老夫少妻的夫婦，都是那做丈夫的，哄著寵著年輕的嬌妻。像杏兒這般依著讓著年長的丈夫的，委實是少見。

開初那陣，杏兒倒沒怕過趙仁宗。那會兒她覺得，這家人裡就數趙仁宗為人好。她被趙仁宗的女兒趙元元從家庭服務站領回，照看趙元元出生五個月的女兒時，她還沒見過趙仁宗。直到趙元元的女兒一歲時，趙仁宗才從國外卸任回國。這以後，兩人之間才有了那些瓜瓜葛葛，直至做成了夫妻。

想起當初的事，杏兒便失了發火的勁頭，跟著起了陣怪怪的感覺。這感覺常常在她心裡撩撥，但她卻說不清是怎麼回事。總之，不是高興，也不是不高興，在杏兒看來，由著這心緒，是笑也可以哭也可以的。真正難辦的，倒是不哭也不笑，或者硬裝出副沒事人的樣子來。

這麼想著，便又站在桌子邊發了一回楞。之後，將一口氣，慢慢地嘆進了肚裡，探了頭去看桌上的鐘。時針指著十點零五分，杏兒想，離午飯還有兩個小時吶，好歹要找些事來做做，要不如何打發這難捱的日子？

尋思一陣，杏兒進到裡間的臥室，從床頭櫃的抽屜裡翻出瓶指甲油。她一邊搖晃著這玫瑰紅的液體，一邊走回到外間的沙發上。待坐定後，掰開腳丫子，搓打了幾下趾縫間的污垢，慢慢地往指甲上塗起顏色來。

儘管不是頭一次幹這種事，杏兒仍覺得手生。尤其當那小刷子要挨近指甲時，手總要莫名其妙地發抖，刷子便會因了這陣哆嗦從指甲上滑開去，在肉皮上留下點點紅斑。如此幾番後，杏兒惱了，抓過一卷手紙咻啦啦地撕下一塊，將斑斑駁駁的紅蔻丹一古腦擦去，然後蘸了指甲油從頭來過。

反反覆覆一陣，杏兒總算塗抹完了一隻腳，這時就聽見了有人在外胡亂敲門，砰砰咚咚的一陣，就像查戶口的警察。

杏兒不敢動，兩手捧了赤小豆般的腳丫子，擰了脖子問：「誰呀誰呀？」

「還有誰？我！」

外面一吱聲，杏兒便知道了是邊桂蘭。心裡不急了，對著腳趾頭呋呋地吹了幾口氣，這才提了嗓子說：「門沒關呢，自個兒進來吧。」

「我說呢，大白天的關什麼門。」邊桂蘭一邊說，一邊嗑著瓜子進了門來。這是個方臉寬肩的女人，一雙眼睛尤其生得大，圓圓滾滾的眼珠幾乎凸在了眼眶外，常被人誤認為患了甲狀腺機能亢進。好在這女人又生了個粗粗壯壯的身胚，仔細了去看，同臉上的大眉大眼倒是十分的般配。

邊桂蘭進門，見杏兒在給指甲上油，立時眼一瞪，做出副驚詫詫的模樣來：「喲，一個人在這兒美著呢！讓我瞧瞧，嘖嘖，這顏色倒是怪喜人的，這不是你原來的那瓶吧？你啥時買的我咋不知道呢？」

杏兒邊搭著話，邊開始塗第二隻腳丫：「你還說呢，昨下午咱說好了的，晚飯後一同去逛金店，哪想回屋就找不著你的人了。問韋祕，他說你去專家組燙頭去了，咋連招呼也不打一個呢？」

邊桂蘭說：「我可不是故意的甩了你。昨晚那麵條我不愛吃，扒兩口就出來了。原說在院子裡等你一會兒，哪想一出門就見馬工勤在發動車子。問他上哪兒，說是到專家組借錄相帶，便硬拉著我一塊兒去。我說不成我還約了杏兒上街的，他說你們一星期要逛好幾回大街，老看那些金鋪有什麼意思。完了又說，專家組今日裡有人從國內回來，聽說帶來了幾盤新的錄相帶，晚去就該讓別人借跑了。我說我去也行的，但總得給杏兒打個招呼吧。我倆正說著，老韋就來了，馬工勤說你就讓韋祕替你說一聲，這就緊著催我上車。我原想跑這一趟，除了借了錄相帶再燙個頭，倒也是合算。誰想去了一問，錄相帶下午就讓人給借走了，頭也沒燙成。她們說冷燙水用完了，待下次從國內帶來時再叫我。剛帶來的就用完了，這話哄誰呢？一定是留下來自己慢慢去用了。你說說，現在的人一個個咋都這麼自私？噯，還沒問你呢，你沒找到我，就一個人上街去了？」

杏兒說：「一個人上街有什麼意思？我拉了王師傅一塊兒去的。我們先去看了金店，他給他老伴選中個戒指，說是回國時再來買。出來後見時間還早，就說隨便去走走，沒走多遠就看見有個小鋪子裡在賣這東西。我瞅著顏色不錯，價錢也還便宜，講到一個地納爾就買下來了。」

邊桂蘭偏著頭看看杏兒的腳趾頭，將手裡剩下的瓜子和瓜子殼扔在了茶几上，踢了拖鞋，與杏兒擠在一處。看著杏兒快塗完了，又問：「記得你原來有一瓶的，紫紅色的對不？腳丫子塗出來就跟玫瑰香葡萄似的。」

杏兒說：「你是說我出國時帶的那瓶吧？倒是還剩一點的，只是瓶裡的水乾了，油全結成了小塊，昨上午我找了根棍往外挑，讓老趙見了，說你別費那勁了，再買瓶新的吧。」

邊桂蘭釋然了，「我說呢，參贊不發話，想你也不會去買的。」

杏兒說：「我自然比不上你，你們倆是各人花各人的錢，想買啥東西全由著自己的意。我們家的錢全是老趙管著，不給他說一聲咋成？」

邊桂蘭嘰嘰咕咕地笑了。笑罷，扒開腳丫子，搓了幾下裡面的黑泥，一伸手夠過了杏兒手裡的小瓶，說：「你這油也讓我使使看。瞧瞧我這指甲蓋，不知啥時就裂了這麼些口子，若不塗點顏色上去，真真是難看死人了。喂喂，你別動哇，那油剛剛塗上，不乾透要弄花腳丫子的。」

杏兒心疼新買的指甲油，但話含在嘴裡，卻沒法往外說，只好捧了自己的腳，一口口地吁著氣。

邊桂蘭不看杏兒，只顧埋著頭塗抹腳趾頭。塗一陣，長長地嘆一聲，扭了臉問杏兒：「參贊他們今天要去一天吧？」

杏兒一撇嘴，說：「怎麼問我了？你家韋祕也是一塊兒去的，他敢不跟你彙報？」

邊桂蘭說：「那死鬼只丟下句話，說吃飯時別打他的那份，可沒說是光午飯呢，還是晚飯也不回來吃。喂喂，你看我塗的，比你塗的看著好吧？我記得在本什麼書上專門說到過塗指甲油的事，那講究才叫多呢。別的我沒記下來，只記得說塗指甲油時，一定得連著塗上兩遍，指甲才能平平整整有光亮，你還上一遍不？」

「不。」杏兒斷然拒絕了。她有些後悔方才搭腔讓邊桂蘭進了屋。不過，她也沒法為這麼點事就去惹惱邊桂蘭。在使館的女人們中，數邊桂蘭跟她親近，雖然兩人不時要鬥點小心眼，但到頭來仍是誰也離不了誰。

邊桂蘭是三年前農轉非才進到城裡的。這之前，據她自己說，雖然身在鄉下，但因了是村裡的裁縫，很少親自去幹田裡的活兒。早些年，那割穀插秧的事，全由她公公婆婆包了，待兩個老人死後，她便雇了人來料理。用她自己的話說：「就是城裡人，那身子也未必比我嬌慣。」

邊桂蘭同韋孝安是娃娃親。在韋孝安念完高中，準備著考大學時，就由父母做主完了婚事。韋孝安人不算十分聰明，但卻捨得下力氣，一番苦讀後，居然就考上了外語學院。沒想剛學了一年的阿拉伯語，便碰上了文化大革命，這以後便跟著人糊裡糊塗的去鬧騰了幾年，再之後，又糊裡糊塗地畢了業，分配去了商業局做辦事員。待文化革命結束後，市裡成立外事辦公室，組織部查名單查到有這麼個外語學院的畢業生，便將他調了去，兩年後又升為辦公室副主任。這以後，經過他多方的努力，邊桂蘭終於在四十二歲時，帶著兩個兒子在城裡落下了戶口。這個家庭總算很完美的團圓了，唯一的麻煩是邊桂蘭的工作問題。像她這個歲數的女人，別說才是個初小文化，即便是初中生，也未必有人肯要。如今的高中畢業生，儘是些十七八歲的小青年，仍舊滿大街地晃著找工作。儘管邊桂蘭有裁縫手藝，但不知是她自己心怯，還是城裡人眼高，她終於沒再提重操舊業的事。在託了無數人情，送了無數次禮後，她在一家國營的肉店裡做了營業員。

儘管是賣肉，可到底是國家工作人員了。雖然整日提著把刀，在一大堆腥紅的肉裡走進走出，但邊桂蘭並沒有賤看自己的這份職業。每每跟杏兒提起，臉上都會生出些活泛的神氣來：「……我們那片的人，見了我客氣著呢，邊大姐長邊大姐短的，就跟我是什麼局長處長老婆一樣。真的，你別笑，城裡人不像鄉下人，吃了肥肉，能有地方下力氣去耗那些膘。這城裡人呀，大多都懶，日子一長，膘在肚子裡積多了，不就漚出什麼冠心病高血壓來了？這一下，少不得又去打針吃藥的折騰半天。可話說回來，花了錢，卻未必能把病給治住，所以凡是明白人，即便是小年輕們，進了店來也是嚷嚷著要割瘦肉。只是，到了我這兒，可就得看我願意不願意了，你就是局長老婆，也沒法在我這兒拿架子的。咳，哪像這如今，說的是外交官夫人，可真有人把你當回事了麼？」

杏兒自然懂得她。在肉店裡，邊桂蘭好歹是個響噹噹的角色，到了國外，反倒添了些虎落平陽的蒼涼。儘管她是一祕夫人，可那別的做夫人的，卻沒把她當夫人看。就連那些年輕的男人們，也常常在嘴裡刻薄她。當著面叫她一聲老邊，背了身，全嘻了臉叫她「許大馬棒」。

杏兒知道在這些人嘴裡，自己也未必能落下什麼好話。但不同的是，杏兒不像邊桂蘭，有過一些輝煌的日子，可以拿出來向人顯擺，給自己討得幾分安心。杏兒就是使勁想，也想不起自己什麼時候被人看重過。

杏兒打小就不愛念書，上小學時功課在班裡就是往後數的那幾名，老師常在放學後留下她在教室裡補習功課。所以高小畢業時，爹一說休學，她便高高興興地離開了學校。回家後，白天跟著娘餵豬做飯，晚上用背笣背了包穀下山去磨坊，一邊等著磨麵，一邊同村裡的小姐妹逗著嘴玩。再大點時，便跟著爹下地幹活，翻地挑糞薅草，活活頂了個大人用。就這麼幾年一晃，杏兒十七歲了。一日在地裡鋤草時，她拄著鋤把歇汗，不知怎麼就突然恨起了這一片綠油油的莊稼。她覺得這些從土裡鑽出來的東西，像老人故事裡的妖精一樣，一點點吸走了她的好歲月。她這才想到，她是不願意像娘那樣活一輩子的。

一月後，杏兒拎了筐在山上撿的野香菇菌，走了十里路去鎮上趕集。剛進鎮口，見滿街黑衣藍褂的人堆裡，冒出個束馬尾長髮穿水紅連衣裙的女孩子。女孩子肩上挎一個摩登小包，耳垂上吊一串明晃晃的耳飾，矮矮胖胖的身子竟也吸了滿街人的眼光。待那女孩子叫住杏兒時，杏兒才認出是舊日的一個同學。兩個女孩子就這麼站在街當中，嘰嘰咕咕地說了好一陣貼己話。女孩子告訴杏兒，她在北京給一個親戚帶孩子，已經兩年了，眼下是回來探親，過幾日還要回北京去。她說她回北京後不再在她表舅家待了，準備自己去找個錢多些活也輕鬆點的事。杏兒說北京那麼大的地方，能有咱山裡人能做的事？女孩子呱啦呱啦地笑，說你這就不懂了，越是大地方，咱這樣的人越是好找事做。比方說做家庭服務員吧，根本用不著你去求人，到時自會有人來求著你的。

杏兒那日從集上回來，沒像往日那樣興致勃勃地給爹娘講述集上的事，吃罷晚飯餵過豬，就悶著頭上床睡覺去了。誰知躺床上後卻睡不著，來來回回的在被窩裡翻騰。待同床的葦兒、翠兒、草兒都睡熟時，杏兒還在想著女同學的那條紅裙子。她想，那裙子若是穿在自己身上，一定會漂亮得多。

想了兩日，杏兒終於大了膽對爹娘說，她要跟同學去北京做家庭服務員，待掙了錢就寄回家來。娘聽了直搖頭，爹卻說，去也好，少一張吃飯的嘴。葦兒、翠兒、草兒聽不懂，拉了姐姐的衣角問，家庭服務員是幹什麼的？要真能掙錢，今後也帶了我們一塊兒去。

一星期後杏兒跟著同學來了北京，穿著娘給她改的娘出嫁時的衣服。車票錢是同學給墊的，說好待杏兒找到事後再還。到北京的當日，杏兒就在家庭服務站被人領了去，在以後的幾年裡，又陸陸續續換了幾個人家。開始杏兒還常給家裡寄錢，後來自己開銷一大，郵局就去得少了，只是在過年時寄一筆錢回去。待等到趙元元將她領回家時，杏兒早不是那個見人就臉紅的鄉下姑娘了。每日待趙元元兩口子去上班，她哄睡了孩子，打掃完家裡的衛生後，便撥了電話找那些在別人家幹活的小姐妹們閑扯聊天，再不就是打開電視看那些讓她一把鼻涕一把淚的港臺連續劇。逢到星期日，還常約了小姐妹們一同外出玩耍，在那些名勝古跡前擺出各種姿勢照些彩色照片，寫信時一同寄回家去。看了杏兒的照片，村裡差不多大小的女孩子，就有人抄下了信上的地址尋到了北京來。杏兒自然很熱心地將她們帶去家庭服務站，之後在電話裡便又多了一個聊天的對象。

不過，風光儘管是風光，但杏兒仍然沒被人看重過。在北京的一幫小姐妹裡，杏兒從來就不是個出眾的人物，雖然有時也能出出主意上哪兒去玩，但最後定奪的卻一定不是她。好在沒遇到趙仁宗之前，杏兒對自己從未有過更多的奢想，所以平日裡玩歸玩，但家裡的活兒該幹的都幹，故此趙元元對她也還中意，錢也比別人給的多。但嫁了趙仁宗後，杏兒不由得就生了些過去不敢有過的想法，自己待自己也珍貴了許多。只是這一來，杏兒才發現，在旁人眼裡自己簡直算不上個什麼。無論是在趙仁宗家，還是在使館裡，她都沒被別人當成一回事。

幸虧使館裡還有個邊桂蘭，兩人成天在一塊兒，倒也能找到不少的話來混嘴巴。杏兒到使館後，司機馬工勤很熱心地教會了她開車，自此，一到晚上，她便開了車拉著邊桂蘭去大街小巷的店鋪裡閑逛。有時兩人同時看上了一塊布料，便合夥掏出錢買下，回來吵吵嚷嚷一番後定下樣式，由邊桂蘭裁了去做。過上幾日，便能見到一胖一瘦的兩個中國女人，穿著同樣花色同樣款式的衣裙，在菲法拉街上散步聊天。不過，有時杏兒私下裡算算會覺得吃了虧。兩人出同樣多的錢，人高馬大的邊桂蘭顯然是占了便宜，好在衣服是由邊桂蘭自己做，因此便節省下了一筆縫紉費，這虧才不算吃得太大。

桌上的電話猛地響了起來，杏兒嚇一跳，起身要去接，卻被邊桂蘭給叫住了：「理它呢，這個時候來的電話，不是專家組的就是下面公司的，誰耐煩給他們找人！待著你的吧，張河會去接的。」

果然就不響了，想來是張河在樓下的辦公室拿起了話筒。經參處的電話就一個號碼，但串了四部分機：一樓、二樓的過道，二樓的辦公室，以及趙仁宗的房間裡。故此只要有電話來，樓上樓下的電話便一起叮叮噹噹的叫喚，很像是在進行有組織的歌咏比賽。杏兒借了這個方便，常常監聽外面來的電話，若是找張河的尤其不肯放過。這會兒當著邊桂蘭的面，自然不能幹那見不得人的事，只好瞪了眼巴巴地睃著電話機。

幸而馬上就聽見了張河在樓下叫喊：「老邊，電話！」杏兒那口氣才鬆了下來，倒是邊桂蘭有些奇怪了，偏了頭說：「這時候誰會給我來電話？」說著，翹起那隻剛塗上指甲油的腳，單腳蹦著到桌前抓起了電話，大了嗓門喊：「喂，誰呀？啊，是喬醫生呀，什麼什麼，你下午要來一趟？出什麼事了？嗯，好吧，我等你，對了，我這兒還給你留了兩盤錄相帶，外交部剛發來的，好的好的，咱們下午見。」

放下電話，邊桂蘭又一跳一跳地回到了沙發上，沒急著塗指甲油，心不在焉地打量著腳趾頭。

杏兒問：「是塔瓦黑項目隊的喬醫生？」

邊桂蘭搭拉了眼皮答道：「不是他還是誰？」

杏兒明白了幾分，又問：「東西沒賣出去？」

邊桂蘭的面色便有些不大好看了，說：「誰知道呢，他只說下午抓空子來一趟。聽他那口氣，像是出什麼事了。」說罷拿起指甲油，胡亂地塗抹起來。

杏兒說：「前天老趙去開館委會，說大使又在會上提了，不讓咱這兒的人倒賣免稅生活物資，還說要是查到了，馬上就給送回國去。」

邊桂蘭說：「得了，次次開會都這樣，也就是說說吧，沒見誰當真給送回國去了。再說我們賣這麼點東西算什麼，真要查，馬工勤頭一個跑不了，他管煙酒飲料，哪一次宴請不剩下一大堆東西？上月經貿小組回國，他又託人帶回去個箱子，我看至少有五十斤重。你算算，他才來一年多，都帶多少個箱子回去了？總有三四個吧？喬醫生每回來，就數在他屋裡待得長。他都不怕，我們怕個屁呀！」

杏兒想想，說：「我這兒還有一箱紅雙喜，不過日子擱得久了點，聞著像有些霉味，還能賣不？」

邊桂蘭說：「咋不能賣，只要是國產煙就行。喬醫生說他們公司的工人就愛抽國產煙，那些萬寶路馬波羅咋抽也不習慣。再說煙能霉到哪裡去？就是真發霉了，喬醫生也能替你賣出去，他有他的辦法，要不咋管他叫『喬倒』呢。待他下午來了，你只管給他就是，別說那發霉不發霉的話。咱女人家又不抽煙，誰知道煙發霉了是個什麼味兒！」

杏兒嘻嘻笑了，說：「到底是你有辦法。」

邊桂蘭說：「也不是啥了不起的辦法，只是比你多吃了幾年飯，多一些見識罷了。你忘啦，上回登記生活物資時，我不是在邊上一個勁的提醒你多登上幾箱煙？說來說去怪你家參贊，緊著在那兒說夠了夠了，弄得我也沒好跟你漏那層意思。你想想，咱進的煙一條才二・五個美元，喬醫生能替咱賣到五個美元，這一倒手，就賺了二・五個美元，合人民幣二三十塊，傻瓜才會放著這樣的好事不去幹呢。當然，彆扭人也有，肚裡想的啥咱不知道，偏偏要在人前做出副假正經的樣子，我就不信背地裡她也能那麼乾淨！她不賣煙，一定是有別的路子賺錢，誰會跟錢有仇哩。」

杏兒知道她說的是三祕吳家琪的老婆呂伊芬。前不久登記生活物資，呂伊芬只登記了五條煙，說吳家琪不抽煙，這幾條煙招待客人和送朋友足夠了。韋孝安也不抽煙，但邊桂蘭卻登了三箱，為此使館的會計專門盤詢過韋孝安好幾次，氣得邊桂蘭那幾日在食堂吃飯時，總要指桑罵槐地說許久。杏兒同呂伊芬倒沒什麼直接的衝突，都知道趙仁宗要抽煙，要幾箱煙是很平常的事。杏兒對呂伊芬談不上喜歡不喜歡，只是同這個女人在一起時，她自己會有幾分不自在。

說起來，呂伊芬也不是個生是非的人，平日裡對人客客氣氣，除了料理出納的那點事外，就是把自己關在屋子裡看書。杏兒不喜歡的，是她那副沖淡平和的神情。那神情常常讓杏兒不知所措，反倒是怕了她。一日，杏兒將這心思說給邊桂蘭聽，未說完邊桂蘭已瞪直了眼，用手指剜著她說：「你咋這麼沒用？你是參贊夫人，她不過是個三祕的老婆，說起來，連個夫人都算不上，該是她憷你的，怎麼倒是你怕她了？你呀你呀，真是個沒出息的傢伙！你瞧瞧我，這輩子什麼時候怕過誰？咋就不知道跟我學學吶？」

幾句話說得杏兒臉上有些掛不住，心說我跟你學啥？這兒的男人們背後都管你叫「許大馬棒」，我年輕輕的能去丟那份人嗎？想歸想，話卻從沒敢說出來過，知道邊桂蘭聽了一準會去找人尋是非，事情鬧大了，杏兒也跟著得罪人。

這會兒接了喬醫生的電話，邊桂蘭沒有了說笑的心情，噗噗噗地往腳上吹著氣，估摸著指甲上的油有七八成乾了，便一伸腳套上了拖鞋，將方才扔在茶几上的瓜子抓回兜裡，這才對杏兒說：「我還得上小沈那兒去一趟，早幾日聽她說還有幾條雙喜煙，四、五個美元給我，不知讓別人拿走了沒有，我得趕緊去看看。」

邊桂蘭說完，扭了身就走，寬大的裙角被身子帶得來回晃動。這一身桔黃底白碎花的尼龍衣料，是杏兒同她一塊兒去買的，之後一人做了一身套裙。透過薄綃綃的裙子，能看見條紫紅色的褲衩緊繃在邊桂蘭的屁股上，若隱若現地勾勒出一片肥臀。杏兒瞅著她的背影想，待自己下次穿這套裙子時，好歹要記著穿條淺色的褲頭，自己比不得老邊，屁股上的那點肉是經不住這麼顯擺的。

2

在辦公室做完現金賬鎖上保險櫃後，呂伊芬便回到了自己的屋裡。她是編外人員，做完了分派給她的那點事就可離開，不必整日坐在辦公室裡發悶。

編外人員的增加是這幾年的事。早些年，中國的外交人員除大使外，都是不能帶老婆出國的。一出去就是幾年，別說跟孩子淡了感情，就是夫妻間，開初幾日做那男女間的事，都透著難受和彆扭。待在家住些日子，好容易緩過了這股勁，卻又該出國走了。老婆淚汪汪地攜了嬌兒幼女前來送行，再鐵石心腸的男人，心裡也會生出些愧疚和心酸來。那時中國的通訊尚不發達，同家裡的聯繫全靠著一月一封的信件。在國外的上千個日日夜夜，便只能拿了妻兒們的照片看看打發相思。相熟了的外國人，瞅著這些光棍們奇怪，有時忍不住會在私下裡問：「這麼長的日子，你們怎麼解決性的問題？」

這幾年因為全國都在搞改革，外交部也有了新規定，凡是符合所定條件的均可帶妻子出國。熬了這麼多年，那些個制定政策的人，終於承認了人們心理和生理上的需要。一時間駐各國的中國使館裡，便相繼冒出了老老少少的女人們來。在外，人們稱她們為外交官夫人，在使館的花名冊上，她們統統被叫做「編外人員」。做編制外的人員，自然是沒有工資的，但國家還是很體恤這些遠離國土的女人，每人每月發有百把美元的伙食費和地區補貼。錢雖不多，但吃喝是夠了，如果節儉些，幾年下來還能買些首飾和衣物。這種光拿錢不用幹活的好事，即便在國內也是不大好找的，所以對編外這種身份，女人們還是滿意的。

為了給女人們另外增加些收入，男人們也動了些腦筋。女人們到了使館後，人人都分派了些閑活，或做庫房保管，或管理招待所，再不就每日上使館的圖書室坐兩個小時，打發一下前來借書借錄相帶的人們。像呂伊芬這樣有文化的女人，便被安排做了出納，在使館的辦公室裡就有了專門的辦公桌，供她在那兒做做賬或幹點別的雜事。因為有了這些兼任的工作，女人們每月便可多領幾十個美金的補貼，按國內眼下通俗的說法，這也算做是編外們的第三產業。

不過對呂伊芬，做出納似乎算不上一種抬舉。在她看來，她的這份差事，同杏兒管庫房邊桂蘭管招待所沒什麼區別，無非是為了立個名目好拿錢罷了。這事她不做，也會安排別的人來做，只要是上過小學的人，都能把這份工作做下來。

在國內，呂伊芬是省醫院的婦產科主任。在隨不隨吳家琪出國這件事上，她猶豫了很久。且不說醫院的院長不願放她走了，就是她自己，一想到要荒廢三年的時間也有些不安。尤其讓她害怕的是，三年回去後，那個主任的位置自己再坐上去會覺著愧疚。最後，上高中的女兒忍不住了，說：「媽，你就跟爸去吧，讓一個中年男人獨自待三年，也太殘酷了。你老在對別人說要講人道主義，對我爸咋就不講了？」

她很驚訝女兒在性意識上的早熟，但心裡卻承認女兒的話有些道理。女兒從小是在姥姥家帶大的，一向很少讓她操心。所以如今真正要讓她操心的，除了醫院的病人之外就是吳家琪了。

吳家琪是呂伊芬哥哥的同學，六六屆的老高中生。文革後恢復高考，吳家琪沒費什麼勁便考上了外語學院，畢業後分到市裡一所大學的外語系教英語，兩年前晉升為副教授。一年多前，吳家琪去北京出差，碰上了幾個在外經部工作的同學。一晚，被同學拉去家裡吃飯，席間大家閑扯起出國的事。說來說去，一幫人裡就吳家琪尚未踏出過國門。當場就有人拍了胸脯，說一定要讓吳家琪出去開開眼界，也算是不枉當年寒窗幾載的情誼。說完，大家繼續喝從國外帶回的威士忌酒，談當年做學生時的寒酸和洋相，直到酒酣耳熱方才分手。

吳家琪回家後，把這事當做笑話講給了呂伊芬聽。沒想幾個月後，真有了消息傳來，那位同學替吳家琪爭取到一個三祕的差事。雖則要去的地方是西亞的一個小國家，但到底算是踏出了國門，日後對人說起，也算是留過洋的人了。

這事從一開始，呂伊芬就沒有吳家琪那麼熱心。那日吳家琪接到消息回來，一臉的喜氣，鑽進廚房找到正在做飯的呂伊芬，一五一十說給她聽。呂伊芬聽了，仍是埋頭切她的菜，待一案板的大白菜切成了絲，才抬了頭說：「這對你是不是有些不大合適？」

吳家琪不悅了，說：「你這叫什麼話？講給別人聽，都說我交了好運，偏你連個高興話都沒有。」

呂伊芬轉身去淘洗盆裡的米，一邊淘一邊說：「我不是要掃你的興，我是希望你認真考慮一下。你想想，如今這年代，人和人，單位和單位，相互之間都有理不清的扯扯絆絆，那國家和國家之間的事，你一個書呆子去能應付得了？若是外交官這麼好做，豈不是人人都可以做得了？」

吳家琪說：「差不多也就是人人都做得了。比如說我那幾個同學，在學校時全是不起眼的主，也就是仗了有背景有門路，畢業後才分到了那種好單位。我縱是再不濟，有一點是有把握的，那就是他們能做的事，我也一定能做的，而且絕不會比他們做的差。」

見吳家琪認了真，呂伊芬只好不再往下說，但心裡並未就信了他的話。直到出了國，在使館住了一陣子後，方才明白了吳家琪的話有幾分道理。在使館任差的並不全是職業外交官，像廚師、司機、理髮員，乃至一祕二祕什麼的，大都是吳家琪這樣的借調人員，算來算去，幾乎要占使館人員的一半多。

即便是那職業的外交人員，裡面也透著些蹊蹺。比方說經參處的人吧，趙仁宗是參贊，一二十年了都在國外任職，儘管是轉了不少國家，但要說到外語，仍是只會說你好再見這幾句。讓那不知底細的人聽了，少不了會認為外國人就指著這幾句話過一輩子的。所以趙仁宗凡是外出或見客，一定是要叫上張河或吳家琪，用他的話說，是「帶上嘴」。

至於一祕韋孝安，文革前那一年的外語學習，早被後來十多年的組織工作代替去了。人倒還是勤奮的，整天捧著本書在看，但要想將那丟失的東西撿回來，便不是一天兩天的功夫了。出來一年多，勉強能看下來當地的報紙，但電話卻是輕易不敢接的，怕話筒裡說出來的是句「哈囉」。韋孝安能出國，是靠了市外辦向部裡推薦，私下裡自然也花了不少錢。好在人已經出來了，無論如何也是要將任期做滿的，除非是犯下大錯，否則沒有中途退回去的道理。趙仁宗拿他無奈，便安排他去分管駐當地的中國公司和中國專家組，也算是份重要的差事。至於外事方面的事務，就全靠張河和吳家琪了。

當然，使館裡也不全是像趙仁宗和韋孝安這樣的人。比方說二祕張河，自大學畢業後已是第二次派出國了。他在大學裡學的是經貿，可又學了阿拉伯語和英語。如今趁著使館裡的空閑，時常去法國使館辦的講座聽課，竟也能與那法國人聊幾句巴爾扎克和雨果。再有就是大使夫婦，這兩口子別說在使館裡，就是在外交部，也算是頂尖的人物。兩人同是五十年代末的大學畢業生，在校時又同是班上的優等生，之後又一同分到外交部工作。兩人的阿拉伯語和英語說得不分上下，若是要較個真，男的或許還比不上女的。只是結婚後，女的因為生養孩子和操持家務，少了出國的機會，各方面也就慢慢拉了下來，這以後只好打消了做職業外交官的念頭，安安份份的做了夫人。一次同呂伊芬談起往事，當年被譽為校花，如今被人叫做老林的大使夫人，禁不住一陣唏噓。最後，兩人悶悶不樂的分了手，就此卻多了份心心相印的親切。

這以後，呂伊芬有空便愛去老林那兒坐坐，時間一長，吳家琪有些不願意了。他對呂伊芬說，「你當真就看不出這使館裡的關係很微妙麼？雖說對外都叫中國大使館，但一個大院子裡，卻明明白白地分出了兩個小院子，這意思就是各有各的地盤和職責。如今你沒事就往前院跑，咱這後院的人會咋想？再說了，使館那邊的人歸外交部管，咱經參商務的這攤卻隸屬於經貿部，我若是想在這兒多幹幾年，還非得求趙仁宗向上面說兩句好話不可。你若是有功夫同老林閑扯，還莫如抽空去陪杏兒聊聊天，既解了悶又幫了我的忙。」

頭晚兩人才為這事鬥了幾句嘴，今天一早，吳家琪便隨趙仁宗去了拉赫基的項目隊，臨到走也沒同呂伊芬說話。

其實，這樁事不該算呂伊芬起的頭。頭天吃罷晚飯，呂伊芬便回到屋裡，照舊先扭開電視機看當日的新聞。這晚的頭條新聞是德國總理來訪，歡迎儀式足足播放了有四五分鐘。呂伊芬來使館後就聽說了，這十多二十年來，那些發達國家的首腦人物，幾乎就不曾來此地訪問過。即便是毗鄰的阿拉伯國家的首腦，因了財大氣粗，也鮮有人來這小兄弟處走動看望。當然，有些無國可歸的阿拉伯人，長期在此地安營紮寨，一直受到各方面的照顧和優待，確實應證了那個窮幫窮的道理。只是，窮幫窮是一回事，國家的發展繁榮又是一回事。所以此次德國總理來訪，很自然就成了件極隆重極熱鬧的大事。呂伊芬看著電視上那些夾道歡迎的人，覺得他們個個都那麼喜笑顏開。人們誰也沒想到要把這歡喜稍稍掩飾一些，就任它那麼赤裸裸地向外潑灑著。

看過這條新聞，其他的新聞便沒有了什麼意思。呂伊芬關上電視機，走到桌前坐下，隨手翻開堆在桌上的法語書。法國使館的文化處辦了一個免費的法語教學班，就在菲法拉街的附近。呂伊芬每個星期去兩次。同她一起聽課的還有丁小玎和張河。

剛念了一會兒課本，便聽著門響，呂伊芬回過頭，見吳家琪一邊擦汗一邊走了進來。知道他是剛剛打過乒乓球，便說：「快去洗洗吧，一身的汗就吹空調，當心要感冒的。」說完話又回過了頭來，拿起筆準備做課本上的習題。

吳家琪沒有去衛生間，而是走到了呂伊芬的身後，探頭往前看看，說：「你呀，英語學了個二不掛五，又掉了頭去學法語，這不是貪多嚼不爛麼？」

呂伊芬摩摩課本，抬起頭來說：「我哪兒是貪了？我只是想圖個方便罷了。若是讓我選，我也是願意把英語學好的，只是我那點英語底子，全靠自己平日裡一點點的啃，看看書還可以，但要往深裡去就不行了。說來也好笑，這麼些年來我身邊就守著個教英語的老師，可一天課也沒給我上過，這話去說給別人聽，多半是沒人會相信的。我這麼說並不是埋怨你，我知道你忙，所以也不想拿這些事來攪擾你，自己學就自己學吧。可我現在學法語卻不一樣，有老師給上課，有人免費提供教材，而且不收一分錢的學費，這樣的好事如今還能上哪兒去找？有這樣的機會不學，那才是真正的傻瓜呢。」說完，對吳家琪笑笑，又埋頭看書去了。

聽了這番話，吳家琪的眉頭反而皺到了一堆，他盯著呂伊芬的後腦勺說：「你看你，我才說一句，就引出你這麼一大堆的話來，你這不是怨我怨誰？當然，我平日裡是對你關心不夠，你發兩句牢騷出出氣，我自然沒什麼話說，但我還是要提醒你一句，那些法國人就那麼肯做賠本的買賣？要讓我說這也不是什麼新鮮事了，文化侵略是法國人向來愛使用的手段。

尤其是眼下，在經濟上搞不過美國人，就去在別的地方下功夫。若是全世界的人都說了法語，他們的目的就達到了。」

呂伊芬知道他在說氣話，但仍然覺得好笑。四十三四的人了，一旦不高興，說出話來比小孩子還不講道理。好在早已知道了他的脾氣，也不與他較真，只笑著說：「要真能像你說的那樣，也是了不起的本事。比方說，咱中國能仿著那樣讓漢語成為國際用語，不是樁好事麼？我倒是巴不得那英國使館和俄國使館也都來一點文化侵略，這樣不少人都能省下一筆學費了。」

本來是隨口的玩笑話，吳家琪卻聽得心裡不舒服，雖不至於當下就發作，但說出來的話卻帶了些嗔意：「你如今是怎麼了，一說話就跟我彆著勁，就像文化大革命那會兒的兩派群眾組織一樣。算了，咱們不說這個，我問你，吃過飯你拔腿就走，怎麼連個招呼也不打？」

呂伊芬有些奇怪，說：「一天三頓都在一塊兒吃，還需要跟誰打招呼麼？」

吳家琪說：「你沒懂我的意思，我是說晚飯後處裡的人都在飯廳裡活動，你不參加也該說一聲吧？總是這麼悄沒聲兒的就走了，人家還當你對誰有意見呢。」

呂伊芬說：「這可怪了，又不是上班或開會，不就是大家在一塊兒玩玩嗎？我不想玩還不行？再說了，你們四五個人輪著一個臺子打乒乓球，我實在不耐煩等，還莫如回來看看書的好。」

吳家琪說：「你不打乒乓球，跟杏兒她們去下跳棋也行呀，總比老這麼一個人落單強些。」

呂伊芬讓他攪得沒法看書，只好推開椅子走到床邊，將白日裡洗淨晾乾的衣服攏到床邊上，然後一邊疊著衣服一邊說：「我不是沒跟她們下過那種玻璃彈子跳棋。可那是我在幼兒園時玩的，上小學就不喜歡了。即便是耐著性子，也就是能陪她們玩上兩三次。有時我們也聊聊天，但話一多她們便要去扯那東家長西家短的事。你是知道我的，不喜歡管別人的閑事，尤其我們只是臨時來這兒工作，更犯不著去惹那些是非。只是不順著她們說，便犯了忌，她們會覺得你這人跟她們不是一條心，反而是把人得罪下了。我想這左不是右不是的，還莫如自己在屋裡待著好。悶了就看看書，起碼不會招惹了誰。」

「這你就錯了。」吳家琪一邊說，一邊扒下身上的體恤衫，然後將衣服揉成一團，擦拭著濕漉漉的前胸後背。「你不跟人來往，才真的是把人得罪下了。平常人最反感的就是那種對自己愛理不理的人，你就是罵他，也比視而不見的好。你想呀，你罵他，起碼說明了你在注意他，對他的存在有反應。可如果是根本不答理他，那他就什麼也不是了，連隻狗都不如。我倒不是非要逼著你去幹那些你不喜歡的事，我只是希望你能幫幫我。還有半年我的任期就到了，如果我想繼續留在這兒，非得靠趙參贊向上說幾句話不可。如今你同他老婆的關係這麼不冷不熱，他老婆別說是故意挑撥了，就是在枕邊隨便說上幾句，我連任的事也算是吹了。」

呂伊芬放下手裡的衣服，望著吳家琪說：「你可從來沒對我說過你想留在這兒繼續幹。」

吳家琪說：「今兒不就告訴你了嗎？」

呂伊芬低頭想想，然後仰起臉說：「我倒是覺得你還是回去教書的好。這外交官叫著好聽，實際上無非是幹些跑腿打雜的事，比如說做做翻譯，或是去港口提貨買幾張機票什麼的。我原以為這些事你幹幹就會膩煩，沒想竟是喜歡上了。」

吳家琪說：「誰說我喜歡了？只是人活著，哪能都去揀自己喜歡的事幹？像過去那樣一邊教書一邊翻譯些西方文學，倒是很適合我，但撐死了一個月也就三四百塊錢。雖說翻譯作品有稿費，但你也知道，那點稿費少得連個像樣的東西都買不起。在這兒就不一樣了，儘管只是個三祕，但每月除管吃管住外，至少還能拿個兩三百美元，幾年幹下來，能抵我教一輩子的書了。所以就衝著這幾百美元，我也得想法在這兒多幹兩年。」

呂伊芬說：「真不明白你是怎麼了。過去你從沒把錢看得這麼重，咱們雖然一直就那麼點錢，但日子倒也過得平平安安，沒見有什麼不好的。」

吳家琪說：「那是因為你只顧著你醫院裡的那些病人，看不見如今世道的變化。這樣吧，回國時我帶你去我北京那些同學的家裡看看，你就知道什麼叫現代化的家庭了。眼下我是明白了，人哪，就應該趕著年輕時多掙點錢，無論如何不能窮窮餿餿的過一輩子，否則就太對不住自個兒了。」

呂伊芬噗哧一笑，說：「今兒你是怎麼了，開口錢閉口錢的，就像上輩子做了一世的叫化子。我說你也別東想西想的了，期滿了咱們就回國，家裡還扔了個女兒呢。雖說有她姥姥給看著，但如今這丫頭正是倒懂事不懂事的危險年齡，她姥姥又嬌慣得厲害，一想起女兒，我這心裡就忽悠悠地閃得慌。」

吳家琪聽了，反倒是有些不悅，說：「你別拿女兒來做幌子好不好？在家時你成天泡在醫院裡，女兒的事你管了多少？認真說來，我還比你管得多一些。你這麼扯來扯去，無非是想早點回去做你那個婦產科主任，知道的，說你一句熱愛本職工作，那不知道的，少不了當你是個官迷。」

呂伊芬又氣又好笑，說：「我有那麼庸俗麼？」

吳家琪說：「你當然不庸俗，庸俗的是我，因為我比你活得真實！」說完，氣哼哼地回轉身，快步進了衛生間，砰的一聲撞上了門。

呂伊芬楞楞地盯著房門，支著眼想了好一陣，才起身將疊好的衣服一件件放進衣櫃裡。這晚，兩人都沒再說話。吳家琪洗完澡後，看了一會兒使館剛到的一盤叫做「女性世界」的錄相帶，然後自己上床去睡了。

呂伊芬整理完衣服後，又坐到桌前看了一會兒書，不過什麼也沒看進去。待吳家琪上床睡了，她才進衛生間去洗了澡，待出來時，床上已傳來了吳家琪的鼾聲。

呂伊芬偎在床頭坐了一會兒。看著吳家琪睡得死塌塌的臉，心想這是怎麼了？兩人結婚快二十年了，鮮有那些磕磕碰碰的事。不說別人怎麼看，就是自己心裡，也覺得是那種相敬相愛的夫妻。可出國來才一年多，倒常常沒來由地拌嘴。仔細想想，全為了些莫名其妙的事，實在是不值得的。想來，兩人中定有一個出了毛病。若不是吳家琪，便是自己了。莫非真的如吳家琪所說，自己十分看重那個婦產科主任的位置麼？這麼一想，呂伊芬又有些糊塗了，直到上床睡下，也沒理出個頭緒來。

這會兒做完賬回到屋裡，呂伊芬又想起了頭晚的不愉快。今早吳家琪走的時候仍然在嘔氣，連招呼也沒同她打。呂伊芬想，她是否該遷就吳家琪一點？平心而論，吳家琪讓她去做的事並不算十分困難，無非是陪杏兒她們聊聊天，或者一同上街逛逛首飾店。幹這種事女人們大都是興趣十足的，呂伊芬自然也不例外。只是同杏兒她們一起上街，卻又是另外一回事，那是一種把有趣的事變成無趣的事的試驗。不過，呂伊芬十分明白自己，只要是吳家琪執意要幹的事，她最終都會去幫他。她不是那種狠得下心來的女人。

想到這兒，呂伊芬起身出了房門，往三樓杏兒的房間裡去。走到樓梯口，卻見杏兒抱了個大紙箱子從樓上下來。見了呂伊芬，臉上即刻就有了些不自在，緊跟著青黃的面皮下便溢出了幾絲潮紅。呂伊芬看了，以為是杏兒力氣不濟，上前伸手打算幫她一把。沒想杏兒身子一扭，閃了一邊去，嘴裡緊著說：「我自己來我自己來，這東西又不重的。」

呂伊芬說：「兩人抬總要好些，再說我也是沒事。你這東西要往哪兒送呢？」

她這一問，杏兒就冷了臉，說：「往哪兒送是我自己的事，你還是忙你的去吧。」

話未落音，就見邊桂蘭同塔瓦黑項目隊的喬醫生說著話上了樓來。見到呂伊芬跟杏兒在一起，邊桂蘭面色一緊，接著便沉下了臉。呂伊芬這才恍然，知道自己又闖了禍，連忙衝幾人笑笑，逃也似的往自己的房間裡走。去遠了，還聽見幾人在背後嘰嘰咕咕說著什麼。明白是在說自己，卻又不能去同她們辯解，只好揣了一肚子的苦笑進了門去。

3

丁小玎填完新來人員的工作居住證後，將印花稅一張張貼上，連同護照一塊兒，隔著櫃臺遞給了移民局的官員哈桑。哈桑把手頭正在辦理的文件往旁邊一推，翻了翻丁小玎填的表格，便拿過章，在一大疊護照和工作居住證上噼噼啪啪地蓋下。蓋罷，笑嘻嘻地站起身，將護照和工作證還給了丁小玎。

丁小玎一邊說著謝謝，一邊將東西放進公文夾裡。正要轉身離去，卻見哈桑從櫃臺隔著的裡間走了出來。走近了，哈桑問，密斯丁是否願意留下來一同喝杯咖啡？丁小玎便連忙搖頭，說還要趕著去機場海關辦事呢，那杯咖啡留著下次來時再喝吧。說完，丟下句謝謝和一個軟軟和和的笑，出門上了自己那輛白色的馬自達車。

車發動後，丁小玎瞟了一眼反光鏡，見哈桑站在移民局門前的石階上，很熱烈地向著她的車招手。丁小玎悄悄做了個鬼臉，將胳膊伸出車窗外胡亂地揮了揮，一踩油門將車子開了出去。

也怨不得哈桑這般殷勤。在此地，丁小玎算得上個名人。雖則才來這國家工作一年多，但在那些常去辦事的政府部門裡，密斯丁已成了個無人不知無人不曉的人物。對她感興趣的不僅是男人。那些做辦事員打字員的姑娘婦人們，每每見了面，也總是不肯輕易放她走。常常見辦公室裡三五人一堆將她圍住，絮絮叨叨地評論一陣她的服飾髮式後，便促著她講中國女人的種種瑣事。聽得神往時，還會有人發出嘖嘖的感嘆來。

丁小玎如此招人喜愛，倒不全在她的能幹和漂亮。這其中的緣故之一，是因為當地女人極少拋頭露面。這些女人中，即使有那受過高等教育，本人也算大膽開化的，縱使在政府機關謀得了份差事，頂多也只能幹個三五年。不是幹不下那份工作，而是上班下班太麻煩。

女人們出家門後和進辦公室前，都須黑袍裹身黑巾蒙面。待進了房間，才能將一身的遮蓋卸去。若是那家住得遠些的，不方便去坐專門接送的班車，便只能由父親或兄長開車護送。一來二去，不僅家裡人跟著受累，自己也覺著不安。若是日子過得去的人家，這姑娘便漸漸淡了出去掙錢的念頭。也就與那其他的女人一樣，留在了家裡幫著做家務，或是約女友們喝茶聊天。如此這般，也就混過了這段待字閨中的日子。而那生活不富裕的人家，則是趕快尋著合適的男人將女兒打發出去。那女的有了人來養活，自然也就用不著再去上班了。所以像丁小玎這般天生麗質，卻又在外掙錢養活自己的女孩兒，自然就有了幾分稀罕。

當然，在外辦事的女人不止丁小玎一個。哈桑說，早幾年蘇聯尚未解體時，一位會說阿拉伯語的俄國女人也常來移民局辦事。丁小玎沒見過這位同行，只聽哈桑說是一個極豐腴極嚴肅的中年婦人。哈桑說除了辦手續的事外，這婦人決不肯與人多說一個字，連笑也不大常有。哈桑還說，這婦人長著雙漂亮的藍眼睛，但眼光卻像內政部或克格勃的官員。看著這種女人，男人也會跟著周身僵硬，自然生不出什麼歡欣鼓舞的念頭來。

丁小玎明白哈桑的話，那意思是自己便是個讓男人產生歡欣鼓舞念頭的女人。對於男人們會產生些什麼樣的念頭，丁小玎從來不去想，見了人，仍舊是一個柔柔和和的笑。許多棘手麻煩的事，讓她這麼一笑，居然就給辦成了。其他的中國公司裡也有十分了得的辦事人員，但對丁小玎，卻是不得不服氣。於是找她幫忙的人和幫她忙的人，便日漸增多。丁小玎也不因此而持驕恃傲。但凡是中國人的事，只要應承了下來，總是盡心盡力的去辦，決不會有一絲的敷衍。

就此便被人說得有點神乎其神了。有那臨時要走的人，急著買第二日的飛機票，一旁就有人給他出主意，說：「這事麻煩，看來你只有去找丁小玎了。」若是那要買票的人說：「我找過丁小玎了，她去跑了一趟，回來說確實沒辦法。」那出主意的人便會說：「別說了，你改期吧，明日那趟飛機一定是讓總統給包下了。要是省長的包機，丁小玎都能讓人給你找個座位擠進去。」

這裡面自然是有些噱頭。丁小玎再能幹，也有不順手的時候。今天一大早，她去使館給公司經理辦理換發護照，就遇了個不軟不硬的釘子。她去使館辦公室時，二祕老馬正趴在桌上翻騰著這月剛來的一大堆報紙。她連叫兩聲馬祕，老馬才抬起頭來，半瞇著眼看著她。

老馬同經參處的韋孝安一樣，也是從某省的外事辦借調出國工作的。只是，韋孝安個子瘦小，腦門謝頂，一看便知是位長期趴桌子擬文件的公務人員。老馬則不然。一米七八的個子，蓬蓬鬆鬆的一臉的鬍鬚。那不知底細的人，少不了把他當做個懷才不遇的藝術家。對滿臉的美髯，老馬從不加修理，任它四下裡咤長著，將一張四方臉掩成了蒿草叢生的崖壁。鼻和嘴被蒿草沒了，單剩下兩個洞在崖壁上，正好看不出是春風得意還是窮困潦倒。

聽丁小玎說明來意，老馬抓起張報紙，一縮身坐回到椅子上。待仔細地看完報紙的大標題後，才仰了臉慢吞吞地說：「護照你留這兒吧，下星期的這個時候來取。」說完低了頭，慢慢地看報紙內容去了。

丁小玎有些急了，說：「我等不了一星期，我們經理後天要去阿聯酋，機票都買了，沒護照你讓他怎麼走？」

丁小玎這麼一說，老馬就明白了，知道這報紙一時兒半會兒是看不成了。他嘆口氣，將報紙放回到桌上，嘴四周的鬍子跟著淅淅簌簌地抖了起來。抖一陣，人才有了聲，照舊是不緊不慢的口氣，說：「既然是等著用，為什麼不早些來換發？」

丁小玎說：「您知道我們公司的護照都是統一保管的，平日裡不常用，也就沒人去注意那上面的日期。不過也怪我，該早些要來看看的，昨天去移民局辦出國手續，才發現到期的事，今天就趕緊來了。馬祕，您就給抓緊辦辦吧，不就是寫幾個字蓋個章麼？東西都在您辦公桌裡，您也就是舉手之勞吧。」

老馬的臉上就有了嚴肅，正聲說道：「你這麼說可就錯了。怎麼是隨隨便便地寫幾個字呢？我們代表的是政府，每一件事都有相應的原則和規定，決不可以隨隨便便去辦的。想來是你是聽說過那句話，叫做外事無小事。這就是說，不管它什麼事，只要沾上了外交事務的邊，這事就算做是大事了。就說你要辦的這件事吧，按照規定辦理護照的日期是一個星期。既然有了這個規定，就該照規定去辦，我怎麼能隨隨便便就給你提前了呢？」

丁小玎的杏眼倏地收成條縫，盯他一陣，才說：「是，你怎麼能隨隨便便就給我提前了。」

老馬滿意地哼一聲，繼爾又覺出有些不對，一邊咬了嘴，一邊乜了眼琢磨剛才兩人的話。臉上的鬍鬚便跟著動，動著動著就失了原先的形狀。丁小玎見了，只得軟了口氣，堆出一臉甜蜜蜜的笑，說：「馬祕，事情到了這個地步，也只有求您給想些辦法了。我們經理若是走不了，我回去挨罵都是小事，阿聯酋那邊的生意談不了，那損失才大了。您是代表政府的，我們如今有了困難，不找您找誰？您看有沒有辦法在不破壞規定和原則下，幫我們提前辦理一次？」

看著這張艷若桃花的笑臉，老馬點點頭，說：「辦法當然有。這樣吧，你回去先讓你們公司給經參處打個報告，說明這次提前換發護照的特殊原因，然後到經參處找趙參贊簽個字。有了趙參贊的簽字，我就可以給你們辦理了，挺簡單的，是不是？」

丁小玎說：「聽你這麼一說，真的是挺簡單的。也是，這世上的事原本就不複雜，那些個麻煩都是人們自個兒給弄出來的，對吧？」說罷，莞爾一笑，丟下老馬和一桌子的報紙，急匆匆地出了門去。

丁小玎先趕回公司將報告打出來，找經理簽了字，然後又帶著報告趕到經參處找趙仁宗簽字。可惜她到晚了一步，趙仁宗剛剛離開。丁小玎只好把報告交給了杏兒，託她轉交一下。從杏兒的面色上，丁小玎看出這位小夫人沒把這份報告當作回事，便趕緊去找張河，讓他在趙仁宗回來時幫著提醒催促一下。因為護照辦下來以後，她還要去移民局辦出關手續，這所有的事又必須在明天下午以前辦完，否則經理仍然是走不了的。她託付的事，張河自然是滿口應承，兩人又說了些卿卿我我的話，親熱了一陣，這才分手。

從使館出來後，丁小玎想，虧著菲法拉街上還有張河這樣的人。丁小玎這麼想，是因為她沒有把自己算作是菲法拉街上的人。但嚴格說來，她也是菲法拉街上的居民，因為她所在的公司恰好在菲法拉街與科瑞特街相交的拐彎處。公司的大門雖然是開在科瑞特街上，但丁小玎住的那幢活動房屋後的圍牆，卻是在菲法拉街內。如果嚴格地按著區域劃分，她一定會被劃回到菲法拉街上來的。

不管算不算菲法拉街上的居民，只要一想到菲法拉街，丁小玎便會又喜又愁。這份說不明道不清的心思，自然是因為了那位年輕的二祕。如果按小說的路子來寫，這裡面便該有個英雄救美的故事，可實際上張河為之救難的不是美人，而是丁小玎所在的中國公司。也正是因為了這番義舉，才有了後面的那一段情緣。

一年多前，丁小玎所在的公司經過激烈的競爭，挫敗了幾家外國公司和兩家中國同行，在這個國家拿到了一個工程項目。公司經理帶著幾個工程人員，先來此處安營紮寨。他們從以前中國對這個國家經濟援助工程剩餘的物資裡，購到兩幢破舊的纖維板活動工棚，在荒灘上建起了經理部。丁小玎是第二批到達人員，來時，雖有了個遮蔽之所，但因工棚裡尚未安裝空調，日子仍是極難過。白日，室外的溫度是攝氏五十多度，工棚裡雖說能遮陽，但也低不下四十度去。男人們無論是公司經理還是總工程師，一律脫光了膀子，將那捲起被褥的木床板當做寫字桌，蜷了腿坐在小木凳上寫寫算算。丁小玎就更吃虧了。再熱，她也無法像男人們那樣光著脊梁幹活，即便有臺舊電扇在旁嘎吱吱吹著，照舊香汗淋漓。

一日，日本某機械公司的推銷商前來洽談設備訂購一事。進工棚不到五分鐘，這位紳士白淨的面孔便開始轉為醬紫色。待他看清面前一堆汗淋淋的男人身後，坐了個嬌喘吁吁的女孩子時，神情便有些呆了。討價還價一番後，他與公司初步商定了無須擔保的工程機械賣方信貸合同，然後起身告辭。就在他一邊揩著汗一邊準備離去時，他熱熱地看了丁小玎一眼，然後對著經理鞠了個躬，必恭必敬地說：「貴公司有了你們這些為此拼命的人，一定是大大的成功發達的。」

當第三批人員到達時，情況有了改善。公司低價從別處買來了幾臺使用過的蘇聯空調，安裝在新搭好的工棚裡。儘管這些舊空調轉起來轟轟隆隆直響，如同開進輛聯合收割機，但屋子裡到底有了幾分涼爽。到第四批人員，也就是大批人員到達時，別的設備也跟著陸續運了來。雖然住的仍舊是纖維板工棚，但屋裡裝的全是新購的日本空調。那先來的人便對後來的人感嘆，還是你們狗日的有福，來了就能睡個好覺。

不過，睡不著覺的仍有人在。公司汪經理就是一個。汪經理在國內的職務原本是局級，來這兒做項目經理，只能算是低就。但因公司是頭次在國外做承包商，此工程的成敗與否事關重大，所以公司在反覆研究之後，仍是委了汪經理來此掛帥。這汪經理本也是個能幹人。早先他是工程師，因工作踏實組織能力強，被那上一級部門看好，轉去做了行政領導工作。汪經理自己本不願意改行，但因是共產黨員，必須服從組織分配，也就這麼一級級的做上來了。

這次來國外承包工程，對汪經理是樁新鮮事，也是件頭痛的事。別的不說，單是工程款一事，就鬧得他幾夜沒睡好覺。工程已照合同上規定的日期開工，但對方的預付款卻分文未付。公司是頭次在國外承包工程，原先儲存的一些外匯，投標時用去些，購設備又用去些，這之後一百多人的機票和吃住又用去一些。眼看著有出沒進，老底子漸漸告罄。汪經理天天上建設部催款，卻次次空手而歸。工程款是由第三國的一個基金會支付，各種手續轉一圈，就得花上一兩個月。

終於有一日，會計苦著臉找了來，說公司的錢眼下只能維持三天了。三天後，別說是做工程，單一百多號人的飯錢，目前也尚無著落。汪經理一聽，當下就黑了臉，心想這三日後，總不會帶著一百多人上街要飯去吧。想著想著心裡一陣寒戰，立時出門叫上丁小玎，開著車四下裡借錢去了。

中國有句老話，親不親一家人。汪經理與丁小玎出得門來，自然先去找自己的骨肉同胞。有兩家中國同行在此地已盤踞十數年，手頭雖不是十分的豐厚，但家當總還是有那麼一些的。只是在這次投標中，他們敗給個後來居上的同胞，心裡難免結下個蒂子。當日汪經理找上門來時，這邊做經理的倒也客客氣氣。只是提到借錢時，便勾起了那經理的一肚子的苦水，長噓短嘆地說一陣，倒是恨不得向汪經理借了錢來花。汪經理跑一上午，一分錢沒借到，反倒氣得連午飯也沒吃。

於是便有人說：「這沒辦法，誰叫同行是冤家呢。尤其咱中國人，幹什麼都喜歡自己人和自己人先撕個血頭怪臉。要不，你去使館試試？咱到底還算是個國營企業，遇到難事去找政府，不就跟孩兒找娘一般麼？」

一番話提醒了汪經理，去食堂呼嚕嚕扒了碗麵條，然後看著錶熬到下午三點。待時間一到，便叫上丁小玎開車出去。車到使館門口，兩人下了車，汪經理上前去按門鈴。等一陣，沒有人應聲，便接著又按，仍是不見動靜。汪經理不敢再按了，對丁小玎說：「怕是還沒起床吧？」

丁小玎說：「我說晚些來吧，你偏要這麼著急。我上兩次都是四點鐘後才來的，就那樣還在這門口等了好一陣呢。」

汪經理啊呀一聲，說：「壞了壞了，把人從床上吵起來，先就失了禮。他們若是不高興，這借錢的事怕就是吹了。你這個小玎呀，你光說晚些來，咋就不說他們還在睡覺呢？」

丁小玎說：「我咋就敢斷定他們果真在睡覺？照使館的規定，下午三點就該上班了。只是平日裡他們沒什麼事，所以便沒人去守這個時間。哪裡像我們，把個時間看得那麼緊，恨不得一分一秒都抓了來用。不過，這裡好歹是政府機構，若是有事的話，他們也該起來辦事了，我們一點兒也沒違反他們的作息時間，怎麼倒是我錯了？」

兩人正說著話，門咣啷啷一陣響，接著出來個高個子的年輕人。見了被太陽曬得一臉油汗的汪經理和丁小玎，眼瞇了瞇，問：「請問你們找誰？」

汪經理說：「我們找趙參贊。」說罷，一邊擦著汗，一邊說明了自己的身份。

年輕人讓開身子，很客氣地說：「請進吧。」待兩人進去後，自己才跟著進了門，又回身將大門關上，然後領著兩人進了樓去。

上樓時，年輕男人依然讓丁小玎先走，丁小玎看他一眼，問：「我來這兒兩回了，怎麼沒見過你？」

年輕男人笑笑，一張英俊的臉愈發顯得眉舒目朗。他看著丁小玎說：「我回國休假去了，上星期才回來。你沒見過我，我倒是聽說過你了，你叫丁小玎是不是？」

丁小玎說：「是，不過這真是奇怪，我又不是什麼大人物，你聽說過我些什麼？」

年輕男人說：「當然是好話，說你很能幹。」

丁小玎說：「這我可不敢當。要是真的能幹，就跟你一樣，也來做外交官了。起碼不會想眼下這樣，苦巴巴地趕來做楊白勞。」

年輕男人緊跨一步，與她並了肩往樓上走，邊走邊偏了頭問：「怎麼是楊白勞？」

汪經理趕緊在身後插嘴說：「別聽她胡說，她這是開玩笑呢，我們是來找趙參贊匯報個事，請問您是……」

年輕男人說：「我叫張河。」說著話就到了辦公室門口，張河推開門，說：「請進吧，你們先在辦公室坐坐，我去給參贊講一聲。」

汪經理搖著手，連聲說：「不客氣不客氣，這就很麻煩你了，張、張，咳，你瞧我這人，是該叫你張祕吧？」

丁小玎撲哧一笑，說：「他不告訴你了他叫張河嗎？你就叫他張河吧，叫那些張祕馬祕的，反倒是見了外，是不是張河？」

張河聽了這話，果然不惱，笑嘻嘻地說：「我也願意別人叫我的名字，那些個頭銜是留給外人叫的，咱們是自己人，就叫名字的好。你們坐吧，我這就去找參贊。」說完，又看丁小玎一眼，這才出了門。

不一會兒，趙仁宗便跟在張河的身後，踢踢踏踏地下樓進了辦公室的門。汪經理是認識趙仁宗的，連忙上前問好，跟著是一陣寒暄。待趙仁宗坐下後，汪經理方才說明了來意。

趙仁宗沉吟了一陣，說：「錢我們倒是有，但卻是不能外借，部裡對這方面早就有明文規定了。」

汪經理一聽，連忙說：「參贊，我不是想讓您破壞規定，我們也是沒辦法了才來找您。我不是說來嚇唬人的，到後天，別說是繼續施工，就是連買米的錢我也掏不出來了。我總不能讓一百多號人挺在這兒餓肚子吧？我今天上午還去過建設部，他們說預付款下月肯定到，說來說去也就是為了對付這一個月的饑荒。待下個月預付款一收到，我馬上連本帶利一塊兒還您。參贊，您是否再考慮考慮？」

趙仁宗瞇著眼想了一會兒，點點頭，扭了臉對張河說：「你去叫老韋來一下，我在財務室等他。」吩咐完，回過頭對汪經理說：「這事我不能一人就做了主，還要跟老韋商量一下，儘量尋出個妥善的法子來。」說完，不等汪經理答話，起身出了門去。

趙仁宗一走，汪經理便像熱鍋上的螞蟻般，坐在凳子上來回扭動。看著他那副魂不守舍的模樣，丁小玎有些不忍，伸手從桌上抓過張報紙塞給他，說：「經理，你別總想著那椿子事兒了，你看，這是上個月的報紙，新到的，看看解解悶吧。」

汪經理說：「我這會兒哪有心思看報紙！若是在這兒也借不到錢，當真只有砸鍋賣鐵了。」

丁小玎說：「我就不相信他們能看著一百多個中國人在這兒餓肚子，要那樣，他們還能叫政府嗎？政府派他們來這兒，其任務之一，就是為在外的中國公民服務，保護這兒的中國人和僑民。平日裡，他們連政治學習和轉達文件這樣的事都要管，沒飯吃這種事那就更該管了吧？若是連老百姓餓肚子的事都管不了，還要他政府做啥？」

正說著，張河就進了門，剛好揀個話尾巴聽。丁小玎趕緊閉上嘴，一雙杏眼眨巴著往別處瞅。張河倒沒在意，走到冰箱前取出兩盒紙包裝的飲料，回身來遞給汪經理和丁小玎。

汪經理連聲謝謝，丁小玎卻沒有接，說：「對不起，我不愛喝甜的飲料。」

張河喔一聲，重新打開冰箱取出瓶礦泉水，問：「這個行嗎？」

丁小玎說聲謝謝，接了過來，張河說：「你又不胖的，怕什麼？」

丁小玎說：「你以為我是在減肥？其實，胖子最愛吃甜的了，讓他不吃都不行，哪裡還顧得上忌嘴。我是從小就不愛吃甜的東西，即便是糖，吃到嘴裡也犯膩。」

張河說：「巧了，我也是從小不愛吃甜食。雖然我是在上海長大的，卻不知為什麼，一直不喜歡上海菜，倒是湖南菜四川菜對胃口的多。」

丁小玎說：「那好啊，趕明兒有空上我們公司來，我讓廚師給你做四川的水煮肉片吃。」汪經理在一旁插上嘴說：「真的，隨時歡迎你來檢查工作。我們公司的廚師是經過挑選的，有一個在國內烹飪比賽時還得過金獎呢。」

三個人正說得熱鬧，趙仁宗與韋孝安一前一後進了門來。趙仁宗招呼眾人坐下，拿眼在每張臉上瞜了一遍，這才開口說道：「鑒於你們公司的這種特殊情況，我們研究決定破一回例，暫借兩千地納爾給你們，其他的你們自己再想想辦法吧。」

汪經理滿臉是笑，一迭聲地說：「太好了太好了，有兩千我們就解決大問題了！真是謝謝參贊了，一個月以後我們一定還錢，連本帶利一塊兒還，決不拖欠。」

趙仁宗說：「我們不要利息……」

汪經理趕緊說：「那怎麼行！就是向銀行貸款也是要付利息的，怎麼能讓你們白白遭受損失？」

趙仁宗說：「汪經理，你先聽我把話說完。我同韋祕商量過了，正好我們現在有些富裕的地納爾，但是美元比較緊張。所以我們想這麼辦，借給你們一些地納爾，你們也不用急著還，哪怕過三五個月還都行。等你們收到工程款了，再按官價還美元給我們，利息這些事就不要再提了。」

聽罷這話，汪經理滿臉的笑立時僵在了臉上，模樣比哭還難看。當地的官價是〇・四六個地納爾兌換一個美元，但無論在銀行還是錢莊，這個價錢都無人接受。銀行說沒有美元與你兌換，除非換個個兒，你拿美元給他，他按這個價換地納爾給你。至於那些兌換各種貨幣的錢莊，匯率向來是跟著市場浮動。如今在錢莊裡，地納爾與美元的比價已到了一比一。也就是說，因為當地的貨幣不斷貶值，實際上一個地納爾只能換到一個美金了。所以趙仁宗說出還款條件後，不僅汪經理和丁小玎張口結舌，連張河也跟著有些動容。剩下個韋孝安，在一旁微笑著頻頻點頭。

也是丁小玎反應快，見汪經理被噎得說不出話，忙在一旁插上了嘴，說：「參贊，關於怎麼還錢的事，您是不是再考慮考慮？倒不是我們捨不得美元，只是我們的工程款有百分之六十都是當地貨幣。這麼些地納爾，只能在當地買些食品和小零件什麼的，大的機械設備和材料，我們還得花美元上別的國家去買。所以即使收到工程款後，我們的美元也是很緊張的。參贊，您看您是不是再考慮一下？」

趙仁宗擺擺手，說：「小丁，這可不是講價錢的事。我先說了，我們不能要你們的利息，至於還美元，我們也只是要你們按官價還，決沒有要占你們便宜的意思。」

汪經理到底緩過了氣來，連忙攔住丁小玎，對趙仁宗說：「參贊，不管怎麼說，您這也算是個救急的辦法。只是眼下我一人做不了主，要回去跟經理部的幾個人商量商量。待決定了，我再打電話給您，您看怎麼樣？」

趙仁宗說：「這樣也好。不過有個事你要注意一下，我答應借錢給你，已是違反了我們的制度，所以你最好不要向別人提起這件事。」

汪經理說：「這我懂，參贊……那，我們回去了，韋祕，張祕，謝謝你們了，也謝謝參贊，有時間歡迎上我們公司來檢查工作。」說罷，起身就走，丁小玎趕緊跟在了他的身後。

兩人正下樓，聽見身後又跟來了人。丁小玎回頭一看是張河，嘴裡止不住哼了一聲，說：「張祕是來送客的吧？真難為你這片好心了……」

張河聽了，也不作答，倒是汪經理在一旁覺著了有些不安，忙打斷了她的話，說：「瞧你這小丁是怎麼說話的？這又不關人家張祕的事。再說了，生意不在人情在，咱們今後還得請使館的領導多多指導工作呢。」

丁小玎揚了揚紅撲撲的臉，說：「我是在謝他，這也有錯麼？經理你放心，我知道這是什麼地方，不該說的話我是不會說的。再說了，即使是有誰真的得罪了我，我也會把那天大的氣憋著回去的，誰叫咱是勞工呢。」

兩人你一句我一句的說，也不見張河吱聲。到了院子裡，張河這才拉住汪經理，低了聲說：「汪經理，你也別生氣，我們這兒有些事就是這樣，你生氣也沒用。我倒是可以給你介紹個人，你去向他借錢，準定不會要你一分錢的利息，也不會讓你拿美元來還的。」

丁小玎白他一眼，說：「天底下哪有這等的好事！」

汪經理倒是留了神，問：「你說的這人是誰？」

張河說：「是個華人。雖說這人已入了當地的國籍，但對中國人卻是極肯幫忙的。這事我現在沒法跟你詳談，若讓我們這兒的人聽去了，少不了有許多麻煩。這樣吧，我今晚上你們公司來，帶你去見見他，到時你就明白了。」

汪經理聞之一喜，但仍有幾分疑惑，這時三個人已到了大門口。張河打開門，卻不肯再多說一句話，待汪經理與丁小玎出去後，便將門關上了。

停在門外的車已曬得滾燙。丁小玎打開兩邊的車門，讓熱氣散了散，兩人才進到車裡。車子開出一程後，丁小玎突然沒頭沒腦地說了一句：「張河這傢伙到底是人還是鬼？」

汪經理嘆口氣，說：「誰知道，到晚上就明白了。」

天黑後，張河果然如約而來。他把開來的使館的車停在公司的院子裡，然後上了丁小玎的車。車開上公路後，他詳細地向汪經理講了那位華人的事。

這位華人姓賈，其父是位船員。那船員在五十多年前漂洋過海時，在這個港口迷上了一位阿拉伯姑娘。船員出海前，汕頭老家的新婚妻子已經懷孕，但這也沒能擋住他與那位漂亮的阿拉伯姑娘再結鸞鳳。他離開了輪船，皈依了伊斯蘭教，做了這個國家的公民。兩年後，這位四海為家的浪蕩子，不知怎麼又想起了中國的妻子和他留下的那一團骨血。於是在某個清晨，給熟睡中的阿拉伯妻子留下張紙條，隻身上了去中國的輪船。回到家，妻子果然守著不到兩歲的兒子在苦苦地等他。在一番親熱和渲泄後，接下來就是痛哭和爭吵。最後，還是妻子讓了步，攜著幼兒與他一同回到了那個曾被人們稱做伊甸園的港口。就此那個年幼的中國孩子，身份證上有了個阿拉伯名字，一輩子便與大海和沙漠為伴了。

為了養活兩個妻子和後妻生的六個孩子，船員在港口開了一家中國小飯館。只可惜船員生性好賭，掙來的錢都同撲克牌一道，進了這一帶閑漢們的口袋裡。以至那飯館開了十來年，日子仍過得緊緊巴巴。中國兒子長大後，進了英國人辦的教會學校，成績出奇的好。中學畢業後，學校老師推薦他去英國上大學。大學已聯繫好了，做母親的卻堅決不同意。自來了這個炎熱的國家後，這女人便不再生育，故此把這獨生兒子看做個性命一般。平日裡尚不許他遠離一步，如今要去那番邦一樣的英國上學，如何肯捨得？兒子吵吵鬧鬧一陣後，最後還是依了母親，留在了家裡。就此，船員便把飯館的生意交給了兒子去做，自己索性落個清閑。

兒子接手飯館後，生意一天天見好。這人本就聰明，加之勤勉，十年後，竟將個街邊小店做成了當地最大的一家餐廳。這位年輕的賈老板，也隨之成了個響噹噹的人物，那做父親的反倒不大有人記得了。只是這賈老板人雖隨和，但有些地方卻固執的緊。比如他的婚姻大事，年紀尚輕時便咬了口要娶一個中國女人。就此，害得無數個當地姑娘，夜夜裡淚灑香腮。如今，他仍然是孑然一人，連情人也不曾有一個。正因為有了上面的這番心思，這賈老板對中國人便十分的好。當年建中國使館，他主動找上門來幫忙，連使館的抽水馬桶都是他帶著人去買的。

近年來，這兒的中國人漸漸多了。有承建中國對此國經濟援助工程項目的中國公司，有中國派出的醫療隊和教師，以及一些體育運動項目的教練。細細算起，至少有五六百人。來這兒的中國人，只要待上一段日子，沒有人不知道賈老板的。就是汪經理，儘管來的時間不長，也從旁人那裡聽說過他，只是尚未見過面罷了。待張河一一說完賈老板的身世和為人，汪經理便連連點頭，黑青的面孔方才透出一絲亮光來。他舒開蹙了幾日的眉頭問：「照你這麼說，找他借錢是沒問題了？」

張河說：「應該是沒問題的，只要他有。只是不知道有沒有那麼多的現錢。他是開餐廳的，平日裡流動資金用得多。」

汪經理說：「能借多少就借多少吧，先看人家的方便。我們要緊的是先借些買米的錢，其他的下一步再說。」

丁小玎開著車，冷丁插上來一句：「汪經理，你別高興得太早了。若是人家也讓你還美元，到時你咋辦？」

張河連忙說：「不會的，賈老板不是那樣的人。」

丁小玎問：「那樣的人是什麼人呀？」

一句話噎得張河沒了聲兒。汪經理見狀，用指頭搗了丁小玎說：「你看你小玎，人家張祕一晚上都在忙我們的事，別的不說，就衝這份辛苦，你也該有句好話吧？張祕，你別跟她見怪，這小玎什麼都好，就是有時不會說話。小姑娘家的愛圖個口舌痛快，其實呢心裡倒真的是沒個啥。今後處的日子長了，你也就知道她了，她就這脾氣，用不著跟她介意的。」

張河淡淡地說：「我介意了嗎？」說完，不再有話，汪經理也不好再說話了，拿了眼去瞜窗外。這說話間就到了餐廳，三人徑直進到最裡面的辦公室，那賈老板正坐在桌子前算賬，見張河帶了人來，忙起身讓座，然後返身出去取了幾瓶飲料和啤酒回來。

方才汪經理聽過張河的一番描述，已對這賈老板有了幾分好感，如今也就不再客氣，拿過啤酒咕嘟嘟的就往嘴裡灌。一邊喝，一邊說明了來意，只是不提已去過中國公司和使館的事。那賈老板果然是個痛快之人，聽罷，便答應借錢給他們，待汪經理說到利息一事時，臉上方才有了些不悅，放了酒杯說：「你是剛來此地，所以不知道我的為人，我也不怪你。我雖是個生意人，但卻從不賺中國人的錢。我向來認為，若是有本事的話就去賺外國人的錢，犯不著對著自己的人使壞。中國人上我的店裡來吃飯，我向來是只收成本，遇到那不寬裕的免了錢也是有的。說來說去，誰叫咱們都是中國人呢。你要是再提那利息的事，也就是看不起我了。」

一席話，說得汪經理臉上熱熱的，心裡也是熱熱的。丁小玎坐在一旁沒言語，瞪了雙水靈靈的眼睛打量著這賈老板。心裡想，這人果然了得。不僅人好，脾性爽快，就連那相貌也生得十分端正。儘管是濃眉大眼，卻也含了些縉紳之氣，便使得這男人多了幾分儒雅，倒不像個生意人了。這麼想著，人便有些走神，惹得賈老板也不住地朝她看。待四目相對時，丁小玎方才省悟了自己的失態，禁不住抿嘴一笑，那臉上便添了百般的嫵媚。這閱人無數的賈老板，一時間竟讓她的笑弄得心慌意亂。好在兩人的心思都是在肚裡，旁人沒看出什麼端倪來。

談完了事，汪經理起身告辭，賈老板說他明天一早便去銀行取錢，中午前一定送來。說完，便送三人出去，到了門口，卻又讓等等，自己回身進了廚房。丁小玎趁這空，偷偷瞅了張河一眼，卻沒想張河也在看她，這一驚，臉就紅了一片，杏核眼裡立時多了些水汪汪的東西。

兩人正不自在，賈老板就回來了，遞過幾個送外賣的飯盒。汪經理打開來看，塞滿了剛出鍋的對蝦。看賈老板的神氣，這東西是不能不要的，只好一邊謝謝一邊抱著上了車。待開了車，汪經理還在感嘆：「還是中國人好，還是中國人好哇！」

這回丁小玎沒反駁，邊開車邊應著汪經理的話，說：「是，我也覺得咱中國人挺好的。」說完，自個兒偷偷地笑了。

第二日上午，賈老板開車將錢送來了公司。汪經理要留他吃飯，他不肯，說是生意忙，改日再來。待臨走了，才不經意地問，怎麼沒見丁小姐？汪經理說，小丁不在，通常上午她都要出去辦事，賈老板不再說什麼，道聲再見開車走了。

這筆錢救了大急。一個月後，預付款也到了，公司就此在這個國家站住了腳。念起當初，汪經理除了感激賈老板外，就是一迭聲的讚揚張河。只是這話不敢隨便去對使館的人說，只好私下裡吩咐丁小玎，有空時別忘了請張祕來「檢查工作」。丁小玎自然是一口應承，待再去使館辦事時，便將這話說給了張河聽。過幾日張河果然來了，汪經理忙吩咐廚師做水煮肉片和回鍋肉。張河先不肯吃，後汪經理再三苦勸，說只此一回下不為例，這才將那飯菜端到汪經理的房間裡，叫上丁小玎喝了個痛快。那以後，張河便斷不了上公司裡來，送報紙送文件，或是幫忙買些免稅的煙酒。汪經理也常讓工人摘一些自己種下的蔬菜，隔三差五的給經參處送點去，趙仁宗總是笑瞇瞇地收下，絲毫不知是沾了張河的光。

丁小玎與張河的關係，也隨著頻繁的公事接觸愈發的密切起來。不過像今天早上那樣，背著人摟在一塊兒親嘴，也還是第一次。丁小玎原是隨著張河去曬剛洗好的衣服。曬著曬著，手便被張河捉了去，軟塌塌的身子也跟著落進了張河的懷裡。丁小玎不是第一次跟男人接吻，但事後那種意亂情迷的感覺，卻是從未有過的。以至從使館出來到了移民局時，仍是有些魂不守舍。辦完移民局的事後，她本該去航空公司預訂幾張飛機票，但她卻決定把這樁事留到下午再辦。她現在只想趕快回到屋裡，自己一個人呆上一會兒，好好品味一下早上發生的事。

這麼想著，手便把方向盤向右邊掰了去，車拐了個彎，駛向了科瑞特大街。

4

趙仁宗從車上下來，沒往樓裡去。他回頭對韋孝安和吳家琪吩咐了幾句，便上前院找大使去了。待趙仁宗一轉身，韋孝安便板了臉往樓裡走，吳家琪低頭跟在他身後，搭拉著眼皮一言不發。倒是司機馬工勤仍同往日一樣，一邊關著車庫的捲帘門，一邊唧唧呀呀地哼著小曲。

韋孝安和吳家琪進了樓後，誰也沒回自己的房間，兩人一前一後去了辦公室。待在皮椅上坐下了，韋孝安才從牙縫間嗤嗤地吐出一口氣，接著便出了聲罵道：「什麼個雞巴玩意兒，也配跟我動手動腳！要不是因為參贊在，我能饒了你麼？你個王八蛋小子……」

吳家琪坐在自己的桌前沒搭腔。他知道韋孝安這股子氣已憋了許久。好在是與自己無關，可以任由他去罵，全當沒聽見就是。

今日去拉赫基的項目隊，是應那項目經理的要求。這條被當地人叫做拉赫基的公路，大半盤陀在山區，卻是貫穿此國南北交通咽喉的一段。過去因了山高溝險，公路繞道而行，走一趟要多跑兩百多公里。頭年，此國政府與中國政府談成了長期無息貸款，決定在山上動工修路。工程招標後，一家中國公司中標。很快，公司便從國內組織來了人員，並在規定的時間裡舉行了開工典禮。待各種機械設備陸陸續續運來工地後，僻靜的山溝裡便熱鬧起來了。

誰想，工程開工不到兩個月，便有些做不下去了。此間的問題錯綜複雜，攪得項目經理吃不下睡不著。最先出麻煩的，是施工的場地。按照工程承包合同規定，中國公司方面負責承建工程，徵地搬遷等問題則由當地政府去解決。可當地政府不知是因國事太忙還是記錄有誤，總之在工程開工後，中國人才發現此處的徵地一事竟是無人過問。當公路要穿過當地的一片種著經濟作物的農田時，便有山民紛紛趕來，擁數個青壯的男人持槍在前，人人露寸土必爭的模樣。只要見到中國人來，便對著天空砰砰開上幾槍。雖說沒把人真的當作靶子，但也足以讓來人心驚膽戰了。

項目經理自然更不願自己的人去做靶子。於是便趕緊帶了人去國家建設部，找有關部門交涉理論。在一番口舌後，政府終於開始緊急徵地，並派了警察警車在工地巡邏執勤，以保障中國人的安全。

只是這徵地一事，卻不如人們想像的那般順利。那些把經濟作物作為家庭生活來源的人，死活不願放棄自己的土地。這國家的田地是私人所有，他若是不賣，政府也是無奈的。一來二去，便苦了承包工程的中國公司。徵下一塊地，便朝前修一截，活像個耄耋老者，磕巴趔趄了往前走。不僅誤了工期，還窩了人工，白白地讓人上國外來閑等著花美元。即便是這樣，項目經理也免不了提心吊膽。那些不願被徵地的山民，在同政府談判無效後，便與派來的警察展開了游擊戰。每日待巡邏車一過，人便從崖下樹後鑽出，用槍逼著中國人停下手裡的活計。這時就是那膽大的，也不敢再犟著要幹下去了。

拉鋸般的僵持了一些日子後，山民的對抗開始升級。除了白日的游擊戰外，夜裡還有人摸到駐地附近，對著工棚砰砰開上幾槍。待派來作保衛的警察急急尋去時，卻人影也見不到一個。雖說這子彈尚未傷到人，但一些人也因此唬得夜裡不敢睡覺。第二日便有人苦了臉找到工班長，請病假留在屋子裡補瞌睡。

如此鬧了幾夜後，項目經理只好決定暫時停工。工地上的機器一停下來，夜裡的槍聲便也跟著消失。山民們雖是凶悍，倒卻是十分的守信遵諾。

只是這麼一來，建設部那邊不依了。一邊催著開工，一邊增派軍隊加強保衛。經理惹不起建設部，只好又開工。開工的第三天，山民們便抬了個血淋淋的女人來到項目隊。說這女人受了中國人開山放炮的驚嚇，不僅孩子早產，如今連女人自己的性命也是難保了。

如此一來，項目隊裡自然亂作一團。那年老的山民們圍著女人哭哭啼啼，年輕的則在一旁把槍栓拉的嘩嘩直響。項目經理心裡自然明白山民們是為了開工之事發難，卻又不敢將這話說出，只好找來車把產婦送去中國醫療隊，並指派專人去處理善後之事。待鬧事的人們一走，經理便給經參處來了電話，說此項工程為中國的經濟援助項目，如今鬧到這般地步，只好請中國政府出面解決了。

電話上除開說徵地一事外，還提到機械設備的問題。因此項工程為中國的經援項目，故工程款中有一部分是用人民幣付款。定合同時有關方面提出，工程所需的一部分機械設備，由他們在國內購買。本來，用人民幣購買國產機械設備，是個兩全其美的事，項目隊自然無話可說。但在遠涉重洋將這些機械運來後，人們才發現卻是連麻煩也一塊兒運來了。

最先鬧事的是一輛油罐車。這車從萬噸輪上卸下後，便不會動彈了。無奈，只好找車將它拖回公司設在港口附近的辦事處，過後再找人前來修理。只是左修右修一陣，這車仍不見有起死回生的苗頭。無奈，項目隊只好將它留在辦事處，留做遺留問題慢慢解決。

那些去了工地的機械設備，大部分都能正常運行。但其中的幾輛推土機和運載卡車，卻仿了那潑皮無賴的行徑，三天兩頭地躺倒不幹。車輛調度整日裡跟在機械工程師的屁股後，絮絮叨叨地找他要車來用。那工程師被纏不過，半夜裡都點了燈鑽到地溝裡去檢查修理。可無論怎麼修，這些機械們也只幹個兩三天，然後便又哼哼哧哧地開始鬧毛病。最後那工程師黑臉青眼地找到了經理，說我伺候不了這些大爺，經理你還是另請高明吧。

因為這批設備的購買同經參處有些瓜葛，所以經理便又找到了趙仁宗。同徵地的事一樣，兩樁都是急事，以至趙仁宗不得不親自走上一趟了。不過憑良心說，趙仁宗對中國公司的事，向來是十分關注的。人一到項目隊，馬上與經理和有關人員開會，共同商討解決山民鬧事和機械設備的問題。對前一個議題，因是一致對外，大家沒什麼爭議，很快便有了結論。商定由使館出面與當地政府交涉，若是不能保證中國人的生命安全，便正式停工，然後再報國內批准。但談到第二個問題時，卻有了分歧，直到食堂管理員來叫人吃飯時，也尚未有個定論。

於是便暫時休會去了食堂。使館來了人，項目隊自然要使出渾身的解數辦招待，參加開會的人員也跟著作陪客。酒過三巡，那位焦頭爛額的機械工程師就有了些異樣。這位仁兄原本就無酒量，幾杯酒下肚，平日裡窩在心裡的那股子邪火，便吡拉唿拉地竄了出來。也是活該韋孝安倒霉，正好坐在這工程師身旁。那仁兄硬拉了他喝酒，一口氣便灌了兩杯。酒勁一發，人就話多，那工程師便挈了韋孝安的手，要他幫忙向國內生產機械設備的廠家索賠。韋孝安知道他是喝多了，倒也不十分在意，只慢慢地說：「索賠怕是困難，不過我可以和廠家聯繫，共同想出個解決的辦法來。」

聽了這話，工程師的頭搖得跟個撥浪鼓一樣，紅了臉說：「罷，罷，他們能有什麼辦法？除非是將這堆破爛運回國去，重新調換上一批。可話說回來了，若調換回來的仍是些偽劣產品，那不更坑死人了？當初我們打算的是就在這國外購買，可你們非逼著讓我們買國產的。這下好，一個個全跟死豬樣，踹一下動一下，踹輕了踹狠了都不成。可工人哪知道這些，等車等急了，便指著我的鼻子罵娘。我娘都死了有十多年了，沒想為了這批破爛，如今做鬼都不得安生。韋祕，你若是能幫我們索賠回來那筆錢，我們便可以在這裡重新買上一些設備，你也算是積了大德了。」

韋孝安心裡不悅，臉上卻不便表露，只好耐了性子說：「索賠這件事，不是我一人說了就能算數的，至少要向國內請示。剛才開會時我已說了，那幾輛裝載車的問題，國內的廠家已答應來人修理。你想想，即便是來上一兩個人，光住宿和機票也要花上好幾千美元，怎麼說也算是對你們盡心盡責了。至於那些推土機，國內的有關部門也去找過廠家。那是個殘疾人辦的工廠，如今效益不好，連工資都發不出來。這種眼看著就要垮臺的廠家，你讓他們上哪兒拿錢賠你們？」

工程師說：「既然是那種不成器的工廠，為何要去購買他們的產品？莫不是你們那些管採購的人得了人家的好處？」

韋孝安說：「你這麼說可就不對了。我想那負責採購的同志也是想把事情辦好的。只是機械這東西，沒用它之前，誰知道它的好壞？待買了來用時，方才能發現問題。」

工程師說：「你這話能搪塞別人，卻是哄不住我。我做這機械工程師也不是一天兩天了，對國內生產這些設備的廠家多少有些了解。咱國家也不是沒能力生產這些東西，光名牌產品就有好幾個，有些還往國外銷呢。你們為什麼放著那好的東西不買，專買這沒人要的破爛？若不是那去訂購設備的人得了好處，他能這麼昧著良心辦事麼？」

韋孝安沉下臉來，說：「設備出了問題，大家應當共同協力想辦法解決問題，而不是去說那些不利於團結的話。你總說人家得了好處，這首先就是對同志對組織的不信任，這種態度怎麼能解決好問題呢？我們這次來，並不是要指導你們怎麼做，只是想幫助你們把這些問題處理好。你為什麼就不能像別的同志那樣，心平氣和地討論這些事呢？」

工程師放下酒杯，定了眼看他，喝紅的眼裡慢慢就有了些濕潤。韋孝安受不住他這眼光，說：「你不能再喝了，把酒給我吧。」說著便伸手去拿酒瓶。工程師攔住他，又給自己斟上一杯，仰了脖子一口乾下，用手掌抹了把嘴，說：「你方才讓我心平氣和，你知道你這話說得有多錯麼？看著一堆設備躺在那兒不能用，我要是還能心平氣和，那就真的不是人了。我們在這兒辛辛苦苦地幹為了什麼？從小的說，是為了給自己多掙點錢，從大的說，是給咱國家爭面子。只是我們這份辛苦你們未必能體會到。你們整日坐在有空調的房裡，知道我們這錢是怎麼掙的麼？要不要我扒了衣服給你看看？我們這一身，別說是皮，就是那皮裡的肉，也都曬得沒了原來的顏色。可話說回來，辛苦我們不怕。自定了主意上國外來掙點錢時，就做了這吃苦的準備。不流上幾把血汗，那美元就能輕輕鬆鬆的歸了你？但辛苦歸辛苦，若是那些設備老是不能用，拖了工程的後腿，到時因工期延誤罰起款來，大伙兒在這兒拼了命掙的血汗錢，就算是白白扔了。到時不用別人來說我，我自己先就沒了臉見人。咱好歹也是條五尺高的漢子，讓人戳著脊梁罵娘算個什麼鳥哇……」

韋孝安無法再聽下去，放下筷子起身要走開。剛一動彈，便被那工程師一把給攥在了手裡。這工程師的本意是要讓韋孝安把他的話聽完，並不打算冒犯這位韋祕。可在韋孝安看來，這一把是來者不善，立時便鐵青了臉，舉了胳膊去擋。兩人這一來二去，倒把坐一旁的吳家琪嚇了一跳。心想這兩人剛才還親親密密地說著話，怎麼一轉眼就動起了手來？於是趕緊起身過來相勸。這一叫一拉便在酒席上起了陣騷動，驚得所有人都放下了筷子。待經理趕過來弄清事情的原委後，眾人都淡了喝酒吃菜的心思。趙仁宗匆匆向經理交代了幾句，便帶著韋孝安和吳家琪上車回使館了。

回來的路上，趙仁宗板著臉一言不發，其他人自然也不敢多話。待車進了市區，趙仁宗才抬了臉吩咐，吳家琪回去後馬上給建設部打信，他要親自與建設部部長就徵地之事進行會談。韋孝安則抓緊再同國內的廠家聯繫一下，催促他們早些派人來處理這裡的事。交代完，車也就進了使館的院子，趙仁宗樓也沒進，直接找大使匯報去了。

韋孝安坐在椅子上罵一陣，方才將肚裡的惡氣出了些去，之後轉過身，開始擬給國內的傳真稿。這時杏兒進了門來，左右看看，問：「老趙呢？不是一塊兒回來的嗎，咋沒見到人？」

吳家琪說：「參贊上前院找大使去了。」

杏兒說：「喲，啥事呢這麼著急，回來連茶都不喝一口就走了。這老趙也真是，整日裡就記掛著他的工作，連自個兒的身子骨都不知愛惜，好像這世上就數他忙。」

吳家琪說：「是，參贊也是太忙了。」

杏兒眼珠一轉，問：「今兒你們去拉赫基好玩嗎？」

吳家琪偷偷看韋孝安一眼，說：「有什麼好玩的，不過是例行公事罷了。」

杏兒說：「得了，你們那公事我知道，連玩就帶著辦了。說真的，我倒是喜歡去那些項目隊走走，整天待在這院子裡，有時真讓人悶得發慌。拉赫基那地方我還沒去過，若是以後有機會，我也隨你們去看看。」

韋孝安在一旁悶了半天，這會兒開了口，說：「你是參贊夫人，你要去，自然是要把你當做上賓對待的，無論如何不會像對待我們一般。」

杏兒細細的豆角眼一彎，邊笑邊說：「哪兒就是光把我當上賓了？你們哪回下去人家不把你們當領導，誰又敢怠慢了你們？得，趕明兒有空，我自己開了車帶了老邊去，免得有人說我們沾了你們領導的光。」說完，抿嘴一笑，扭身出了門，趿拉著拖鞋踢踢踏踏上樓去了。

杏兒回到屋裡，先進到小廚房。從牆角的紙箱裡提出兩瓶礦泉水，咕嘟嘟地倒進電水壺裡，然後將插頭插上。杏兒剛來時，見使館樓裡的過道上堆滿了裝礦泉水的箱子，覺著稀奇。一問，是使館買來發給大家的，人們用它來燒開水泡茶。杏兒問了價錢，噝噝地直抽氣，回屋來悄聲對趙仁宗說，這些人可真捨得糟踐東西。待時間一長，杏兒也學著用礦泉水燒開水了。有時上中國公司或醫療隊串門，別人端上茶來，喝一口便放了杯子。回來時撇了嘴對趙仁宗說，那也叫茶麼？進到嘴裡光一股子鹹味兒，真是不能喝了。

杏兒燒上水，出了小廚房，進到裡屋，從櫃子裡取出一筒茶葉，又從桌上放的托盤裡拿出個紫砂杯。每天這幾口茶，在趙仁宗是件極其講究的事，平日裡通常是喝三道，早飯後，午睡起，晚飯前。若是外出時間稍長些，回來的第一件事也是喝茶。不僅茶喝得勤，泡法也有自己的規矩，故此常瞪了眼對杏兒喊：「你看你，這叫泡茶麼？茶葉都讓你給泡塌了！早知這麼笨，該讓鄭青好好教教你的。」

一提到鄭青，杏兒便不再言語，人也像矮了一截去。杏兒見過鄭青幾面，一個說話時輕言細語的女人。儘管她跟杏兒說話時從未提高過嗓門，但杏兒仍然怕她。在鄭青面前，杏兒便覺出了自己的低微和卑賤。

5

鄭青是趙仁宗的前妻，北京某大學的教師。杏兒給趙元元帶孩子時，趙仁宗還沒離婚，但早已與鄭青各居一處。平日裡，兩人有時也通通電話。逢到了節假日，方才叫了孩子們上家裡來一塊兒聚聚。好在趙仁宗出一次國就是幾年，在不在都像沒這麼個人，鄭青正好落個心靜。

那日，趙仁宗從國外卸任回來，先給鄭青去了個電話，說旅途太累，休息兩日後再去看她。第二日提了個沉甸甸的包，坐車去了女兒趙元元家。三個孩子中，趙仁宗最疼愛的就是這個女兒。加之在國外時就接到了趙元元的信，說給他生了個外孫女，自是有些等不及了。

門鈴響後，是杏兒開的門。趙仁宗見面前出來個細眉細眼削肩蜂腰的女孩兒，眼睛不由得一亮。杏兒已知這老頭是孩子的外公，但因著對那外交官的好奇，也禁不住多看了他兩眼。心裡想，外交官原來就是這樣的。這老頭儘管上了年紀，人卻不難看，也知道打扮自己，身上的衣服一瞧就知道是上好的料子做的。只是那個圓圓滾滾的肚子太惹眼，猛一看像是在衣服裡揣了個面盆。這麼想著，就有些好笑，又拿了眼去睃身後的人。沒想這一看，兩人的眼光就對在了一起，杏兒臉一紅，扭身躲進了廚房，咚咚地剁起了餃子餡來。邊剁，邊支了耳朵聽客廳裡的動靜。心裡想，這老頭可真怪，賊賊亮亮的一對眼珠子，盯起人來就像個毛頭小伙子似的。

那以後，趙仁宗便常來看望外孫女。除了給外孫女買些食品或衣服外，也時不時給杏兒帶些頭巾髮卡之類的小玩意兒。再過一陣子，人愈發來得勤，時間也多選在趙元元兩口子上班之後。自此，給杏兒的禮物也貴重了許多。有次甚至拿了瓶法國香水來送給杏兒，喜得杏兒捏著那小瓶在被窩裡嗅了大半夜。

這一來，兩人的關係自然是日見親密。趙仁宗來了，杏兒也不把他當長輩侍奉，由著他在廚房裡幫著摘菜聊天。有幾回，就著遞東西，那胖乎乎的手便停在了杏兒的胸脯和屁股上，窘得杏兒不敢抬了眼看他。事過之後，杏兒儘管怕，卻又有些得意。想那老趙雖然是年紀大，人卻不討厭，神情中竟還有幾分風流倜儻的味道。就是那年輕人，也是未必比得了的。這做外交官的人，到底是不一樣的。

終於有一日，待外孫女睡熟後，趙仁宗把杏兒抱上了床。杏兒開始還掙扎了幾下，待趙仁宗將她的衣服扯下來一半時，她便由著他去了。直到她感到一陣疼痛時，她才又叫了起來。趙仁宗趕緊用舌頭堵住了她的叫喊，呼哧呼哧的做完了事。事過之後，杏兒渾身癱軟，用被子捂了臉抽抽嗒嗒地哭，趙仁宗卻不再搭理她，光著上半身在一旁抽煙。杏兒哭一陣，不見趙仁宗有什麼動靜，便掀了被角偷眼去看身邊的這個男人。這一看，竟滿眼都是微微顫顫的肥肉。心裡就想，我真這麼白白把自己糟踐了麼？這麼一想，便不再哭了，撩開被子爬起來，光著身子進到衛生間裡，打開熱水沖起澡來。

待杏兒走出衛生間時，神情已平和了許多。那時杏兒還不像日後那般精瘦，乳房雖小，卻也算成形，兩個微微上翹的奶頭也還有幾分撩撥人眼。加之剛哭過剛浴罷，窄窄小小的臉上添了層水靈的豔紅，也就有了幾分楚楚動人的味道。

趙仁宗掐了煙，痴痴迷迷地看著杏兒，伸出手要抱她。

杏兒卻攔住了他的手，說：「雖然我不是城裡人，但我卻給了你個黃花閨女的身子，你好歹要對得起我才行。」

儘管趙仁宗心癢難忍，此刻也只能耐了性子，問：「我怎麼對不起你了？」

杏兒說：「那你答應娶我了？」

趙仁宗讓杏兒的話給說得一楞，立時將眼收做一條縫，乜斜了去看杏兒。看著看著，臉上漸漸活動開來，盯了杏兒似笑非笑地說：「你這丫頭比我想得要鬼，弄不好，倒是我讓你給算計進去了。」

杏兒說：「這怎麼怪我了？你是男人，我那點力氣怎麼抵得過你？你要了我的身子，我也就沒臉再去找別的人了，我不找你找誰呀？」

趙仁宗不吭聲，低著頭想了一會兒，又抬起頭來上上下下地打量了杏兒一番，這才開口說道：「我先前也沒想到我們會走到這一步的。不過你放心，這事我既然做下了，就決不會虧待了你。只是結婚這檔子事，你容我再想想，別弄得魚沒吃到口裡，自己先鬧了一身泥腥。你別噘嘴，我說的這些都是真心話，否則我可以先答應下你，然後一走了之。我只要出了這個門，就可以不承認有這檔子事，到時你找誰去？如今我答應下來好好考慮，就是想找出一個解決這事的好辦法。你也知道我還沒離婚，所以我們倆的事現在不能透出一絲風聲去。待我解決了那一頭後，再商量我倆的事也不遲。」

杏兒想想，問：「你說的可是真話？」

趙仁宗說：「這就要由你自己來判斷了。總之這之前，我沒有對人說起過離婚的話。我想都上了年紀了，這餘下的日子就湊合著過吧，如今是因為了你，我才覺得要改變一下我的生活了。」

杏兒聽了這話，長長地舒出一口氣，上前一扭身倒在了趙仁宗的懷裡，就勢抓了趙仁宗肚子上的肉，一把把在手心裡捏著。

趙仁宗癢得呵呵直笑，說：「喂喂，你可是要想好哇。你才二十來歲，可我轉眼就是小六十的人了，跟了我你不覺著吃虧？」

杏兒鬆開他肚子上的肉，反身去擰他的下巴，然後仰了臉說：「你扒我衣服時，咋沒想到自己是個老頭？這會兒倒是假正經了，你臊也不臊？」

看著懷裡半嗔半嗲的可人兒，趙仁宗的下身有了異樣，於是又摟了杏兒往床上滾去，接下來的那番巫山雲雨，弄得杏兒在他身下直叫喚：「老趙老趙，你可真不老啊！」

這以後，只要背了人，兩人便要在一塊兒做那夫妻之事。趙仁宗雖是上了些年紀，但幹起那事來，卻是十分的能耐，竟是連小伙子也比不了的。杏兒開始還有些半推半就，到後來也常常自己先脫衣解帶，然後拉了趙仁宗跟她上床。杏兒這麼做，一是嘗到男歡女愛的甜頭後，平日裡斷不了要想這事；二來自存下結婚的念頭後，開始擔心趙仁宗去尋上別的女人。於是乾脆橫下心潑出膽來，捨了自己的身子將這花心的男人拴住。趙仁宗雖不知杏兒的心思，卻也樂得這年輕的女人如此戀他。自此，兩人雖不是日日貪歡，卻也是如膠似漆，直到杏兒發現自己懷了孕。

待趙仁宗再來時，杏兒死活不肯跟他上床，自個兒抱了枕頭嗚嗚地哭，哭一陣，這才說了懷孕的事。聽罷，趙仁宗也動了心思。於是摟了杏兒倚在沙發裡，用好話將她勸住，細細地商談起日後要做的手腳來。最後兩人商定，由趙仁宗先去跟鄭青攤牌，事成之後再帶杏兒去做人工流產。

第二日，趙仁宗換了身整潔的衣服，出門叫了輛出租車，徑直去了鄭青的住處。鄭青的房子是單位分的，位於和平里的一個居民小區，與剛結婚的小兒子住在一起。趙仁宗爬上三樓，在標著二〇三的房門前停下，按了按門鈴。

鄭青開了門，見是趙仁宗，也不驚詫，淡淡地說句：「進來吧。」先自轉身走了。

趙仁宗早已習慣了她的這種冷漠，也不見怪，邊往屋裡走邊搭訕著說：「建軍他們上班去了？」

鄭青嗯了一聲，也沒別的話，轉身進了廚房。趙仁宗在沙發上坐下，從兜裡掏出煙，划了兩根火柴方才點著。坐一會兒，鄭青從廚房裡出來，將一杯茶放在趙仁宗面前，說聲喝吧，然後斂了聲在對面的椅子上坐下。趙仁宗端起茶杯，聞著從杯裡浮出的絲絲茶香，不禁瞇了瞇眼。

通常，北京人都愛喝香片，但趙仁宗偏好一口綠茶。泡時也有講究，非一般人所為。水燒開後，先放其一邊，待那熱勁去了一分後，方才沖進杯子裡，水淹過茶葉兩分高低。茶泡到有黃澄澄的顏色從水裡透出時，便將這頭道茶水倒掉，摻上第二道水。待微黃的茶水裡能見到幾絲薄翠游出時，這茶便能喝了。喝罷這道茶，再沖上第三道水，那黃綠的茶水眼見得就有了幾分敗色。這道茶喝過，這杯茶就不要了，即使要喝也是另外再沏。除此之外，趙仁宗尤其忌喝冷茶。就為了這茶上的癖好，在以後的日子裡，杏兒吃了不少苦頭。

見到茶，趙仁宗心裡有了幾分愧疚。雖則是吵吵鬧鬧幾十年，但在生活上，鄭青對他倒是極盡體貼。這麼一想，便禁不住抬了頭去看對面的那張臉，卻是木木然然的一副神情落進了眼裡。只有那個雖已起皺但仍算得上細白寬亮的額頭，洩露出這個女人曾經年輕美貌過。

趙仁宗不由得有些感嘆，為這個當年曾是校花的女人。那時他剛剛脫下軍裝，分到大學某部門任黨支部書記。若不是這女人舊日男友的父親被鎮壓槍斃，這女人大概永遠也不會跟了他。新婚之夜，女人告訴他，她的身子早已給了另外一個男人，他聽罷狠狠在她臉上抽了一巴掌。那夜，他還是要了她。儘管她在他身子底下不吭不動，如同個木雕石刻的人，但他在搓揉那個被他剝得精光的身體時，仍然生出一種肆虐的快感。

從那以後，她便一直是客客氣氣的在待他。他想到過離婚，可又捨不得她的美貌。她越是對他冷淡，越是撩撥得他欲火難熬。他只要在家裡，就不肯放過她一夜，他喜歡看她在他身下痛苦呻吟的樣子。在一次次的懷孕、生產、刮宮後，這女人迅速地萎頓衰老。她不再像過去那麼吸引他了。即使倆人同躺在一張床上，他也很少再有過去的那種衝動。他開始變得心平氣和。當她提出來要搬出去住時，他很痛快地答應了她。

她知道他時不時要去找別的女人。對這些事，她從不曾過問，就像今日她也不會主動問及他的來意一樣。趙仁宗繞來繞去說一陣，最後終於提到了離婚，這時，她眼裡方才閃過了一絲怨毒。不過她仍然沒說什麼，只點點頭答應了下來，並且與趙仁宗商定了辦手續的時間。

像往日一樣，她送他到樓梯口。趙仁宗下到一半時，回頭望望，女人還站在那兒。這女人過去是個高挑個兒，如今已落了個乾薑癟棗。加之素日裡又喜著一身月白色長衣長褲，愈發像了具被咒語喚醒的僵屍。不知怎麼，趙仁宗就想起了杏兒，想起了那個鮮佻玲瓏的身體。想著想著，一時間竟衝動起來，身體的下面立時有了異樣。怕鄭青在上面看出什麼端倪，趙仁宗一低腦袋，慌慌張張地出了樓去。

接下來要做的事，便是帶杏兒去做人工流產。到醫院時，趙仁宗說杏兒是他的女兒，醫生護士也都相信。手術做完，趙仁宗找了個出租車送杏兒回家。到家門口正要掏鑰匙開門，卻聽見趙元元在屋裡說話，不禁嚇一跳，低了聲問杏兒，「這丫頭今日怎麼這麼早就回家來了？」說完，門也未敢進，慌慌忙忙吩咐杏兒幾句，自己悄悄下樓走了。

杏兒硬著頭皮進了門。趙元元見是她，先有了幾分不快，沉下臉說：「我這才把孩子送去白托，你就整日裡跑得見不到人影了。我早上走時，吩咐過你把窗帘摘下來洗洗，再就手把窗戶擦了，可你竟什麼都沒動。今日若不是有朋友來，我提前回了家，還不知道你如今已是這般的沒規矩了。今天有客人在，我也不多說你，你先上市場去把菜買回來，然後該幹什麼就幹什麼去。」

說完，讓杏兒拿了紙來記，雞鴨魚肉茄子黃瓜一大堆。杏兒自然不敢說什麼，趕緊提了筐就走。出門時，聽見趙元元對客人說：「現在的這些小阿姨，個個都跟成了精一般，一眼看不到就能把你這個家都拿去賣了。我家這個杏兒還算是好的，可架不住她那些小姐妹三天兩頭的挑唆，誰知道今後會成個什麼樣……」杏兒聽罷，輕輕地帶上了門，抹把淚下樓去了。

待杏兒在菜市場走一圈後，越發覺得了氣短。買回菜上樓時，肚子又開始了一陣陣絞痛。杏兒放下菜筐，在樓梯上坐了一會兒，直到那一陣氣緩過來後，方才開門進屋。回到家後，杏兒便忙著與趙元元一塊兒做飯，等人們開始喝酒吃菜時，才偷空在廚房的小凳子上坐了一小會兒。客人走後，杏兒獨自涮洗著碗筷，突然一陣頭暈目眩，差點兒就虛脫在了廚房裡。虧著趙元元這時已去上班，杏兒趕緊摸到床上躺下，蒙著被子偷偷哭了一場。

當夜，杏兒下身開始出血，床單上立時浸了一大灘。第二日，趙元元兩口子一出門，杏兒便忙著給趙仁宗去電話。趙仁宗拿起電話，只聽見杏兒在那頭哭，到底是什麼事也沒說清。趙仁宗著了急，放下電話急匆匆趕到趙元元家裡，問清原委後，便讓杏兒趕緊跟他上醫院。兩人才說要走，就聽見電話鈴響，杏兒去接，一聽是趙元元打來的。趙元元在電話上吩咐杏兒將被褥拆了去洗，並說待想起什麼後一會兒再來電話。杏兒知道趙元元是因昨日的事起了疑心，自然不敢再跟趙仁宗去醫院。趙仁宗只好去找了個私人診所，開了幾付中藥拿回來讓杏兒自己熬了吃。

杏兒吃了藥後，出血不再那麼厲害，但仍然瀝瀝拉拉地流了半多個月，方才完全乾淨。這期間，趙仁宗因按捺不住，又跟杏兒幹了兩回那種事，自此杏兒臉上的那點紅暈便漸漸退了去，轉呈一種黃渣渣的蠟色了。

兩個月後，趙仁宗與鄭青辦完了離婚手續。三個兒女都沒說什麼。打小就知道父母感情不和，明白這不過是早一天晚一天的事。但到趙仁宗與杏兒結婚時，家裡卻炸開了鍋。

杏兒要搬去與趙仁宗同住，自然要辭了趙元元這頭的活。當趙元元聽她說罷原因後，一張臉漲得通紅。再扭頭瞅一眼立一旁的老父，面色立時又一片煞白。之後拖過孩子，不許趙仁宗和杏兒再碰一手指頭，只一迭聲催了杏兒收拾東西走人。

當晚，趙元元的哥哥趙建國去了趙仁宗家。這個一米八二的漢子，在某機關做保衛科長。

見了新婚的老父與後母，也不多說話，只叫杏兒燒菜做飯拿酒來喝。這一喝就喝了個酩酊大醉，當下就歇在了新房裡。趙仁宗和杏兒見他如此，知道是來尋釁的，只得忍了氣，在書房的沙發上度過了新婚良宵。第二日，杏兒進到臥室時，趙建國已不知去向，只有嶄新的綢被上留下來一灘酒氣熏天的穢物。看著被掀得亂七八糟的新房，杏兒哇地哭出了聲來。

為安撫杏兒，趙仁宗當晚請了兩位老友來吃晚飯。菜端上桌，正叫著客人入席，小兒子趙建軍便攜著媳婦進了門來。見了一桌子酒菜，兩人也不推讓，先自在桌子邊坐下自飲自斟。喝一陣，兒子皺了眉頭說：「爸，這酒一股子騷味兒，咱們換個喝吧。」說罷，便揚了脖子對在廚房裡炒菜的杏兒叫：「小阿姨，你把我爸酒櫃裡的那瓶茅臺拿來。」

趙仁宗立時便沉了臉。兒媳看在眼裡，噗哧一笑，說：「爸，你甭怪他，過去這麼喊慣了，一時間改不過口來。杏兒，杏兒，你快去把酒拿來呀，客人還等著喝呢。」那口氣，仍舊是在使喚丫頭老媽子。

趙仁宗漲紅了臉，火卻發不出。媳婦比杏兒長三歲，沒法按了她的頭讓她叫媽。一旁的客人倒是看出了這其中的尷尬，趕緊起身告辭。待趙仁宗送客回來時，兒子媳婦也出了房門。

兒子手中提著那瓶尚未開封的茅臺，晃晃酒瓶對他說：「這酒我帶回去給咱媽喝。她老人家苦了一輩子，這回跟著沾點喜氣，也就算是普天同慶了。」說罷，摟了媳婦就走。

趙仁宗看著兒子的背影，把牙縫間的那口氣慢慢地咽回了肚裡。照理說，結婚是他自己的事，犯不著怕這些孩子。可不知為什麼，趙仁宗心裡窩著的那股火，橫豎就是發不出來。他心裡明白，他長期駐外，三個孩子全靠鄭青一手拉大，做兒女的本就跟媽親，加之杏兒的身份，兒女們自然便看輕了他。

回到屋裡，杏兒坐在飯桌前抽抽嗒嗒地哭。趙仁宗上前掰過她的臉，說：「哭啥哩哭，咱不在北京待不就成了？明天一早我就去買機票，咱們上外面度蜜月去。好了，你別跟他們再嘔氣了，孩子們平日裡也不是這樣的。只是他們猛一下聽見這事，腦子裡一時間轉不過彎來。等過上些日子，慢慢想通了這事，氣自己就會消了，到那時不就沒事了？」

杏兒心裡自然不相信過些日子便會沒事。不過，聽到說外出度蜜月，倒是十分的對了心思。當下便收了淚，進廚房端出乾淨的碗筷來，與趙仁宗重新坐下吃這頓新婚晚宴。兩人相對而飲，竟也喝了個七八分醉，然後摟摟抱抱地上了床。

第二日，趙仁宗果然去買回了機票來。兩人收拾上行李，叫輛出租車去了機場。杏兒是頭次坐飛機，自然是歡喜不盡。直到坐在了飛機的座位上，仍呱呱嘰嘰地說個不停，惹得前後排的人直拿眼睃她。

這一番蜜月果然過得開心。趙仁宗在國外時，多是被派駐一些被稱為第三世界的國家。

對這些同志加兄弟的國家，中國政府每年都要撥出專門的款項給予經濟援助。如果經援的是工程項目，便大都由中國人來承建，而使館的相關部門在這裡面便有些很微妙的作用。如此一來，趙仁宗結識了不少中國建築工程公司的頭頭腦腦，度蜜月的路線，自然便是尋著那有熟人的地方去了。

這一個月，是杏兒一生中最風光的日子。趙仁宗與杏兒每到一處，皆被待為上賓。不僅吃住玩耍勿需自己掏錢，連那來回的飛機票也有人給報銷。乍開始，聽見人們衝著她一口一個「夫人」，杏兒還有些臉紅心跳。待聽得多了，眼裡就有了些得意的神情，再見人時，言談舉止中，便多了幾分拿捏。

在無數的熱鬧之後，杏兒還藏了份心思，那就是回村裡一趟，讓鄉親姐妹們看看她如今的風光。一日，他們途經了她家鄉所在的那個省，被人安排住在省城的某家賓館。晚上一上床，杏兒先鑽進了趙仁宗的被窩，使出渾身的招數，把個趙仁宗撩撥的心旌蕩漾。待兩人將那翻雲覆雨的事做完，趙仁宗心滿意足的從她身上下來後，杏兒便說起了要回家裡看看的事。沒想趙仁宗聽了，卻是極乾脆的一口回絕，說是鄉下沒衛生間，他蹲著拉不出屎來。

在兩人相好後的這段日子裡，無論遇到什麼事，趙仁宗大都是順著杏兒的意思去辦。杏兒頭次吃了嗆，自然不肯罷休，便將那回家的事反反覆覆地扯了話來說。說著說著，自己先生了氣，抓了趙仁宗的胳膊就擰。沒想這一下竟惹得趙仁宗性起，一巴掌將她掀到了床邊。杏兒先是嚇了一跳，跟著便哇地哭出了聲，邊哭邊直了聲叫喊：「好哇，你還打我！你打吧你打吧，你打死我好了！」

趙仁宗騰地坐起，板了臉對她說：「你這是想跟我鬧麼？你聽好了，你若是真要鬧，就給我滾到外面去鬧，明天再自己買張票回你那山裡去！你也該掂量掂量自己的，像你這樣的人，滿大街都是，我要你無非是圖你個聽話。如果你以為仗著自己年輕，便能夠騎到我頭上來拉屎，那你可就錯了。今天咱們索性把話挑明。你既然是跟了我，就給我好好的過日子，少動不動的就把你那小性子耍給人看。你若是不願意，明天咱們就回北京去辦離婚，我不信你還能成了妖不成！」

聽罷這話，杏兒悄悄地斂了聲，一反手捲了被子，將自己連頭帶腳的蒙了起來。趙仁宗背過身氣呼呼地躺下，伸手關了床頭的檯燈，兩人一夜無話。

第二日，杏兒不再提回家的事，趙仁宗也重又像往日那樣待她。杏兒上街買了幾個信封，把她在賓館裡或風景點拍的彩色照片分成幾份，分別裝在信封裡，準備寄給爹娘和幾個要好的小姐妹。裝完照片，杏兒便開始寫信。她在信裡說，因老趙這一路還有公事要辦，所以他們眼下沒有時間回家，待以後有時間了再抽空回來看看大家。寫完，對著信紙發了陣子呆，然後嘆口氣，把信裝進信封，拿到郵局去發了。

在外逛了一個月，最終還是回到了北京。一進門，見家裡的冰箱彩電組合音響全不見蹤影。杏兒嚇得直叫，說老趙你看，這小偷差點兒就把這屋子給搬空了，還不趕緊去叫警察！趙仁宗卻不言語，鐵青了臉在屋裡轉，像是在找什麼東西。終於，他在床頭找到張紙條，上面是趙建國的筆跡：東西我們先借去用用，用完後奉還。

那晚，趙仁宗沒跟杏兒親熱，自個兒悶了頭在客廳裡抽煙。杏兒出來進去幾趟，到底沒敢喚他，自己悄悄上床去睡了。第二天一大早，趙仁宗便獨自出了門，也沒跟杏兒說去了什麼地方，弄得杏兒整日裡坐立不安。直到晚上八點過鐘，杏兒才聽見趙仁宗用鑰匙開門的聲音。杏兒跑去打開門，見趙仁宗立在門口，一張嘴滿口的酒氣，便噘了嘴說：「人家都快急死了，你還有這麼好的閑心，又上誰家喝酒去了？就算是喝吧，你這個歲數的人，也該是有個節制的。可你倒好，一喝就是一天，知道我在家是怎麼念你的嗎？」

聽了杏兒的數落，趙仁宗反而上前喜滋滋地擰了她臉蛋一把，說：「我今天是喝了些酒，你猜猜看是因為什麼？」

杏兒關了門，扭身往屋裡去，邊走邊說：「我哪能猜得著你的事？雖說咱們已經做了夫妻，但你卻不肯帶我上你那些朋友家去走走，除了菜市場和商店我是哪兒也沒去過。再說了，我在北京是兩眼一抹黑，只認識和我一樣做保姆的那幫小姐妹們。所以你就是在外面做下了天大的事，我也不會知道一分一毫的。」

趙仁宗說：「杏兒，我過去真是小看你了，沒想你說起話來也是這麼一套一套的。只可惜你念的書不多，否則可以去做個律師了。」

杏兒說：「我知道你總有一天會嫌我文化低沒知識的，可咱們剛剛度完蜜月，你就把這話說了出來，你狠心不狠心？」說到這兒聲音便哽住了，眼眶跟著紅了一圈，淚珠子撲撲簌簌地直往下滾。

趙仁宗趕緊上前摟了她說：「好了好了，跟你逗兩句，你就這麼跟我耍小性子，趕明兒誰還敢跟你開玩笑？實話跟你說了吧，我今天跑了一天，是找人活動去了，而且還有了結果，上面基本同意派我出去了。」

杏兒問：「你是說出國？」問罷，手腳冰涼，連滿臉的淚也忘了擦。若趙仁宗真走了，剩下她和這空蕩蕩的屋子，別說是趙建國趙建軍了，就是趙元元來，也能把她嚇個半死。想著，人就沒了主意，抖了聲問：「那——我咋辦？」

趙仁宗嘿嘿一笑，說：「跟我一起走呀。」說著上前抱了杏兒就親。

杏兒不敢信，拿了手去掰趙仁宗的臉，問：「你是說，我也跟你一起出國？」

趙仁宗捉了杏兒的手，說：「那當然。想想，你現在是外交官夫人了，美不美？這下總該讓我好好的親一下了吧？」

杏兒信了，立時渾身癱軟。兩人也沒進臥室，就在客廳的沙發上幹了一回夫妻之事。

趙仁宗沒哄杏兒。他帶她出了國，讓她做了外交官夫人。活到了這會兒，杏兒才知道了什麼叫享福。一日三餐有人給做飯，要想出去有人給開車。每日要做的，只是打掃一下自己住的房間，然後把換下的衣服放進全自動洗衣機裡。再後來，杏兒讓司機馬工勤教會了她開車。當杏兒第一次自己開車上街時，杏兒想，如能把這車一直開到她家鄉的那個山溝裡，讓她少活兩年她都肯幹。

當然，再好的日子也會有缺憾。讓杏兒不習慣的是這裡太閑。尤其是白日，按使館的規定，無事不能隨便外出。不過話說回來，即便是准許外出，杏兒也未必肯到那毒辣辣的日頭下去曬。白天太熱，街上的商店要到上午十點以後才開門，到中午一兩點時，又紛紛把門關上。這時大街上便很少見人了，只剩下那些橫七豎八的馬路，在太陽下白花花的癱作一團。直到天快黑盡，大街小巷裡的燈一盞盞亮起來時，這個城市的熱鬧時辰才算是開始了。街上店鋪的門重又一扇扇地打開，各種聲音各種氣味齊刷刷湧上街頭。男人們換上筒裙，在充溢著油炸食物香味的小店裡吃飯聊天，女人頂著從頭到腳的黑紗，三五成群的在百貨店首飾店裡挑選心愛之物。如果要逛商店，這便是最好的時候。不光是杏兒，就是使館裡其他的人，也都是等到這個時辰方才上街去。

除開上街，杏兒也還有別的去處。若是晚上沒事或沒什麼錄相帶可看，杏兒便叫上邊桂蘭，兩人開了車去中國公司或醫療隊玩耍。所到之處，人們總是很客氣很周到。那些經理或專家們，一邊叫人尋出吃喝，一邊放了手上的事陪著聊天。直到杏兒與邊桂蘭聊得興盡，想著要回家了，經理專家們這才堆了笑容送她們出來。這時候的杏兒，蠟黃黃的臉上便有了十分的生動和光彩。待回到了使館，還會與邊桂蘭嘰嘰呱呱說上一陣。

杏兒正想著這些暖心暖肺的事，就聽見電水壺吱吱地叫開了，急忙拿了茶杯進到廚房。她拔下插頭，將開水灌到暖瓶裡，接著用剩餘的開水把茶杯燙了燙，放了一小撮茶葉進去。做完這些，杏兒又回到客廳，才說去尋本電影畫報來看看，趙仁宗便回來了。杏兒喜滋滋上前叫一聲，趙仁宗卻未答話，只淡淡地瞟了杏兒一眼，便重重地坐在了沙發上。杏兒心裡覺著了詫異，卻也不敢再多嘴，趕緊拿過拖鞋蹲了身替他換過，這才進廚房沏茶去。

待杏兒將茶水端出來時，趙仁宗已仰了臉在沙發上閉目養神。杏兒輕輕喚他一聲，將茶杯遞到他手上。趙仁宗喝了一口茶，沒吭聲，卻乜了眼去盯杏兒的手。杏兒想這老趙到底是愛俏的人，換了別的男人，誰會去注意到女人手上的指甲油?想著，抿嘴一笑，故意將兩隻手藏到了身子後，打算待趙仁宗問她時，再好好地調笑兩句。卻未料趙仁宗盯她一陣，卻抬了眼問：「你方才給我沏茶時，是不是又沒洗手？」

杏兒呆住了，一時間不知道如何作答。趙仁宗把茶杯往桌上重重一放，瞪著杏兒說：「怎麼就總改不了你那鄉下人的習慣？難怪這茶水喝起來一股子怪味。」說罷，費勁的從沙發上立起身，低了頭往裡屋去。

杏兒覺得屈，便跟在了他身後為自己辯解說：「往杯子裡放茶葉前，我是洗過手的，不信你聞聞我的手，哪裡有什麼怪味？剛才給你換了鞋後，我是忘了洗手，但後來摻水時，我只摸過壺把和杯子的下面，即使有怪味，無論如何也是進不到水裡去的。我知道你是在為什麼事不痛快，可即便如此，也不該衝著我發火呀。」

杏兒這一席話，惹得趙仁宗更加的不耐煩了，心想這杏兒果然是個愚鈍人物，不僅不會說話，連眼色也不會看的。這麼一想，愈發沒有了好臉，厲了聲對杏兒說：「你少說兩句行不行！我看你是閑得太厲害了，才會像個碎嘴的老太太一樣，整天裡叭嗒叭嗒的說個不停。你就不能找點正事幹幹？哪怕是像人家呂伊芬那樣，去學點什麼也好。罷罷，你這種人，是一點正經東西也學不進去的，我當時咋就沒看出你來？好了，你啥話也別說了，我要休息一會兒，你沒事不許來打攪我！」說罷，進裡屋將門一甩，把個杏兒獨自關在了門外。

杏兒盯住房門，將嗓子眼裡的那股酸酸溜溜咽了下去。她知道若是遇著趙仁宗心情好，她還能由著性子撒嬌發嗲的鬧一陣。如果像今天這般心裡窩下了不痛快，她便只能由著他發脾氣了。回回受了委屈，杏兒都要生出些別的念頭，恨不得一跺腳就走，讓趙仁宗看看杏兒不是好欺負的人。只是這一陣狠發過後，便又會痴了眼去想，自己如今不僅沒有正式的工作，連城市戶口也還沒落上。離開趙仁宗，外交官夫人肯定是做不成了，就是去嫁別的人，也未必能合了心意。再說自己也不是那種模樣俊俏花紅柳綠的人。雖說年紀不算大，但到底是結過婚了的人，即便是一樣的打工仔，也難說有誰肯再娶她做老婆。回老家她是萬萬不肯的。如果說她還有什麼路可走，那就是重新回頭去做家庭服務員。每每這麼一想，杏兒心裡縱是有天大的惡氣，霎時也能泄個乾乾淨淨了。

杏兒把杯子收拾進廚房洗了，然後用抹布將茶几擦了擦。做完這些，自個兒低頭想了想，悄悄開門下了樓去。她徑直來到二樓，在張河的門前站了一陣，這才舉手敲了敲門。

張河開門見是她，有些奇怪，嘴裡問著：「有事嗎？」身子卻沒有讓道的意思。

杏兒看他一眼，說：「沒事就不能來坐坐？」說罷，人就直著往裡走，差點兒就碰在了張河身上。張河只好閃開道，讓杏兒進到了屋裡。

張河的住房比起趙仁宗與杏兒的來，要簡單的多。進門來是一間房，既做臥室又當客廳，此外還帶個小廚房和衛生間。屋子裡除一張床外，還有一張桌子和一對單人沙發，只有鋪在地上的地毯，同杏兒房間裡的一樣，灰褐的底色上現著金棕色的花紋。

杏兒進到屋來，在沙發上一屁股坐下，卻不再答理張河，而是將自己那紅艷艷的指頭伸開仔仔細細地看。張河等一陣，見杏兒不說話，只好自己先開了口，說：「看你這個樣子，怕是又和參贊生氣了。你也是的，夫妻之間哪有不鬥嘴的？參贊年紀大了，遇事你就多讓著他點，犯不著真的跟他嘔氣。」

杏兒抬起頭來，竟是一臉的怨幽，眼角邊不知何時滲出滴淚珠來，臉一動便微微顫顫的往下滾。待出勻了一口氣後，杏兒才啞了聲說：「我還能跟他嘔氣麼？你別做出這什麼都不知道的樣子來。其實，咱這一樓的人誰心裡都明白，我在他眼裡，是半個夫人也算不上的。只要他在外面有了不順心的事，回來一準拿著我撒氣，而我就是有了天大的委屈，也不敢對他泄出一分一毫。說來說去，誰叫我是個鄉下人呢？」說到這兒，扁著嘴哭出了聲，這才想起忘了帶手絹，忙伸了手掌去抹眼淚，反倒將那鼻涕眼淚的糊了一臉。張河在一旁看不過，扯了張紙巾遞給她，這才將穢物一一擦去，哭聲也隨著小了些。

擦罷淚，杏兒看著張河說：「我知道你也是看不起我的。不過在以前，你還不像現在這般見不得我。記得剛來時，咱們還能在一塊兒聊聊天，有次你說，杏兒，來海邊這麼久了，咋沒見你游過泳？聽了你的話，我好臉紅，因為那時我還不會游泳呢。只是，打你說了這話以後，我便上醫療隊找了個人來教我游泳。那兩個星期，我天天開車拉他去海邊，就這麼偷偷的練了一陣。後來，咱們經參處的人邀著一塊兒去游泳，我便先跳進了海裡。你站在沙灘上叫我，說杏兒你原來是會游的啊，你這麼苗條，是不是經常游泳練的？聽你這麼說，我真的好高興，起碼在你眼裡，我還不是那麼醜那麼笨的人。可如今，能擱進你眼裡的，只有那些年紀輕讀過書的女人了。好在我也不求你把我當做個什麼人來看，你肯聽我說說這些話，我也就很滿足了。」

杏兒說著，張河的眉頭便皺了起來。待杏兒一住嘴，張河便說：「我一直是把你當參贊夫人待的，從來沒生過什麼別的念頭。如果你把我隨口說說的話當做一番心思來想，那你可就錯了。你知道我是有妻子的人，若不是因為她剛生了孩子，她現在也該在這兒跟我一塊兒做翻譯的。你如今是參贊夫人，無論如何也要顧及一下自己的身份，最起碼該明白什麼話當說，什麼話不當說。你還是回自己屋裡去吧。你在我這兒哭哭啼啼的，讓旁的人看了，還當是我欺負了你呢。」

聽張河說完，杏兒的臉上立時結了層霜，張著嘴盯張河半晌，才恨恨地出了聲：「你這是在趕我走？我都不怕讓人瞧見，你怕什麼？我上你這兒來，不是要跟你幹什麼丟人現眼的事，我是因為心裡悶，想找個人說說話，讓自個兒的心裡好過一些。可你這副樣子，卻是容不得我說什麼了。你不過是想趕緊打發我走吧，哪裡是怕誰看見，你是根本瞧不起我的！如果坐這兒的是那個什麼小丁，你一定是早把她摟到懷裡去了，說不定還要尋出許多的甜言蜜語來哄她。那時候，你哪裡還會想到你那個在家裡生孩子的老婆！說穿了，你也和老趙一樣，滿肚子的花花腸子。只要是讓你們看上眼了的女人，變了法子也是要弄到手的。說實話，我真替那個小丁叫屈，待有一天她吃了虧，才會明白你們這些男人沒有一個是好東西！」

杏兒說罷，瞪了一雙紅腫的眼看著張河。張河滿臉煞白，一時間竟無話可說。兩人對著看一陣後，張河猛一跺腳，轉了身往門外去，邊走邊說：「好好，你不走我走！」說著人就到了門外，門也不關，就這麼揚長而去了。

張河一走，杏兒心裡便有些發慌，靜下來想想，立刻後悔了自己剛才說的那番話。真的，何苦要去將那層意思捅破呢？她倒不是怕張河會把這番話去說給什麼人聽，她知道張河不會這麼幹。她只是怕從今後，張河就不再理她了。話說回來，即便是理她，兩人之間也一定多了幾分尷尬，他再不會像過去那樣對她說話了。這麼一想，杏兒心裡越發覺著了悔恨，眼淚又撲簌簌地流了出來，卻不用手裡的紙巾去擦，而是走到張河床前，抓起枕巾捂在了臉上。捂一陣後，將枕巾丟回床上，低著頭出門去了。

6

呂伊芬做完賬，從財務室出來，迎面碰上了丁小玎。丁小玎告訴呂伊芬，她是來取一份換護照的報告，剛剛找到參贊簽罷字。呂伊芬邀她去屋裡坐坐，丁小玎說：「今天沒時間了。我還得去使館找到馬祕，把護照辦出來，然後再去移民局辦出境手續，若是有麻煩，今下午的法語課恐怕都沒工夫去上呢。呂大姐，待我下次來時，咱們再好好聊聊。」說完嘻嘻一笑，轉身就走，沒走幾步又回過頭來說：「瞧我，差點兒給忘了，下星期我們公司有人要回國，你如果要帶信，提前告訴我一聲，到時我來取。」說罷匆匆地下了樓去。

一句話提醒了呂伊芬，她想起該給女兒寫封信了。於是趕緊回到屋裡，找出了紙筆。可提筆寫下「親愛的小伊伊」幾個字後，人就走了神，痴了眼去看壓在書桌玻璃板下女兒的照片。看著看著，眼淚吧嗒嗒地滾在了信紙上。

在家時，天天守著女兒，即便有時想起，不過是些擔心掛念罷了。可是到了這兒，才覺得了那顆做母親的心，常常被女兒揪得生疼。尤其是近來，總做些相似的惡夢。在夢裡，女兒仍是兒時咿呀學語的模樣，回回是待她一轉身，女兒就不見了，於是便哭著喊著從夢裡醒來。即便知道了是夢，也恨不得立時就回到家裡去看看，時常就這麼睜了眼到天亮。

掛念歸掛念，信還是得寫。知道有些話女兒不愛聽，可還是要說。注意身體，注意飲食，注意交朋友（尤其是異性朋友），注意抓緊自己的功課……待呂伊芬寫完，從頭到尾看一遍時，才發現自己用了那麼多的注意。好好的一封家信，讓她寫成了注意事項大全。

呂伊芬有些好笑。她把信攤在桌子上，留待著吳家琪回來看看。吳家琪從不自己單獨給女兒寫信，都是在她的信後加上幾筆便罷。呂伊芬說，他這是把得罪人的事交給了她去做，他自己在一旁既偷了懶又做了好人。吳家琪卻是振振有詞，說女兒麼，本就該是由做母親的去管教。若是做父親的管得多了，反倒會疏離了母女間的感情。

寫完信，看看錶，已到了吃飯的時候。知道吳家琪又有事耽擱在了外面，便不再等，將桌上的東西收拾了一下，帶上門下樓去了餐廳。進門，見杏兒與邊桂蘭靠在餐桌上，眉飛色舞地談論著國慶招待會的事。呂伊芬上前去打了個招呼，然後倚在一旁的餐桌邊聽兩人說話。

杏兒與邊桂蘭談的是國慶招待會時穿什麼衣服的事。杏兒說：「要我看還是穿旗袍好，你沒見報紙上寫著，連外國人都說旗袍是咱中國的國服呢。再說了，電視上那些主持節目的女人，常常也是穿了旗袍出來的，誰也沒覺得她們土氣呀。」

邊桂蘭說：「誰說旗袍土氣了？我只是說你的那件太土氣了。你也是的，想著是帶出國來穿的，就該選個好點的料子做，怎麼選來選去倒選了塊中長纖維呢？好歹也該買塊金絲絨或緞子吧，那穿出來才像個參贊夫人呢。要不這樣，過兩天咱倆上街轉轉，看有什麼好的料子再扯它一塊，我索性給你做件晚禮服，不漂亮死你才怪呢……」

呂伊芬聽著，在一旁想，也難怪她倆對此事這麼熱心。眼下才六月底，但使館已為國慶招待會的事召開了數次會議。從食譜到餐具，從賓客到請帖，莫不在會上一一斟酌。對這種外交事務清淡的小使館來說，每年最隆重最熱鬧的也就是國慶招待會了，以至從上到下，人人都表現出一種少見的盡心盡責。這其中最興奮的自然是女人們。平日裡過厭了寂寞閑散的日子，一想到這番熱鬧，心裡忍不住要生出些微妙的企盼來。

兩人正說得上勁，廚師王不才端了飯菜出來，探頭衝餐廳叫了一聲後，人又縮了回去。邊桂蘭趕緊拉了杏兒一把，兩人搶先進了備餐間。呂伊芬待兩人進去後，才從碗櫃裡取出自己的碗，站在備餐間外等著。

這被稱做備餐間的，實際上是位於廚房和餐廳之間的一個正方形過道。每頓開飯時，王不才便將飯菜一溜排開在備餐間的條桌上，由人們各自執了碗盤去盛。王不才做飯，喜歡往多裡做，即使那最後到的人，也不用擔心會餓肚子。邊桂蘭同杏兒這麼急著先去盛飯，自然不是怕飯菜不夠，而是為了那盆湯。

此地氣候炎熱，食品大多靠進口。有些蔬菜由於不易保存，價錢常常會貴過了肉去。為了能多分些伙食節餘款，王不才去買菜時，大都尋著那價錢便宜的去買，如土豆、胡蘿蔔之類。對這一點，大伙兒倒沒什麼異議，有個共同的利益所在，自然是萬眾一心。只是這一來，每頓湯裡的那幾片青菜葉子，便成了真正的稀罕物。除廚師給自己先留下些外，其他的幾乎全讓邊桂蘭與杏兒撈了去。

對邊桂蘭與杏兒的這種舉動，除馬工勤有時嘟囔幾句外，其餘的人均不見說什麼。呂伊芬想，自己是不便說了，而吳家琪是不敢，看張河的樣子，卻是懶得去理會這種事。趙仁宗與韋孝安有老婆給盛菜盛湯，自然不會去注意別人的碗裡缺了些什麼。於是這不正常的事，待反反覆覆多次後，也就變得十分的正常了。想著想著，又覺得奇怪，在家裡時，常常被吳家琪喚作馬大哈，鮮有去注意那些婆婆媽媽的事。別說是幾片菜葉子了，就是吃了更大的虧，也沒像如今這麼惹眼上心。怎麼出了國來，反倒同了個家庭婦女一般，斤斤計較起這些瑣屑的事來了？

呂伊芬在一旁想她的，這頭邊桂蘭與杏兒已撈罷菜葉，轉了身去盛飯菜。今中午的兩個菜是胡蘿蔔燒雞塊，辣椒炒土豆絲。杏兒見了，扁扁嘴說：「又是雞，光聞著這味兒就不想吃了。也真奇怪，小時候在家裡，逢年過節的就盼著啃個雞大腿，可到了這兒，就是那不挑嘴的人，也生生的將這雞給吃厭了。老邊你說說，都是一樣的雞，這洋雞咋就一股子雞屎臭呢？」

邊桂蘭說：「洋雞就是這般的，模樣好看，可肉吃到嘴裡，卻跟嚼木頭渣子一個樣。真要說吃雞，還得吃咱鄉下的那種土雞，那是怎麼吃也吃不厭的。」

杏兒說：「那可沒準，說不定待我回國時，連那土雞也是不愛吃的了。如今好吃的東西都吃遍了，反倒沒有了胃口，你看這奇怪不？」

邊桂蘭說：「你是吃成個小姐嘴巴了。不過我倒有個辦法，等你回國後，先到鄉下去吃上兩年包穀麵，到時你一準吃什麼都香。」

杏兒說：「你不用擠我，就現在我也覺著包穀麵是個好東西。若是國慶招待會時能端出盤包穀麵窩頭來，我一定守在跟前吃個夠。」

邊桂蘭聽了哧哧地笑，說：「你這不是老土了麼，國慶招待會是國宴，端一大盤包穀麵窩頭出來，還不把人給笑死？得得，你是沒參加過，才會說出這樣的話，到時你看看，別說是吃了，光就是那菜名，你也未必能一一數得出來。這次的國慶招待會，是使館新來的廚師小劉主廚，聽說這傢伙出來前是上海哪家大賓館的廚師長呢！到時候呀，你怕是只恨自己的肚子小了。」

兩人說著，端著滿登登的碗盤出了備餐間。呂伊芬走到桌前一看，同往日一樣，清清亮亮的湯裡還剩下兩三片菜葉。也不言語，動手盛上自己的飯菜，端著出了門去。

餐廳裡，邊桂蘭和杏兒一邊吃著飯，一邊仍在聊著國慶招待會的事。呂伊芬揀了個餐桌坐下，慢慢吃著自己的飯。吃到一半時，吳家琪與張河說著話進了餐廳。吳家琪同呂伊芬打了個招呼，便同張河一塊兒去盛飯菜。兩個男人進餐廳後，坐一旁桌上的杏兒便不再說話，只把屁股下的椅子弄得嘎吱吱直響。

吳家琪與張河盛出飯菜後，在呂伊芬的桌子邊坐下，兩人繼續說著上午去建設部的事。他倆今天去見了建設部部長阿布杜哈格的祕書，把趙仁宗要求與部長會晤的信件交給了他。儘管對方對拉赫基項目一事表現出積極合作的態度，但吳家琪和張河對這次會談的結果卻不抱多大希望。吳家琪說：「要是在咱國內，這根本不是個事。土地原本就是國有的，國家想怎麼用就怎麼用，頂多是花些搬遷費。可這兒的土地是私人的，他若是硬不賣，別說是部長，就是總統拿他也沒什麼辦法。」

張河說：「辦法也還是有，只要政府肯花錢，一是在價格上給些優惠，二是另外再撥些土地給老百姓。不過，話是這麼說吧，我同你一樣，對這件事也不那麼樂觀。要是徵地的事一拖再拖解決不了，便只剩下停工這條路了。硬挺下去是不行的，弄不好就會鬧出人命來。事情真要走到了那一步，麻煩就更大了。」

呂伊芬已吃罷了飯，坐在一旁聽著兩個男人說話。聽到這兒實在有些忍不住，插上嘴說：「既然幹著這麼困難，幹嗎不把這項目給撤了？你們說這半天，我也聽了個大致明白，這事他們根本就沒計劃好，該做的事都未去做，弄不好，倒是我們陪了人命又貼錢。既然如此，還給他經濟援助做什麼？咱國家又不是錢多得沒地方花了，不說別的，那貧困地區上不起學的兒童就不知有多少呢。上百萬上千萬的扔在這兒，還莫如拿了這錢去辦希望工程……」

沒等呂伊芬說完，吳家琪便急急截住了她的話：「你瞧你，又不關你的事呢，噼哩啪啦地說這一大堆。你以為單單是修條公路這麼簡單的事麼？這裡面的事複雜著呢，我們都鬧不大清楚，你一個女人能明白多少？」

呂伊芬說：「這有什麼不好明白的？無非是出於什麼政治目的吧。外交本來就是同政治攪在一塊兒的，這個誰心裡都明白，好好，我不說了行不？我原本也只是順口說說罷了，決不會真的去管你們的事，我有那份閑心嗎？」

兩人正說著，就聽旁邊桌上的杏兒大聲叫了起來：「老趙，怎麼這麼晚才來？你瞧，菜都涼了，還不趕緊過來吃。」喊罷，將早已擺好的碗筷又叮叮噹噹的挪一陣，動靜裡自就有了幾分意思。待趙仁宗坐下後，杏兒又執了自己的筷子，緊著往他的碗裡挾菜，直到趙仁宗攔住她說：「我自己來。」這才罷了手，將兩隻胳膊支在桌上，笑嘻嘻地看著趙仁宗吃飯。

旁人看了，都覺得杏兒今日有些異樣，倒是趙仁宗忙著吃飯，沒覺出什麼別的來。呂伊芬看一眼張河，在心裡輕輕嘆了口氣。她為人雖不算老道，卻也不糊塗，尤其是在張河門外撞上了趴門偷聽的杏兒後，便多少揣摩出了杏兒的幾分心思。不過，呂伊芬卻未將這話說給任何人聽，哪怕是吳家琪，至今也不知道這兩個青年男女關係的微妙。只是從那日以後，呂伊芬倒是真的為張河有些擔心了。她想這麼個聰明有為的年輕人，若是因什麼不慎斷送了自己的前程，實在是有些可惜了。

張河像是覺著了呂伊芬的眼光，抬了頭往這邊看。呂伊芬笑笑，問道：「你下午去上課嗎？」

張河說：「要去的，你呢？」

呂伊芬說：「當然也是要去的。我原本就比你們學的晚，基礎又不好，如今上了四五堂課，剛剛摸到點門道，哪裡敢就缺課的。」

張河說：「到時我來叫你，坐我的車一塊兒去。三點鐘太陽正毒呢，回回你都走路，也不怕曬得慌。」

呂伊芬說：「那倒沒什麼關係，幾分鐘的路，一會兒就到，況且我還戴了草帽的。」

張河說：「你們倆口子呀，啥事都那麼謹慎小心。你想想，只要是咱使館的人，有誰外出時肯自己走路？反正是公家的汽油公家的車，想怎麼用就怎麼用。別說是天天開車去逛商店了，有時就是為了借一根針，也能專門開個車出去跑哪家公司一趟。再說了，我們這是去上課，正經八百的事，旁人能說啥呢？你不坐也是白不坐的。」

呂伊芬聽罷，只好答應了下來，說好下午三點時張河打電話叫她。兩人剛說定，一旁吃飯的吳家琪便開了口，說：「張河，你這麼一提供方便，她可就越發要上勁了。這把子年紀的人了，卻偏愛去湊個熱鬧，也不想想那腦子還管用不管用。你瞪著我幹嗎？你不比人家張河，他年紀輕，又是職業外交官，多一門外語多一番用場，可你能有什麼用？你那病人中莫非還能有法國人不成？四十好幾的人了，有時真不知你是怎麼想的。」

呂伊芬笑笑說：「我還能怎麼想，總不至於想著去做法國大使吧。」說罷，起身端了碗去洗，剛洗完，張河也端了空碗過來，恰巧與往碗櫃裡放東西的杏兒迎個對面。杏兒臉一紅，將碗櫃門啪地聲摔上。張河也不在意，只管去水池邊開了龍頭，把水放得嘩嘩直響。

下午未到三點，張河便來了電話。呂伊芬已經起來了，吳家琪仍在床上，睜眼看看，又裹了毛巾被睡去。呂伊芬放下電話後，匆匆梳洗了一把，尋出課本躡手躡腳地出了門去。

張河在樓梯口等著。未等呂伊芬走近，杏兒穿著睡衣踢踢踏踏地下了樓來，惺忪著一雙眼看著兩人。呂伊芬同杏兒打了個招呼，轉了身跟著張河往樓下走，卻聽杏兒在身後問：「你們這是上哪兒去？」

見張河沒有理會杏兒的意思，呂伊芬只得回頭答道：「去上課。」

杏兒噔噔噔攆了幾步，繃了臉說：「今天下午要幫廚哩，王師傅說大家都得參加，他一個人洗不了那麼多的雞爪子。」

聽了這話，呂伊芬停了下來，張河卻連頭也沒回，只說了句：「我不歸廚師管。」仍低了頭往樓下走。下到一樓，見呂伊芬沒跟來，這才轉了身叫：「走啊老呂，再晚些該遲到了。」

呂伊芬說：「我還是去幫廚吧。」

張河說：「管它的呢，你又不吃那玩意兒，讓那些愛揀便宜的人自己去拾掇好了。」

呂伊芬猶豫了一下，說：「算了，你還是自己去吧。」

想著丁小玎也要去上課，杏兒越發不肯就這麼放過了張河，索性站在樓梯口高了聲喊：「張河，這是集體活動，又不是什麼個人的事，你憑什麼不參加？王師傅說了，今天誰也不能特殊。只要在咱這兒吃飯的人，就都得去幹活，要不就別吃飯！」

聽杏兒嚷得厲害，張河乾脆一轉身，幾步跨出了樓門。杏兒滿臉煞白，站在樓梯口呼哧哧地喘粗氣。待見呂伊芬偷了眼瞅她，這才一跺腳上了樓去。呂伊芬回到屋裡，換了身衣服，又叫醒吳家琪，然後上廚房幫廚去了。

廚房裡只有王不才與歡歡在。王不才拎著一大串叮呤噹啷的鑰匙，正在開庫房的門。見呂伊芬來，忙叫她過去幫個手，把做晚飯時要用的各種東西從庫房裡搬出來。今天是週末，照常規要添兩個菜，每人外加一聽啤酒。呂伊芬搬完東西，見歡歡不耐地圍了放雞爪的清洗臺轉，便從盆裡拈了個雞爪扔在地上。歡歡湊近聞聞，打著鼻息去了一邊。

王不才見了，在一旁罵：「狗日的畜牲，嘴巴倒吃得嬌慣。如今莫說是雞爪，就是雞肉，見了也是愛吃不吃的模樣。你曉得天天餵牠的是什麼?全是生鮮活靈的雞心雞肝。說來說去，也是這狗日的命好，託生在了使館頭。要是在我們鄉下，莫說是這好生生的肉了，就是餵豬的潲水，也未必能盡牠吃飽。你看看牠這副懶眉懶眼的模樣，換個地榻，不被人剮了燉成狗肉湯才怪哩。」

歡歡知道是在罵牠，夾著尾巴出了門去。呂伊芬想，這狗倒是有幾分靈性，聽見人罵，便知道去找杏兒，人們下面的話自然不好再說，都知道打狗要看主人的面。

歡歡是一年前杏兒從某中國公司討來的。那時還是一隻狗崽，母狗是一隻叫做菲利普的德國犬。在杏兒抱牠來時，歡歡尚未斷奶，杏兒便去醫療隊尋了根輸液用的橡皮管，插在礦泉水瓶蓋上，一日數次兌了奶粉餵牠。這歡歡竟也爭氣，兩個月後，便換了副肉肉滾滾的模樣，不僅杏兒看著歡喜，連使館的其他女人們，見了歡歡也忍不住要親一下抱一陣才肯罷手。就此，女人們在一塊兒看錄相或聊天時，那些白生生圓滾滾的大腿，就成了歡歡的床和坐椅，終日裡在上面盤桓懶臥，任那些纖纖玉手在牠身上撫來摸去。日子一久，同是使館的人，歡歡對女人們便多了幾分親近。但凡見到個穿裙子的，不僅尾巴瘋了般地搖，還要扭腰擺胯地做出副諂人的媚態來。偏偏女人們就好牠這樣，扭一陣，便會有人拿了好東西來餵牠。次次如此，歡歡的口味便眼見著提高了，終於落下個挑肥揀瘦的習性。

在女人中，與歡歡最親近的，自然是從小將牠餵大的杏兒。歡歡來使館半年後，杏兒專門開車帶牠回了趟老家，去看望牠的兄弟姊妹們。回來後，杏兒對呂伊芬感嘆說，歡歡同那些狗在一起時，咋看也不像是一母同胞。那些狗不僅瘦小邋遢，脾性也不討人喜歡，一個個看上去凶悍蠻橫，哪裡及得上歡歡的一半？

杏兒說罷，低頭想想，問呂伊芬：「老呂，你說這狗的脾性都能跟著環境變了，那人的呢？是不是也能這麼改個樣？比方說，有的人因著家裡窮，打小就顯得憨笨。可後來，這人又過上了好日子，那她生下的孩子，是聰明還是傻呢？」

呂伊芬說：「只要這孩子沒有什麼先天缺陷，後天的餵養和教育又得當，自然是會聰明健康的。你看看現在的孩子，有幾個是真正的傻瓜笨蛋？如今呀，這一代只會更比一代強的。」

杏兒聽了，眼就有些發痴，呂伊芬後面說的話，竟是沒再聽下去了。

見歡歡走開，呂伊芬便去到了清洗臺前，看著滿滿兩大盆的雞爪，微微嘆了口氣，打開龍頭往清洗池裡放水。待水淹住了池底時，便將幾個雞爪扔進水裡，一邊撕著上面的皮，一邊在心裡發愁。每個週末都加餐幫廚，那法語課如何上得下去？怪來怪去，只怪這雞爪太賤。若是要錢的話，人們也不會這麼一盆一盆的往回揀了。

三個月前，王不才與邊桂蘭去菜市場買菜。那日去得早了些，兩人便在菜場裡轉來轉去的看，不知怎麼就轉到了宰殺活畜的地方。見人在殺牛，便瞪了眼在一旁看，看著看著便注意到角落裡扔了一堆雞爪，踩來踩去無人過問。找那殺牛的一打聽，說這是「髒物」，當地人不吃，扔在那兒待晚上來了垃圾車運走。兩人聽罷大喜，立刻喚過個當地孩子，塞給他兩個硬幣，囑他將那乾淨的拾些來。那以後，每到週末，便去市場找了孩子拾雞爪，拿回來後一鍋鹵了當作週末的加餐。

按說，這雞爪也不是什麼腌臢東西。在中國菜的菜譜裡，這東西有個響亮氣派的名字：鳳爪。或鹵，或燒，或炸，或炒，樣樣皆可，故很得人們喜愛。只是在這兒，因它來得實在容易，人們也就懶了心認真去做它，回回是鹵一大盆端出，由了人們去啃。老道的中國人，早就留下句俗語，叫作寧缺勿濫。用到吃上，那就是再好的東西，吃得多了，也會要厭煩的。可這話的精髓奧妙，如今做後人的，未必真的能理會得出來。於是這鳳爪在反反覆覆的啃來啃去之後，重又落拓成了雞爪。不僅名字上的風雅沒留住，連味覺上的享受也淡了許多。

無論是雞爪還是鳳爪，呂伊芬都不吃，毛病是從父母那兒遺傳來的。在國內時有人請去餐廳吃飯，無論席上有何等方法烹製的鳳爪，她也絕不肯嘗一口。可到了使館，儘管是不吃，清洗也是要參加的。編外的女人們平日裡本就沒什麼事做，若是再不參加幫廚這類的集體活動，少不了要被人在身後戳脊梁。

王不才沒有呂伊芬這份彆扭，他一邊洗著雞爪，一邊興致勃勃地同呂伊芬聊著天。呂伊芬知道他的脾性，也不搭話，由著他一人去說。洗一陣後，方聽見有腳步聲響。抬頭看是馬工勤，頭上裹著毛巾，一步三搖地晃了進來。馬工勤進廚房後，卻不忙著幹活。他先找個地方將手裡的大茶缸放下，然後踱到兩人身後，饒有興味地伸長脖子看著。

王不才撇他一眼，說：「光用眼睛盯到，這東西就能乾淨了？今日裡你莫想偷懶，趕緊來搭把手，要不大家吃不成晚飯。」

馬工勤臉上堆笑，連聲應著：「這就來，這就來……」說罷，卻轉了身去拿放在一旁的茶缸。待端起茶缸後，便仔細地去吹面上的浮沫。吹一陣，方才小口小口地呷起了茶水，臉上跟著生了些愜意和自得出來。

王不才恨恨地罵一句：「狗日的馬工勤！」接著一口痰吐到旁邊洗拖把的水槽裡。馬工勤也不惱，仍舊半瞇了眼喝茶。

這馬工勤原名叫馬永炳，出國前是山西省某市運輸隊的司機。他的小舅子在市外事辦工作，活動一番後替他謀來了這份差事。在使館裡，除職業外交人員外，其他諸如司機、廚師、理髮員等，統統為工勤人員。別的工勤人員，對自己的這種身份，倒不是十分的上心，只有馬永炳，張口閉口都念著那工勤二字。念得多了，語氣裡不免帶出些酸溜溜的委屈來，反倒是讓人們抓住了笑柄，索性將他喚作了馬工勤。開始是背地裡叫，後來當面也叫開了。儘管他面上悻悻，嘴裡卻是有叫必應。於是那馬永炳的原名，漸漸的被人淡忘，如今更是鮮有人提起。

馬工勤到使館不久，便生出一怪癖，只要不外出，頭上便終日裡纏條毛巾，連吃飯時也不見取下。待有人問他，便說是命賤享不了洋福。說在老家時十冬臘月裡也不戴帽，任那光腦殼在寒風裡吹上一冬，也不見打個噴涕。可到了這兒，偏就怕了那空調機裡吹出的洋風。只要打那空調機前過，頭便會被那冷風激得一慜一慜的疼，如同孫猴子被念了緊箍咒一般。

可在這熱死人的地方，連走廊裡都裝著空調，想要躲那洋風都沒個去處，思來想去只好尋出這麼個丟人現眼的法子，也實在是無奈何的事。話說到這個份上，自然是有人同情了他。見他進屋來，便起身將空調關上，汗流浹背地陪著他說話。可日子一長，不知是人們厭煩了還是同情心冷淡了，總之無論馬工勤去到哪家屋裡，也不見有人動手把空調機關上。如此一來，馬工勤只好終日裡在頭上纏著一條毛巾，走路時，也必定東張西望地繞開空調機呼呼作響的地方。王不才笑他，說馬工勤，你龜兒子怕是剛從產院出來的月母子吧？

一日，邊桂蘭去他屋裡取錄相帶，出來後一臉驚吒，逢人便說：「你說說看，這馬工勤不是在作怪麼？平日裡，不是怪這個就是怨那個，說空調開得太大，吹痛了他的腦袋，你現在就去他屋裡試試，不感冒才怪呢！咋是我在壞他？我說得可是天地良心的大實話呀！方才我坐下不到五分鐘，小腿肚子就冷得直抽筋，喏，你瞧瞧，都過了十好幾分鐘了，我這膀子上的雞皮疙瘩還沒退完呢！」說罷，呲呲啦啦地搓手搓臉，生生一副冷壞了的模樣。

邊桂蘭的話，有一半是真，另一半，便有些演義的味道了。說起來，兩人之間的齟齬，也不是一天兩天的事。馬工勤來後，同前任司機一樣，除開車外，還兼帶著管理煙酒之類的招待物品。在邊桂蘭看來，這塊肥肉落進馬工勤的嘴裡，是他小子前輩子修來的福，誰也奈何不得。但千不該萬不該的是，這小子得了這偌大的一番好處後，卻連油星也不讓旁人沾上半點，這就有些可惡了。

這些話，邊桂蘭在私下裡斷不了要對杏兒說。對馬工勤撈去的那些外快，杏兒看著也有些眼紅。只是礙著自己是個參贊夫人，不肯太低了身份，便蹙了眉說，這山西人是在攢棺材錢呢。神情儘管沖淡，但話的意思卻是到了，便又常常惹得邊桂蘭咬牙切齒地罵上一大通。待罵乏了，這婦人便向杏兒討來茶水，咕嘟嘟地喝上幾大口，然後抹抹嘴拍了大腿說，這怪誰哩?怪來怪去只怪咱的宴請太多，便宜了這臭小子王八蛋！

邊桂蘭的這番話倒不全是胡說。中國人本就是個好美食的民族，這使館雖小，代表的卻是一個大國家，所以流水般的宴請，在菲法拉街上也算是拔了頭籌。使館請客，自然有別於平常百姓家的吃喝。再往淡裡說，也算是國宴，這就又不能馬虎。除滿桌讓人贊嘆不已的中國菜外，酒和飲料也是應有盡有。只可惜有規定請外賓不能上白酒，否則馬工勤也能過一回做中國名酒收藏家的癮。白酒雖不能上，但還有洋酒可替代，但逢請客，便先開了庫房將酒和飲料成箱的往外拿。馬工勤不僅管著煙酒的進庫出庫，還管著開瓶上酒。回回的酒席宴邊，胖胖的一個人，撒著歡一般地跑來跑去。不僅腿勤手勤，眼也勤，待宴請結束，那些出了賬卻又剩下了的酒和飲料，便一瓶不漏地進了他的收藏。

過去管招待的司機，做人比馬工勤精明，但凡是擱在了人眼前的東西，都招呼著大伙一一分了去。儘管誰心裡都明白便宜已讓他占去了大半，但因自己手裡也得了些小甜頭，有些話便不好說出口了。偏這馬工勤生就副山西人的執拗，寧肯犯眾怒落罵名，也捨不得有一點一滴拿了給別人去。也是活該他發財，即使在平常的日子裡，大大小小的宴請每星期也有那麼一兩次。以至用不了多久，塔瓦黑項目隊的「喬倒」就得上他屋裡來一趟，縮頭縮腦地扛走那些形狀各異的紙箱。

對這麼個一毛不拔的人，自然怨不得邊桂蘭罵他。不過這罵說到底，也只是在人後。真到臉對臉碰上時，邊桂蘭少不得要做出副笑咪咪的模樣來。雖說這一祕夫人在平日裡是個厲害角色，但因那韋孝安同馬工勤一樣，都是借調人員，不如部裡派來的腰桿子硬，所以邊桂蘭自己先就少了幾分底氣。加之她不會開車，有事時少不了要求著馬工勤跑一趟。儘管這女人被人稱為「許大馬棒」，但卻從不在人前與馬工勤發難，這就是她的聰明之處了。

至於杏兒，倒是被邊桂蘭掇弄著在趙仁宗面前吹過幾回枕頭風，卻沒見什麼結果。一是趙仁宗不耐煩管這些雞毛蒜皮的事，二是馬工勤不像吳家琪那樣，巴望著能再留一任，所以即便是趙仁宗，也沒有什麼能拿捏得住他的地方。按照老規矩，這外派來的人員，除非是犯下了天大的錯，一般不能無故提前遣送回國。所以這人只要進了使館，即使是有些稀鬆無賴的行徑，也只能由了他去。待三年到期了，方才能送他回國。不過，話說回來了，這馬工勤除了貪些便宜外，別處尚未見落下什麼劣跡。平日裡見了趙仁宗，倒也是一臉的必恭必敬。趙仁宗即便是有話，也不大好說出口來了。

於是這馬工勤愈發沒了顧忌。剛來時人還勤快，掃院子沖廁所，一人悶了頭幹。漸漸的，人也學得乖覺，逢到週末大掃除，先抱了掃帚在院子裡等。待等到有人動了手，這才慢吞吞地跟上去劃拉幾下。像洗雞爪這類的集體活動，便是賴一回算一回了。

馬工勤放下茶缸，響亮地打個嗝，這才一步三晃地蹭到清洗臺邊。剛用兩根指頭拈起根雞爪，歡歡便從門口竄了進來，接著一陣踢踢嗒嗒的腳步聲，杏兒也跟進了廚房。馬工勤眨巴兩下眼，伸長了脖子向外看，看一陣卻沒見什麼動靜，便回頭問杏兒：「老邊怎麼不來？」

杏兒說：「剛說要下樓呢，就接到電話了，原說一星期後來的那個經貿小組，明天不去阿聯酋了，先坐飛機來咱們這兒。老趙讓老邊趕緊先去把房間收拾了，免得明天忙不過來。韋祕和吳祕也來不成了，老趙找他們開會，像是有什麼急事要商量。」

馬工勤將手裡的雞爪扔回盆裡，湊到杏兒身邊問：「你說的那個經貿小組是哪個省的？」

杏兒說：「上海的吧，聽說是來做茶葉生意的。」

馬工勤咂咂嘴，有些失望的走了一邊去，重新從盆裡拈起根雞爪，有一搭沒一搭地扯著上面的皮。

王不才在一旁笑了。笑罷，擤把鼻涕，這才說：「龜兒子些，咋不多派些山西的小組來，要是再等一陣子，馬工勤屋頭的箱子怕都是堆不下了。」

馬工勤聽了這話，沒惱，反抬了頭，有幾分得意地說：「不是山西的我就沒辦法啦？嘖！我有個熟人，在我們省駐京辦事處工作。只要小組的人回國時從北京路過，替我把箱子送到他那兒去，他自會想辦法給我弄回家的。」說罷，再不理旁人，一邊扯著雞爪上的皮，一邊哼起支沒腔沒調的小曲來。

杏兒站到呂伊芬身邊，也從盆裡抓出雞爪來洗。一個沒洗完，臉上突然湧起陣紅潮，便趕緊扔了雞爪，衝到一旁洗拖把的水池前去嘔。嘔了幾口，嘔出些黃滲滲的液體來，人這才緩過幾分精神氣，就著清水漱了漱口。

呂伊芬跟過去說：「你要是不舒服，就回屋去休息，這點東西我們一會兒就能洗完，本來也是用不著這許多人的。」

杏兒抹一把憋出來的眼淚，搖搖頭說：「沒關係的，我自己倒沒覺得有什麼不舒服。只是方才這腥味兒一上來，胃便有些受不了，吐吐就好了。」

呂伊芬仔細地看看她，低了聲說：「你不是又懷孕了吧？」

這話讓杏兒一楞，跟著臉就有些發白。好半天，才微微點點頭說：「我拿不準，可看樣子又好像是的。要真是，那可就糟了。」說罷，一臉的愁容。

呂伊芬嘆口氣，說：「明天你趕緊去醫療隊檢查一下吧。若真有了，還是盡早拿主意的好。」

杏兒支了眼看著呂伊芬，說：「拿什麼主意？莫非我還能要這孩子不成？橫豎不過是又打一次胎罷了。」

呂伊芬說：「那倒不一定。按國家政策，你是可以要個孩子的。你若真是想要，我可以告訴你該注意些什麼。倒不是因為我是醫生，只是因為我是過來了的人，多少比你有些經驗。如今只生一個孩子，總要盡量做到優生優育吧。」

杏兒搖搖頭，走回到清洗臺旁。呂伊芬見她不願多說，自己也不便再開口。倒是王不才在一旁看出些苗頭，嘻笑著搭了腔：「好好的咋就吐起來了？莫不是活路幹多了，又揣上了個兒？」

呂伊芬眉頭一皺，想說什麼又沒說出來。杏兒卻不怯，頭一抬便罵出句葷話。罵完，這才說：「揣不揣兒關你什麼屁事，要你來打聽麼？」說罷，噘著嘴將臉扭向一邊。

誰想那王不才卻不怕杏兒惱，反倒對馬工勤擠擠眼，接了杏兒的話說：「你的兒咋會不關我的事？就算是別的攀不上，乾爹總要算一個吧？你莫認為我在打胡亂說，你讓馬工勤說說，我的話是不是有道理？」

馬工勤瞇了眼，忙不迭地點著頭：「那是那是，不就是乾爹嗎？杏兒若是願意，我也是可以當的。」說罷，兩個男人盯住杏兒，嘿嘿地笑。杏兒啐一口，當下便繃住了面皮。奇怪的是，繃一陣後，竟自己嗤啦啦笑出了聲來。

同杏兒這般說笑，在兩個男人自然不是頭一次。五十歲上下的男人，正是精血旺盛陽氣充沛的當口，無奈不夠資格帶老婆，只好平日裡相對著說些葷話解悶。只是，男人同男人說，到底無甚大趣，日子久了，總想拿了些話說給女人聽。可在這經參處，呂伊芬是頭一個說不得的。儘管呂伊芬平日裡對人說話輕言細語，脾氣也算得上柔順，但一臉的沉靜，反倒弄得王不才與馬工勤不敢輕薄對她。邊桂蘭倒是可以說上幾句的，但須是說得十分小心。這位曾經操刀沽肉的女人，儘管做了外交官夫人，但性子卻不見有一絲改變。三句話不對，便要扯了嗓子叫罵，且葷素齊上，反倒是常常弄得兩個男人羞汗滿面自愧不如。

算來算去，能夠解悶卻又不惹火燒身的，就剩下個杏兒了。對兩個男人的玩笑話，杏兒向來不十分介意。在她尚未明白事理時，跟著娘去田間地頭，便聽過村裡的男人們對娘說著同樣的話。只是，村裡男人的話說出來，更讓人臉紅心跳。以後聽得多了，便也學會了像娘那樣張嘴回罵。待再長大時，嘴裡罵出的話竟也不比男人們差。到北京後，沒了村裡那幫鵲嘴子一般的光棍閑漢，老話也就慢慢的不說了。尤其是嫁了趙仁宗，暗自裡更生了幾番心思，處處留意著自己的一言一行，比照著那有身份的人去做，連說話的聲調都不同於了往日。可來了這兒，與王不才馬工勤一搭嘴，那舊話不知怎麼自己便冒了出來。不僅說著時解氣，就是說過笑過之後，那份輕鬆和舒坦，也是許久沒有過的了。頭一兩次，杏兒自己也驚詫，這說髒話的習性，怎麼就像人發煙癮一般，戒著戒著便又生了出來？可日子一長，那顧忌便少了許多，只要是背著人，杏兒便少不了同這兩個男人拌嘴逗趣，在兩個男人自然也是求之不得的事。

今日因有呂伊芬在場，三人的話便說得有了分寸。王不才忍一陣，終於有些忍不住，斜了眼看著杏兒說：「看你病兮兮的身子，幹活路倒能幹，半年就睡出了兩個娃兒來，硬是要眼饞我們這些光棍麼？」

杏兒聽過，嘴角一扯，面上現一副似笑非笑地模樣，回嘴說道：「兩個咋啦，就是睡出十個來，你管得著麼？我就是再能幹，怕也是比不上你家那個老太婆。不信明年回家時好生審審，你出來這三年，孩子還在跟你姓不？」

王不才呵呵地笑，說：「你硬是會橫扯，我家那口子，抱窩都不行了，還能生出啥子怪來？她就是再凶，也趕不上你們這些妹子，莫說是年輕伙子了，就是上了年紀的人，讓你們幾浪幾浪也要花了眼。」

杏兒啐他一口，罵道：「你是在說誰浪呢？我再浪，能有你家那口子浪嗎？俗話說三十不浪四十浪，五十正在浪尖上，六十以後浪打浪。漫說我還不到三十，就是到了，能比得了那在浪尖上的人麼？」

呂伊芬儘管是婦產科醫生，這會兒也聽得耳熱心燥。心想，平日裡真是小看了杏兒這女子。若是誰把她是惹上了，也是個伶牙利齒嘴不饒人的角色呢。正想著，就聽見外面起了咚咚的腳步聲，接著是邊桂蘭的聲音，人一邊說著話一邊進了廚房來：「你瞧瞧這來的人，女的多男的少，咋安排都不合適。王師傅，這回只有委屈你了，有兩個女的要住你隔壁的房間。待會兒，我幫著你把放那屋裡的東西挪一挪。你看是挪到你的房間裡還是挪到庫房裡？」

王不才的臉立時便沉了下來，說：「東西搬到哪兒都行，只是我早就說過了，我這一樓不能住女的，出了事我負不起責。」

邊桂蘭嘻嘻一笑說：「你這是開玩笑呢，房間裡住著兩個女的，能出什麼事？這次來的小組裡有四個女的，也實在是錯不開了。要是擱在平日裡，咋說我也不會往你這一樓安的。」

王不才說：「我不管你那麼多，無論如何，我這一樓不住女的，我說不行就不行。」

邊桂蘭雙手一拍，睖了眼說：「哎喲王師傅，這話咋就沒一點商量的呢！這麼安排著住人，參贊也是同意了的，我咋好一轉臉就給改變了？」

王不才說：「參贊同意了你跟參贊說去，反正就是說上天，也不能讓女的上一樓來住。我這人就怕麻煩，尤其怕女人的麻煩。」

邊桂蘭擰了眉，低著頭琢磨一陣，嘆口氣說：「好吧，我再去跟參贊商量商量。照理說，這小組的人不夠局級，三樓的房間是不能開的，這回也管不了這許多了。實在不行，就將那位組長移到三樓去，四個女的都住二樓頂頭的房間。」

說罷轉身要走，馬工勤在一旁開了口：「嘿，大伙兒聽聽，這是個什麼道理？他一樓不能住女的，我的隔壁就能住麼？再說了，住兩個也就算了，這下可好，一下子就安了四個來，若要是出了事，我也是照樣負不起責的。」

對馬工勤，邊桂蘭便沒了那份客氣，當下便板了臉說：「你跟著吵吵什麼吵吵？她們住她們的，你住你的，人家又沒住到你屋裡去，能出什麼事？除非呀，是你自己起了歹心。」

馬工勤說：「你說這話缺德不？我能起什麼歹心？王師傅，我這話可不是衝著你來的，我只是覺得老邊辦這事有點不公道。咱們都是男人不是？你說你一樓不能住女人，她就趕緊答應著去換。我說我隔壁不能住女人，你瞧瞧她，連個商量話都沒有，黑臉綠眉毛的，就像是要把人吃了似的。這人和人哪，到底是不一樣的。」

邊桂蘭面孔紅紫，濃眉倒豎，一側身橫在了馬工勤面前，用粗壯的指頭搗了他說：「好好，你今天必須給我把話說清，什麼叫人和人不一樣？我對他怎麼了？又對你怎麼了？我邊桂蘭向來是清清白白的一個人，今兒你當眾給我往身上抹屎，要不說清楚，咱倆誰也別想出這個門！」

呂伊芬見兩人真動了氣，便趕緊在一旁勸道：「算了算了，不過是幾句玩笑話，犯不著真的就生了氣。再說了，誰都有說漏嘴的時候，是不是？誰少說一句，也就沒事了。」

杏兒見了，也在旁邊說：「老邊，你跟他鬧什麼？你還是忙你的去吧，有什麼事去找老趙解決，跟他吵有什麼用。」

邊桂蘭讓兩人一勸，倒是斂了聲，誰想馬工勤卻不依了，在一旁跺了腳喊：「對對，咱們索性去找參贊解決吧。今天這事是誰挑起的，大伙兒可都看清了，到時參贊問起，就請遞個公平話說。本來我也是不願撕破臉皮的，可她非要逼我，我也是沒了辦法。人說兔子急了也要咬人，我堂堂一條漢子，咋說也該比兔子強幾分吧？」

邊桂蘭呸一口，高聲罵道：「狗屁的漢子！你當你是什麼？但凡當著人面，就要緊著往自個兒的臉上抹粉，再抹，那臉就該比城牆拐彎都厚了！要老娘說，你漢子算不上，要說是隻耗子還差不多。今天拖點東西，明天藏點東西，再厚實的家底，也讓你這麼七拖八拖的給拖沒了。」

馬工勤說：「好好，既然你把話說到了這個份上，咱們也不用掖著藏著了。就算是我拖了那些東西，也不是什麼見不得人的事。我不怕你一點點扒拉了去數，那全是出了賬的，說上天，也不過是些用剩下的東西。可有些人呢？黑了心從大伙兒的嘴裡往外掏，這麼做缺德不缺德？」

王不才聽了這話，眼一瞪，卻沒有發作，一跺腳轉身走了。王不才這一走，邊桂蘭心裡便有些發慌，卻又不願就此認輸，仍喘了粗氣瞪著馬工勤看。馬工勤這會兒卻不急了，看著邊桂蘭慢條斯理地說：「看啥哩看？我也是長了眼的。雖說不能每日跟著你們去買菜，但有時也會去逛逛菜市場的。那市場上的西紅柿雖然標的是五個地納爾一筐，可講講價，都是四個地納爾就買了去。只有我們這兒，回回買的都是五個地納爾一筐，真是有錢人呢。我原說我這人就夠傻的了，誰想這世上還有比我更傻的人，願意把自己的錢白白去給了別人花。」

一席話說得邊桂蘭嘴角直哆嗦。見邊桂蘭如此模樣，馬工勤越發地得了意，接著又說：「今天咱就去當著參贊的面說清，明日把你們那些買菜的條子都拿出來，叫上個會說阿語的，大家相跟著去市場對一對，到時有人不傻了眼才怪哩。難怪這古書上說，狠毒不過婦人心。連自己的男人都一塊兒給算計了，你說這人狠心不狠心哪？」

邊桂蘭大叫一聲，抓起把雞爪摔在地下，這才出了聲：「好你個馬工勤，若是有種，就跟我一塊兒去見參贊，咱們當面把話說清楚！」

馬工勤說：「好啊，這些話我早就想跟參贊說了。」說罷，轉了身就走，邊走邊說：「走啊走啊，一塊兒去呀。」

邊桂蘭說：「去就去，莫非老娘還怕了你不成？」說著，怒氣沖沖地攆了上去，腳丫子甩下陣噼噼啪啪的響聲。

廚房裡就剩下了呂伊芬和杏兒。杏兒盯著門外看一陣，回頭問呂伊芬：「依你看，馬工勤說的可是真的？」

呂伊芬說：「他們這是氣當口說的話，誰知道哪句真哪句假的？我是不大去菜市場的，對菜價也不大清楚。」

杏兒說：「我也不常去買菜，不過……」說到這兒，杏兒不說了，一個人低了頭想。想一陣，這才又抬起頭來說：「老邊和韋祕倆人，從來是各人領各人的錢，不光是工資，就是分伙食節餘，也是各自算各自的賬。老邊說，他們結婚這些年來，除了交出養孩子的錢外，其他的錢都是自個兒攢在了手裡花，十好幾年了，誰也不知道對方積下了多少。方才馬工勤的話，不像是全在胡說。這伙食節餘是大家從嘴裡一點點省下來的，若老邊真的和王師傅合起來坑我們大家，的確是夠缺德的了。」

呂伊芬說：「這事情不是還沒弄清嗎？也說不定是馬工勤一時的氣話，說說也就算了。」

杏兒說：「我也願意這是氣話。只是馬工勤這人，表面上看著憨，心裡卻又比旁人清楚。若是他對這事犯了疑，一定是下了許多工夫去做調查的。原本這外出買菜的事，就是靠著各自的良心去辦的，賣菜的又不會給你開發票，兩人一簽字白條子就算數。要是兩人合計好了來坑大伙兒，那是誰也沒辦法的事。」

呂伊芬說：「算了，咱們也別想這些事了，參贊會想辦法解決的。你看，他們這一跑，就剩下咱倆來洗這些東西了，不抓緊著點，到晚飯時也弄不完的。」

杏兒說：「真是的，說是今天下午全體人員都來幫廚，結果鬧來鬧去，倒成了咱倆的事。索性咱倆也不幹了，大家都去吵架吧，飯也別吃了。」嘴裡這麼說著，手下的動作卻立時快了許多。

呂伊芬笑笑，也加快了手裡的動作。兩人一邊洗著雞爪，一邊說起了最近看的一部臺灣電視連續劇。這部電視劇是臺灣一位寫言情小說的女作家的傑作，同她其他的作品一樣，劇中的女主角在受盡婆婆的百般刁難和凌辱後，終於被接納進了家門，討了份富裕安穩的日子來過。杏兒感嘆說：「誰讓那女人去嫁有錢人呢？嫁了有錢人，自然要先學著受氣。也是虧著老趙的媽二十年前就死了，否則做媳婦的委屈，我還不知能不能受下來呢。」

呂伊芬說：「那不過是電視吧，如今咱這是新社會了，自己掙錢自己花，誰還能給誰氣受了?」說罷，便想起杏兒至今尚無正式工作，立時便後悔自己說漏了嘴，趕緊咬了嘴唇不再說話。

誰想杏兒卻不大在意，只淡淡地說：「新社會又咋了?即便是這新社會，人也要分三六九等上下高低的。那沒錢的人，啥時候都是下等人，哪有不受氣的?」

一番話，倒說得呂伊芬心裡感慨萬千。想這杏兒年紀輕輕的，竟也攢下了不少的經歷，如今連說話都透著一股子滄桑。雖然心裡思緒翻滾攪上攪下，嘴裡卻不敢再多談，有一搭沒一搭地同杏兒扯起別的閑話來。

7

丁小玎一行人進到餐廳時，七點還差十分。三人先去了賈老板的辦公室。丁小玎先同賈老板商定好今晚的菜譜，這才返身去到餐廳門口等人。汪經理和劉總與賈老板閑聊了幾句後，在餐廳裡找了張桌子坐下。

今晚宴請的是建設部監理科科長阿曼。前幾日，因公路護坡的事，與監理工程師的意見有些分歧，對方不肯在驗工計價表上簽字。汪經理只好找了阿曼，求他去做那監理工程師的工作。類似這樣的宴請，每星期總有那麼一兩次，按汪經理的話說，圖的是個花錢消災。

給阿曼的電話上約定，七點整餐廳門口見。但同往常一樣，七點十五分了，阿曼才開了車來。丁小玎邊同他寒暄著，邊帶了他往餐廳裡去。待見了汪經理與劉總，那阿曼自然又是一番親熱話。之後大家在桌邊坐下，丁小玎招呼著侍從們上酒上菜。

阿曼不喜啤酒與威士忌，卻愛喝加了冰塊的伏特加。汪經理本不會喝酒，可逢到這種場合，也只能捧了杯陪著他喝。待幾杯酒下肚，汪經理便見著有些不濟，丁小玎連忙擎了杯，笑吟吟地起身替了他。阿曼見這漂亮女子居然也喝起酒來，酒興自然更甚，索性自己拿了瓶來給眾人斟酒。一會兒功夫，那酒就下去了大半瓶，不僅阿曼喝得滿臉放光，就是丁小玎，也是個人面桃花的模樣了。至於找監理工程師疏通關節的事，在阿曼三杯酒下肚後，就已應承了下來，此時自然不用再提。

席間，賈老板來過兩趟。他在本地長大，加之開的這中國餐館在當地也算是首屈一指，所以本地那些有頭有臉的人，大致他都認識。阿曼是建設部監理科科長，常被各個國家來的承包商請來請去，自然早與這賈老板諳熟。有兩回，阿曼端了酒要與丁小玎乾杯，卻被賈老板打著哈哈接了過去。但凡那開餐廳的人，多少都有些酒量，即便不是酒鬼也是半個酒仙。咕嘟嘟幾杯下去，賈老板面色不改，倒是那阿曼自己有了幾分醉意。賈老板見了，忙喚來侍從們上菜上湯，殷勤地端了與阿曼品嘗。那阿曼即便再鬼，此時哪裡還能察覺得出這其中的蹊蹺？倒是丁小玎心裡十分明白，知道這賈老板是替她在遮擋，當下心裡便生出了幾分感激。

酒至一半，丁小玎起身去了趟洗手間。回來時，見張河站在餐廳辦公室的過道口，抬了眼四下裡東張西望。丁小玎走到張河身後，突然喂了一聲，驚得張河一楞。待回頭見是她，咧嘴笑了，問：「你在這兒幹嗎？」

丁小玎說：「請阿曼吃飯。」說罷，往一旁努了努嘴。

張河是認識阿曼的，聽丁小玎這一說，明白又是為了項目上的什麼事。倒是丁小玎有些奇怪，問他道：「你來這兒幹嗎？莫不是使館要在這兒辦什麼宴請？」

張河說：「你猜對了一半，是有個宴請，可不是上這兒來。我是找賈老板買些新鮮的對蝦，這些東西除了他別人弄不著。」

丁小玎說：「我想也是呀，你們這些外交官們，怎麼捨得上這兒請客來了，不怕夜裡睡不著覺？」說罷，自個兒嘰嘰咕咕地笑了。

張河笑笑，沒答話，他知道丁小玎是在奚落他。在這個國家裡，除中國使館外，其他國家使團的宴請，全是讓餐廳給包辦。因為無論那國家多麼有錢，也不會給使館配備廚師，除非是大使自己花錢請人。以至在菲法拉街上，最牛氣的倒是中國使館了。早些年，還有個前蘇聯使館可以與其媲美，但隨著那蘇維埃聯邦的解體，中國使館便獨占了鰲頭。

在中國使館裡，不僅廚師司機一應俱全，連理髮員都是專門從國內派來的。有國家花錢養人，自然瀟灑得多。不像那些歐洲使館，因經費拮据，除幾個專職外交官外，頂多就是再雇一兩個當地人看大門或做司機。若是有誰須雇人來做家務，也只是自己花錢請些鐘點工。以至去那些使館辦事的人，任誰都覺得四周空寂冷清。偌大的一個院子，從早到晚竟是看不到幾個人影的。

賈老板餐廳生意的紅火，自然是沾了這些使團的光。那些外交官們不僅在這兒舉辦宴請，連晚餐也大多上這兒來吃。如此一來，餐廳到了晚上，就極像了個外交官俱樂部，各種口音各種面孔鬧鬧攘攘地混成一片。若是使館也興現場辦公的話，那想去世界各地旅遊的人，上這兒來就能辦齊了各個國家的簽證。只是，在這些外交官裡，卻是很難看到中國人的面孔。中國的外交官們不上餐廳來吃飯。

這倒不僅僅是因為中國人常常提倡廉潔自律。這其中緣故有二。一是中國的外交官同別國的外交官比起來，確實是囊中羞澀。請人在這兒吃一頓，少說也要吃掉近半個月的工資。所以即便是大使，也從不自己上這兒來慷慨瀟灑。其二是因為使館的宴請，均是按參加者每人五個美元的標準報銷。五個美元上餐廳吃，自然是分文無返，但若是自己的廚師做，就能省下近一半的錢。節餘下來的錢，到了月底，便同剩餘的伙食費一起分給大家。所以在中國使館裡，宴請算得上創收的一個項目，其作用相當於國內的多種經營。

如此一來，中國使館自然月月不乏宴請。即便如此，仍有人去尋了那辦公室主任責問：「這月咋才分這幾個伙食尾子？你們辦公室的人也是，成天坐在那兒沒事幹，莫如多動動腦子，想想還有什麼人可請來吃飯的？」

因為有了這一些好處，眾人的積極性便得到了充分的發揮。回回宴請，不但廚師有額外的補貼，就是幫著洗菜端盤子的，事後也能分到些啤酒和飲料。丁小玎常去使館，自然明白這個中的緣由，便常拿了這事來取笑張河。這張河平日裡也是個能言善辯的人，但說到這些事，便不免有些氣短語塞了。好在尋不出話來回答時，還可以陪了笑臉，任那丁小玎去奚落。

丁小玎笑罷，問張河：「前天去你們經參處，見著在請港口海關的人吃飯，吳祕說是為了提那批新運到的生活物資。今兒個你們又要請什麼人了？」

張河說：「這次可不是我們經參處的宴請。今天一早，使館辦公室的梅主任便來找我，說我同賈老板熟，託我來買些蝦，大概是請機場海關的人吃飯吧。」

丁小玎嘻嘻一笑，說：「明白了，準是有什麼人要回國吧？」

張河說：「是，馬祕下星期回國休假。」

丁小玎說：「讓我猜著了不是？其實這事都不用猜了，一說請機場海關的人，就知道你們打的什麼主意。也怪，這兒好幾百的中國人，就你們使館和專家組的人東西多。回回都是七八個大箱子，少說也有一二百公斤吧，難怪人家海關要罰你們的款呢。上月我去機場送人，碰上你們使館的崔祕回國，老倆口弄了八九個大木箱進去，在海關那兒亂七八糟擺了一地。那箱子就不說了，手裡還滴哩嘟嚕地提了一大串拎包和網兜。我一看，好嘛，連從國內發來的掛曆和鏡框都讓他們給扛回國去了。好在有公家出錢替你們請客吃飯，否則你們這些外交官呀，就算是免檢，也是連飛機也上不去的。」

一席話說得張河面上訕訕，卻又不敢打斷丁小玎的話，待她說完後，才軟了聲說道：「這不因為咱中國人窮麼？雖說是外交官，可也是人吧？好不容易出了趟國，自然是想多帶點東西回去的。」

丁小玎嘴一嘟，說：「得了得了，要說窮，咱們這些做勞工的不比你們更窮？我送回國的工人少說也有上百個了，可沒一個人像你們那樣大包小包往回扛的。別說規定的四十公斤了，就是有四公斤行李的人也不多。你想啊，帶來的衣服全穿爛了，剩個空衣箱也處理給了別人，有的人索性背個裝著牙刷毛巾的小挎包就上了飛機。說來說去，是你們有東西往回拿。也不管那東西值錢不值錢，只要是能拿的，一針一線都捨不得丟下。你想想，只要你們的人同我們的人一起走時，誰不央著我們的工人幫你們帶行李過海關？怎麼，不高興了？嫌我揭了你們的短？」

張河說：「我哪裡敢不高興了？我知道你說的這些都是真的，可誰也沒辦法改變這些。別說是我們這些窮國家的使館了，就是駐那些富裕國家的，也一樣的這麼寒磣。上星期我們才接到個通報，有個參贊夫人在回國時，被中國海關查出隨身攜帶了幾十根金項鏈，這要換個人，還不得定他個走私罪了?所以，這是你我都管不了的事，還是不去想它的好。我看你今天酒喝得不少，一會兒就別再喝了。」

丁小玎嘛了嘴說：「你是認為我喝多了酒在說胡話?」

張河說：「哪裡就是這個意思了?只是怕你喝多了人受不了的。」

丁小玎說：「這麼說你是在關心我?好吧，我就受了你這份好心，待會兒回頭再不喝了。不過，那阿曼不說走，我們也走不了，大概還要在這兒坐一會兒陪陪他，你就趕緊去找賈老板買東西吧。」

張河說：「我方才去過他辦公室了，人不在。」

丁小玎咦了一聲，四下裡望望，說：「剛才還在這兒呢，替我跟阿曼喝了好幾杯酒，今天不是他給我擋駕，保不定我真的就醉了。要不，你上廚房裡去看看，說不定他在那裡有什麼事呢。」

張河點點頭，說：「那我去了，你忙你的吧。」走了沒兩步，又回過了頭來問：「你們這禮拜放假嗎?」

丁小玎說：「不知道，我想不會放的。」

張河說：「你們已經有三四個月沒休息了，還不放上一天假喘喘氣?」

丁小玎說：「我們哪能和你們比呀？如今工期催得緊，眼看著時間都不夠用，哪裡還敢休什麼禮拜天的？怎麼，你有事嗎？」

張河說：「也沒什麼要緊的事，想約你去游泳。」

丁小玎想想說：「這倒是可以的。雖說我們不放假，但人家當地各部門要休息，我們出去也辦不了事，只能在屋裡處理一下文件。我上午把事幹完，下午就能出來一趟。我就說我去郵局看信箱，沒有誰會懷疑的。這樣吧，到時我給你來電話。」

張河連忙搖頭說：「別別，還是我給你來電話吧。你知道我們那兒的電話不保險，有人在一旁偷聽。」

丁小玎抿嘴一笑：「你倒真怕了那小夫人。」

張河皺了眉頭說：「我怕她做什麼？我是煩這種沒教養的人。但她好歹又是個參贊夫人，沒法跟她撕破了臉皮，若是換了你，也照樣拿她沒辦法的。」

丁小玎說：「辦法有的是，就看你願意不願意了。算了，我們在這兒說她幹嘛，怪無聊的。我走了，你忙你的去吧。」說罷，丟下個笑，轉了身往餐桌邊去。張河見她走了，也扭頭去了廚房，尋那賈老板買蝦去了。

星期四吃罷晚飯，張河獨自去了前院使館大樓。因宗教上的習慣，這個國家的休息日是星期五。到星期四週末，使館的大部分人都要出去。有的上別的中國人處串門，有的去逛商店，一座使館大樓，立時便空蕩冷清起來。張河走到樓前，迎面碰上機要員小孫，穿一身髒兮兮的短褲背心，手裡拎著個食堂買菜用的大塑料筐。見到張河，老遠就喊了起來：「走啊張河，一塊兒去呀。」

張河說：「看你這樣，是又找著什麼好地方尋開心了。」

小孫說：「咱們這樣的，還能上什麼地方尋開心去？上酒吧沒錢，找女人又沒膽子，只能去搗弄點海鮮來混時間吧。不過這陣子螃蟹也真多，油庫那邊的海灘上，密密麻麻的一大片，用電筒一照，動也不動，你只管用叉子去叉就是了。」

張河說：「吃螃蟹也就是嘗上幾回鮮吧，像你們這樣成筐成筐的往回弄，誰吃得了哇？」

小孫說：「不懂了不是？誰頓頓去吃這玩意兒啊。告訴你，拿回來後去凍到食堂的冰櫃裡，等有空閑了，再把肉慢慢地剝出來，用紙板攤了放外面去晾。要不了三天，這肉就曬成乾了，到時帶回去讓家裡人也嘗嘗麼。」

張河說：「你們這些傢伙也真不怕麻煩。」

小孫說：「那有什麼麻煩的？橫豎是沒事幹的，加工些海鮮時間還過得快些。可惜我不會潛水，你看人家小沈，次次都要提半桶海參回來。昨天他把曬乾的海參稱了稱，差二兩三公斤了。三公斤呀，你想想，在國內這得值多少錢？說起來，我這還算是懶的。王祕兩口子，五十多歲的人了，老太太還是醫學院的主任，天天下午去海灘刨蛤蜊捉螃蟹，老倆口都曬得跟刨炭的一樣。可到頭來人家成績顯著，滿滿一大紙箱的海貨，連我看了都覺得特鼓舞人心。」

張河說：「難怪進你們這樓就聞著一股子腥味兒，原來都改做這海鮮加工業了。當地人有沒有給你們提意見，說你們是在破壞當地的自然資源，外加污染環境？」

小孫樂了：「他敢嗎？」

張河說：「有什麼不敢的，只是你們聽不到罷了。我倒是聽見了一些，說我們這使館都快成掛國旗的中國餐館了。」

小孫鼓了眼問：「這話是什麼意思？」

張河說：「什麼意思你自己去想吧。不過，我們可沒你們這麼閑，整天不是有人找上門來，就是有電話急著叫下去，哪有你們的這些情致。」

小孫問：「你真不去？」

張河說：「去不了，參贊讓我來取報紙的。」

小孫說：「你不去我可就走了。報紙都在辦公室裡堆著，下午王祕已經全分出來了，你自己去找吧。」說完，打開一旁皇冠轎車的後背箱，將塑料筐扔了進去，然後鑽進了車裡，將車子風火火地開了出去。

張河返身進了樓裡，徑直上了二樓的辦公室。進門便看見了一大桌的報紙，按單位分成了若干堆。報紙是從國內發來的，一來就是一大堆，又因遠涉重洋，以至當人們看上時，新聞早已成了舊聞。即便如此，報紙來了也是件大事。一些訂了報紙的中國公司，不管離得再遠，也會專門開了車來取。像張河這樣只需從後院走到前院的，算是最省心的了。

張河先在報紙堆裡扒拉了一陣，待尋到經參處的報紙後，便放到一旁的椅子上，這才給丁小玎撥電話。丁小玎正好在辦公室打文件，一聽是張河的電話，自是十分高興，兩人便在電話上聊了起來。張河告訴她說，國內發報紙來了，讓他們公司派人來取。丁小玎說這正好，她明日便給汪經理說，她去取報紙連帶著看信箱。張河說若是這樣的話，她倒不必專門跑來使館一趟，他在見她時把報紙帶上就行。接下來，兩人約定了明日見面的地點和時間，又扯了些別的閑談，張河這才意猶未盡地放下了電話，喜滋滋地抱了報紙回去。

第二日，張河早早便去了約定的地點。這是一處離城較遠的海灘，因偏離開了公路，故罕有人前來。這地方是張河開車出來兜風時偶然發現的，之後與丁小玎來過兩次。只是那兩次來時，張河與丁小玎尚未十分親昵，所以不像今日這般心潮湧動坐立不安。張河獨自在沙灘上等一陣後，終於耐不住熱，便先脫了衣服跳進海裡，撲哧撲哧地游了一個來回。待他渾身水淋地走上岸時，才見丁小玎那輛白色的馬自達車從小路上拐了過來。

車開近停下，丁小玎跳下車來，神情有些沮喪地說：「你說倒霉不倒霉，汪經理要在晚飯前召集我們翻譯組的開個會，一小時後我就得回去。早不開晚不開的，偏在這會兒開，真敗興！」

張河說：「沒關係，咱們不是還有一個小時嗎？其實，只要能見到你，單獨和你待一會兒，我就很高興了。」說著，便伸了手將丁小玎往懷裡拉。丁小玎一閃身子，笑著推了他一把，說：「你瞧你，一身的水，會把我的衣服打濕的。」

張河卻顧不了那許多，一伸手又拽住丁小玎，緊著就往懷裡拉，嘴裡說道：「你怕什麼怕，真是打濕了你的衣服，我一定將它們捂乾，不會讓你穿著濕衣服回去的。」說著，嘴就咬住了丁小玎的嘴。丁小玎推了他幾下沒推開，也就軟在了他的懷裡，由著他在臉上頸上一陣亂親。兩人親著親著，竟就這麼摟抱著倒在了沙灘上。

當張河喘著粗氣開始動作時，丁小玎低聲問：「你真要幹？」

張河說：「小玎，我沒辦法，我太想要你了。我知道我不該這麼幹，可我愛了你這麼久，已經不由自主了。」

丁小玎死死剜他一眼，說：「我也愛你。」說罷，閉上了水汪汪的杏核眼，由著張河去了。

兩人翻來覆去好一陣，才將事情幹完。張河拿過扔在沙灘上的浴巾，替自己和丁小玎擦著身子。擦著擦著，張河突然丟了毛巾，抱著丁小玎一陣狂吻，吻罷，這才問：「小玎，你會恨我嗎？」

丁小玎伸出手，拂開搭拉在他額前的頭髮，輕聲說：「這是我自己願意的，怎麼會恨你？」張河不眨眼地盯著這雙亮晶晶的眼睛，盯著盯著，耷拉下了眼皮，說：「我是結了婚的，如今又有了孩子，眼下是不可能離婚的。」

丁小玎淡淡一笑，說：「你的這些事又不是今天才有的，我能不知道麼？」這話說出來，倒讓張河有些意外，盯了她一陣，才說：「那，你以後不會恨我？」

丁小玎說：「瞧你這人好傻，我不是說過了嗎，我不會恨你的。人一生中，難得這麼真真實實地愛上一回，結婚不結婚有什麼要緊？」說著，眼神就有些飄忽悵然起來，眼裡溢出些水滴，在睫毛上顫顫地抖動。

張河看著心疼，又將她摟在了懷裡。兩人就這麼相擁著躺在沙灘上，瞇了眼，看著天空的湛藍中一絲絲地滲進些煙灰。海裡開始漲潮，海水低吼著一陣陣沖上岸來，驚得那些海鷗在半空裡咕咕呱呱的亂叫。終於，丁小玎推開了張河，支起身子說：「我該回去了。」

張河知道留不住她，只好放開手臂，幫她拍打盡身上的沙礫，送她上了車。丁小玎搖下車窗對他說：「等我走遠了，你再開車吧，反正你也不急的。」說罷，發動起車子，一陣風地開了去。張河在原地站一陣，直到看不見了丁小玎的車，才無精打采地走回車旁把衣服穿上，開了車往回走。

張河回到使館，把車開進院子，正在往車庫裡倒車時，就見杏兒從樓裡走了出來。見了張河，沒像往日裡那般拿腔做勢，而是緊著上前來叫他：「張河張河，你跑什麼地方去了？方才老趙火燎燎地到處找你，往專家組和公司裡打遍了電話，都說沒見到人。老趙他們去大使那兒了，說是見到你回來就叫你趕緊過去。」

張河見杏兒一臉認真，知道是有了要緊事，連忙從車裡跳出來，問道：「你知道是什麼事嗎？」

杏兒說：「我沒敢問老趙，倒是聽韋祕說了幾句，好像是拉赫基項目隊的什麼人被綁架了。」

張河心裡咯噔一下，關了車門就走。杏兒提了嗓在他身後喊：「他們沒在辦公室，直接去的是大使官邸，你到官邸去找他們吧。」

張河喔一聲，人就拐過了樓去。杏兒看著他的背影，忽然又想起了什麼，扭頭進到車庫，趴在車窗上往裡看。車門已經上鎖，杏兒虛著眼看一陣，什麼也沒看出來，這才在嗓子眼裡低低咕噥了一聲，拖著那雙啪噠直響的拖鞋進了樓去。

上樓後，杏兒沒有回自己的房間，而是去了二樓的會議室。進門一看，餘下的人果然都在這兒，七嘴八舌地議論著中國人被綁架的事。會議室裡的電視機開著，正播放著當日的新聞，可誰也沒往那電視機上看一眼，都只顧了說話。

杏兒揀個椅子坐下，問一旁的邊桂蘭：「今天的新聞裡播了綁架中國人的事麼？」

邊桂蘭說：「沒看見有。喔，對了，老呂，方才那播音員拿張紙念了一陣，說沒說起這事？」

呂伊芬說：「沒說，只說要大選了，兩個黨派相互間有些摩擦，都在報紙上攻擊對方呢。」

馬工勤哼一聲，罵道：「王八羔子些，你們幹你們的仗，抓我們中國人幹啥哩？要我說都不是好人，我要是這兒的老百姓，一個也不選他！」

邊桂蘭吐出個瓜子殼，在一旁接著說：「說也是呀，這麼個亂糟糟的國家，還沒完沒了的給他經濟援助做啥呢？你瞧瞧眼下，更是沒了王法，連咱中國人都敢綁了去，今後還不定要幹出些什麼吶。要我說，那錢也甭給他們了，拿回去咱中國人自己花。政府要是花不完了，就分給老百姓用，你們說是不是這個理？」

馬工勤聽了，一個勁地點頭贊同。自從上次兩人為安排房間的事發生爭吵後，有半個多月沒搭腔。趙仁宗不想將事情鬧大，給兩人做了做工作，換了呂伊芬去買菜。呂伊芬原不想惹這麻煩，卻又推辭不過，只好硬著頭皮接下了這份差事。如此一來，邊桂蘭心裡自然是窩下了一股子火。可窩火歸窩火，嘴裡卻又說不出什麼來，於是更將那馬工勤恨如頭醋。但凡見了面，不是將頭一擰，便是把大眼瞪得溜圓，生生一副深惡痛絕的模樣。

日子一長，邊桂蘭先覺出了不便。往日裡她要出去，自有馬工勤或杏兒與她開車。如今單剩下個杏兒，就像突然間少了一條腿。若是再碰上杏兒有事或人不在，她即便有天大的事，自己也是出不去的。雖說吳家琪和張河都有車，但這兩人整日裡在外面跑，想抓個差都找不見人。在這個地方沒了車，就如同沒了腿一般，想上哪兒都去不了。

邊桂蘭生性是個好串門的人。讓她在家裡待上兩日，保不定就會憋出什麼病來。再有，經參處就這麼幾個人，全在一個樓裡待著，如俗話裡說的那般，抬頭不見低頭見。若總是這麼扭筋彆勁，人也累得發慌。終於，再見到馬工勤時，邊桂蘭臉上添了些活泛的神情，遇到話頭，也接茬搭腔地閑扯上幾句。那馬工勤人雖吝嗇，性情卻不算十分拿捏。況且自認為是爺們兒一個，犯不著跟女人一般見識。待再見面時，也就淡淡地打個招呼，算是給邊桂蘭尋了個臺階去下。

今日，一聽說中國人被綁架，兩人立刻前嫌盡釋，數日來積下的悶氣，這會兒有了出處。邊桂蘭咬牙切齒地罵一陣後，馬工勤必定跟在後面搭腔，不僅罵的路數相同，就是那一臉的生動，看著也有幾分相似。這番默契在旁人不難，在這兩人，卻又是難得了。

兩人剛說罷，王不才在一旁嘬著牙花子，慢吞吞接上了話頭：「老邊說得有理，拿錢給這些龜兒子們修路，真莫如回去修我們自己的路。比方說我們鄉，離縣城統共不過七八十里，回回進城都是跑機耕道，來回一趟把人的屁股折騰得痙痛。早幾年就在吵到要修路，說來說去只是熱鬧一陣。最後說是等過兩年政府找到了錢，才能修通到鄉裡去的柏油路。如今這些事呀，說起來硬是讓人搞不懂，各人的包包頭都是癟的，還脹起氣支援這種政府做啥子？」

呂伊芬說：「說來說去，這就是政治了。不過，這次綁架中國人的事，倒不是政府指使人幹的。只是因為修路用的地政府事先沒徵用，老百姓便不讓修，鬧來鬧去，中國人夾在中間吃了虧。不過要認真追究的話，政府也脫不了干係，最起碼是因為他們計劃有誤，才會鬧出這樣的事來的。」

呂伊芬說罷，杏兒在一旁重重地嘆了口氣，說：「這下老趙又要幾夜睡不著覺了。」

邊桂蘭說：「我家老韋還不一樣？他這人呀，只要是公事，一件件都在心裡擱著，啥時也放不下來。你看著吧，今天開完會，往後這些天非忙死他不可！」

王不才說：「他們的會怕是要開到半夜去了吧？」

杏兒說：「誰知道呢，說除了給國內彙報外，還要給這兒的外交部發緊急照會，大使要去見總理，怕是會談什麼的吧。」

馬工勤埋了頭，一個人咕咕噥噥地說：「這節骨眼上了，還談啥哩談？要我是這國家的總理，先派了軍隊去把人給搶回來，保住性命才是要緊的事。你瞧這國家，就是小孩子，玩槍也跟玩玩具一樣，高興了，叭叭地在海邊打著玩。咱們的人落到他們手裡，誰知道會成個啥樣？若是不小心走個火，誰恰好讓槍子兒給碰上了，那不真是活活冤死了？在這兒做了野鬼，下輩子投胎也回不了中國的。」

一席話，說得眾人噤了聲。老半天，才聽王不才咳一下，吞吞吐吐地開了口：「你這話也是有些道理。上回他們內戰，就打死了個中國人。聽人說，那個工人本已跑去樓下躲了起來，後來不曉得哪根筋扯了拐，想起發的伙食節餘還壓在被褥下，趁人不注意就又往樓上跑。哪曉得剛到樓梯口，就遇到個炸彈落下，當場腸腸肚肚就流了一地。炮打完後，人們進屋看，錢還好生生地壓在被褥下面。為了三四百美元就丟脫條命，實在是划不來。」

馬工勤說：「這事我也聽說了，上回去拉赫基，還見了他的墳地，就修在路邊上。墳地裡不光他一個中國人，我數了數，起碼有五塊碑寫的是咱中國人的名字。」

邊桂蘭說：「打井隊的人不是也埋在那兒嗎？你說這人哪，是禍是福怎麼就一點兒也料不到？我聽他們公司經理說，那天開完會天就黑了，都勸他們歇一夜再走，可隊長非急著要連夜回去，說是還能趕著第二天上工。誰想走到半道上，就讓山洪給沖走了，四個人一個也沒活下來。好在屍體全找到了，也算是在身後落下了個全屍。說來也真慘，死的人中最小的才二十五歲，是個翻譯，三天後就要回國結婚，好好的一個孩子說死就死了，冤枉不冤枉啊？」說著說著，竟自個兒紅了眼圈。

杏兒哎哎兩聲，說：「怎麼說來說去竟說起死人來了？那幾個人只是被抓了去，暫時還不會有什麼危險，讓你們這麼一說，倒真是有些不吉利了。」

呂伊芬也說：「杏兒說的是。他們將中國人抓去，無非是想給政府施加點壓力，逼著政府出面解決問題，未必就是真的恨上了咱中國人。你想想，傷了中國人對他們有什麼好處？至少要被抓去判刑坐牢的吧。那些人雖說是綁匪，可也是老百姓，既然是老百姓就會拖家帶口，哪能一點不想後果就去鋌而走險了？」

大伙兒聽了，覺得呂伊芬的話有些道理，於是便不再說那人死人活的事，有一句沒一句地扯起了別的話頭。閑扯一陣，邊桂蘭打了個哈欠，揉揉眼說：「算了算了，你們說吧，我要回去睡覺了。」說著，站起身，打著哈欠出了門去。眾人方也覺得了睏，便把那椅子推得乒乒砰砰一陣亂響，然後一個個無精打采地離開了會議室。呂伊芬照例是走在最後，閉上電視機後，又四下裡看看，這才關了電燈，帶上門回了自己的屋裡。

呂伊芬回屋後，看看錶，十點二十分。她向來睡得晚，便又坐到桌前看了會兒法語書。沒看一會兒，竟煩心倦目起來，於是便推了書本去衛生間沖澡。仰著臉在水裡沖一陣，燥熱方才漸漸退了些去，也不擦身上的水，只用浴巾在外一裹，倚在床頭看起小說來。

快十二點時，呂伊芬聽見有人在用鑰匙開門，知道是吳家琪回來了，便靠在床頭沒動彈。門開後，吳家琪輕手輕腳地摸了進來，見了呂伊芬便問：「怎麼還沒睡？」

呂伊芬說：「等你呀，會開完了？」

吳家琪說：「完了。」

呂伊芬問：「這麼晚了，餓了沒？我給你煮包方便麵吧。」

吳家琪說：「我不想吃，只是覺得累。」

呂伊芬說：「你又沒幹什麼活兒，怎麼會累？想是太緊張了吧。趕緊去洗個澡，早些睡下，睡一覺就恢復過來了。」

吳家琪搔搔頭，揣著一肚子心事進了衛生間。呂伊芬見他完全沒理會到自己的意圖，暗暗嘆口氣，從枕頭旁拿過睡衣來換上。待吳家琪洗出來後，呂伊芬已睡下了，吳家琪走過來先伸手關了燈，這才上了床。

吳家琪在床上躺一陣，來來回回地翻了幾個身，仍然沒睡著，這讓吳家琪覺著奇怪。他雖是知識份子，卻從來沒有失眠的毛病。早些年上大學時，就是出了名的「睡仙」。即便第二天就要參加畢業考試，他頭夜照樣鼾聲如雷。同屋那些睡不著的人，嫉妒的去廁所舀了冷水澆在他臉上，常常是迷迷糊糊地抹一把水，翻個身照舊又睡了過去。吳家琪想，人說上了歲數瞌睡就少了，看這樣子，自己大概是到了睡不著覺的年齡了。

正想著，呂伊芬在一旁用指頭輕輕觸了觸他，悄聲問：「睡不著？」

吳家琪說：「今晚真怪了，躺上床這半天，眼睛都不曾眨巴一下，莫非我也要得那失眠的毛病了？」

呂伊芬說：「哪裡是毛病，只是你心裡頭次裝這麼大的事，覺著壓力大，一時半會兒便睡不著吧。」

吳家琪嘆口氣說：「說來也是，像這樣的事，十年八年都遇不上一回，偏我運氣不好。明天大使和參贊去見總理，讓我和韋祕去拉赫基，說不定還要去見那些綁架者呢。唉，不知道那兒都鬧成什麼樣了。若是去處理不下來，那可怎麼辦？」

呂伊芬說：「你們呀，平日裡鬆散慣了，乍一碰上這樣的事，自然是六神無主了。其實，要說運氣不好，該是那幾個被綁架去了的工人，大老遠的上這兒來給別人修路，卻莫名其妙地被抓了去，這會兒心裡不定有多害怕呢。可在你，倒不見得全是壞事，既然做了一回外交官，就該要學著處理些棘手的事，不說是鬥爭中成長吧，也起碼是長了些見識。」

吳家琪說：「照你這麼說，我還該為這事慶幸了？」

呂伊芬推了他一把，說：「瞧你，又在瞎說了！你以為出了這事，就你一個人著急嗎？如今所有的人都在為那幾個人擔著心呢。好好，是我不該招惹你。也真是的，咱倆怎麼一說話就要往兩岔裡去呢？你還是趕緊睡吧，明天一大早還要出去呢。」說罷，翻過了身去，不再同吳家琪說話。

呂伊芬這一打岔，吳家琪心裡墜著的事反倒被沖淡了幾分。他翻了個身，立刻就睡了過去。只是人睡得不安穩，夢裡仍咕咕噥噥說著什麼。呂伊芬後半夜起來上廁所，回來時打開床頭小燈，見了他這模樣又發愁又心疼。心想這到底是個書呆子，遇上些事就緊張成了這般，哪有點職業外交官的氣魄和沉穩呢？明明是個教書的材料，卻偏又不願回去教書，拗了勁要做外交官，這可怎生是好呢？胡思亂想著，人就失了睡意，呆呆地坐在床頭盯著那張在睡夢中蹙眉咬牙的臉。直到一偏頭看見窗外透了層灰白，這才趕緊又上了床，抓時間迷迷糊糊地打了個盹兒。

中國人被綁架的事，很快在這個國家的中國人中傳開。為了防止再有意外發生，中國使館召集了緊急會議，就是那些住在百十公里外的中國公司或專家組，也派了人趕來參加。大使和各處參贊都在會上說了話，其要點是盡量避免和當地人發生衝突。會開罷，沒像往日那樣招待大家一頓豐盛的午餐，而是讓眾人早早地趕了回去，立刻將會議精神傳達落實。到底是中國人，對傳達貫徹落實會議這類事，不僅注重而且在行，儘管是在國外，也同樣一絲不苟的照章辦理。各單位的領導回去後，立刻開會傳達會議精神，並且就此制定了一系列的具體措施。這其中有一條是，除上工或辦事外，任何人不得私自外出。有特殊情況須報告給單位領導，待批准後方可准行。

這一來，丁小玎連著兩個星期沒能見到張河。這期間張河雖然來過幾次電話，但卻因著一旁有人，丁小玎只能不痛不癢地說上幾句。從臉上看，丁小玎倒沒見什麼異常，見人仍是張笑嘻嘻的面孔。但背了人，那雙水汪汪的眼裡，便有了惆悵的漣漪一圈圈溢了出來。

自從與張河有了那層關係後，丁小玎的大半心思都落在了張河身上，這確實讓丁小玎感到出乎意外。上大學時，她與幾個同學去爬黃山，在半山一個松濤作響的小旅館裡，和一個男同學有了第一次性關係。那以後，她便認為自己在思想和作派上都頗具現代色彩，雖則算不上性解放或女權主義者，但至少不會去為了一個男人感傷或煩惱。開始與張河在一起時，也只想著開開心解解悶，沒想日子一長，竟是把自己繞了進去，這確實是她沒想到的。

有幾回拿起電話，撥了一半的號，卻又放了下來，在心裡笑自己，真的就那麼掛念那個男人麼?笑過，心裡便有些酸酸澀澀的發疼。趕緊背了人，掏出手絹抹一把濕潤潤的眼。這以後，心裡無論怎麼想，也絕不去碰那電話，除非是張河自己打電話過來。她倒不是怕那黃臉的小夫人偷聽。她只是想給自己留下點自尊。

這十幾天裡，賈老板倒是來過公司幾趟，也沒什麼要緊事，不過是送些新鮮的魚蝦給食堂。臨走，總要來同丁小玎打個招呼。一次要上車了，又急急地塞了瓶法國香水給丁小玎。丁小玎本就是個聰慧之人，哪能不知這賈老板的心思?只是因對方尚未說破，她也用不著去做什麼解釋。有時，看著賈老板溫厚的眼，她也會怦然心動。不過，這都是一瞬間的事。一轉身，那念頭便煙消雲散了。

這日還在午休，公司醫務室的醫生便來敲了丁小玎的門。說有個工人突然下腹劇痛，他檢查後覺得像是急性闌尾炎。他不敢耽擱，便去找了汪經理，汪經理讓丁小玎馬上帶去中國醫療隊看看。丁小玎一邊應著，一邊趕緊穿上衣服，去車庫將車開了出來，拉著病人和醫生一塊兒去了醫療隊。

趕到醫療隊，人們還沒起床，丁小玎便去找了醫療隊石隊長。這石隊長在國內是某省醫學院的副院長，德高望重的人物。聽說是急診病人，立刻披了衣服出來，檢查完病人後，對公司的醫生說，十有八九是急性闌尾炎了。公司醫生說，我方才也是這樣對汪經理說的。這病人壓痛和反跳痛都很明顯，只是我們那兒沒有化驗室，查不了血象，所以無法確診。石隊長說，咱們這就去醫院查血，弄不好，這病人一會兒就要做手術的。說罷想想，轉身出門上了樓，叫手術室的護士長去了。

趁著石隊長找人的時候，丁小玎給汪經理去了個電話。汪經理一聽說病人要做手術，聲音裡就有了幾分著急，說那你們就趕緊上醫院吧，我馬上就趕來。丁小玎說你來了直接上手術室找我們，我聽石隊長那意思，他這一刀橫豎是躲不過的。說罷放下了電話，石隊長和護士長也正好推門進來，幾個人扶著病人上了車，直奔了醫院去。

到醫院後，石隊長沒上門診，而是直接將病人帶到了化驗室去。在這個市立醫院裡，近三分之一都是中國人。不僅各臨床科的主任是中國專家，就是藥房、化驗室、放射科這些輔助科室，技術主管也都是中國人。中國人找中國人辦事，自然要方便些，沒半個小時病人就做完了檢查。待汪經理氣吁吁地趕到時，手術室外的走廊上只剩下了丁小玎和公司的醫生。汪經理嚇一跳，一迭聲地問：「人呢？人呢？」

公司醫生說：「在裡面呢。」

汪經理一楞神：「已經把肚子給拉開了？」

丁小玎在一旁想笑，但沒好意思，咬了嘴唇說：「還沒呢，說是要先刮什麼。」

公司醫生在一旁很專業的補充說：「正在進行手術前的備皮工作。」

汪經理說：「沒拉開就好，我總得先問問是怎麼回事吧。石隊長在哪兒？」

丁小玎說：「在裡面洗手。」

汪經理扭了頭就往裡面走，卻被個當地護士迎面攔在了門外。丁小玎趕緊跟過去，跟那護士咕咕嚕嚕說了一陣，這才轉了頭對汪經理說：「她同意你進去了，但只能到外面洗手的那間，再往裡就不許進了。」

汪經理說：「知道了知道了。」說著便急急地進了門。到洗手間，見石隊長正挽了衣袖在用把小刷子刷手，走上去就問：「石隊長，這病人有什麼問題嗎？」

石隊長扭頭見是汪經理，立時堆下些笑來。只可惜一張臉被口罩蒙去了大半，旁人只能看見眼角處的那些笑紋。見汪經理神情緊張，他忙說道：「沒問題，你放心好了，這只是個小手術，半個小時就能做完。剛才我已經跟你們的醫生商量過了，若是病人手術後覺得在醫院住不方便，就到我們醫療隊去住，我們的醫生護士正好可以照顧他。」

聽罷石隊長這番話，汪經理的心裡一鬆，嘴裡卻說：「那怎麼好意思呢？本就是打攪你們了，再住到你們那兒去，豈不是再給你們添些麻煩？只是，這病人要是去住醫院的話，我們還得專門抽個翻譯來陪著他，要不人家叫他吃飯他都聽不懂的。這一回，真的是只有麻煩你們了，其他還需要我們做些什麼麼？」

石隊長說：「別的沒什麼，就是病人家屬不在，需要你們領導在手術單上簽個字。」

汪經理說：「我這就去簽，這兒的事就拜託你了。」

石隊長：「你這就見外了，都是中國人，還用得著客氣？今天我要做手術，也就不招呼你了，咱們改日再談。」

汪經理說：「好好，你忙你的。」說著出了門來，找著護士在手術單上簽了字，這才在走廊的長椅上坐下，一邊抹汗一邊向公司醫生問起了病人的情況。

趁這空，丁小玎去了趟衛生間。忙亂了這一陣後，她早已全身汗濕，連頭髮也粘乎乎地貼在了腦門上。這會兒有了喘氣的功夫，反倒是起了陣惡心，嘴裡一口口地泛著酸水。她想大概是因為沾了暑氣胃裡不舒服，便打濕了手絹，就著涼水一把把地抹著臉和身子。待洗出了幾分清爽後，這才抹抹頭髮，絞著手絹上的水出了衛生間。一出門，見呂伊芬與杏兒說著話往這頭來。心裡有些奇怪，臉上卻沒表露，笑吟吟地迎上去打了個招呼。

誰想杏兒一見丁小玎，神情立時便有些跼蹐和不悅，礙著呂伊芬在一旁，勉強把嘴角扯扯，算是作了回答。呂伊芬見到丁小玎，卻是有幾分意外和高興，搶了先問道：「小丁，這段時間你跑哪兒去了？回回上課都不見你，還當你一個人悄悄回國了呢。」

丁小玎說：「出了拉赫基那檔子事，我們就不讓隨便外出了，我就是想上課也去不了哇。現在上到哪一課了？」

呂伊芬說：「這星期開始講十三課了。其實算來，你不過拉下了四堂課吧，對你來說算不得什麼，聽兩次就趕上了。況且不光是你，就是張河這段時間也是常缺課的，也在忙拉赫基的事。如今剩我一個中國人，聽不懂時想找個人問問都張不開口。還說指望你們趕緊來上課呢，卻是連個人影也見不到的。沒想今天上醫院來，反倒遇上了你，你是哪裡不舒服了？」

丁小玎說：「不是我，是我們公司的一個工人得了闌尾炎，正在裡面做手術呢。」

呂伊芬問：「要緊麼？」

丁小玎說：「石隊長說再晚送來一會兒就麻煩了，不過現在看來問題不大。你們呢，也是來看病？」

呂伊芬看杏兒一眼，說：「我們來找鄧醫生，約好的。」

鄧醫生是醫療隊的婦產科醫生。丁小玎聽呂伊芬這麼一說，便不再接著往下問，另去尋了別的話來說。沒說上兩句，就聽杏兒在旁邊呃地一聲，接著捂了嘴就往衛生間跑。人剛進門，就傳來哇哇的嘔吐聲，丁小玎嚇一跳，問呂伊芬：「她的病不要緊吧？」

呂伊芬笑笑說：「她不是病，是懷孕了。」

丁小玎也笑了說：「這不正好麼？平日裡正愁沒事做，帶帶孩子倒有意思了。」

呂伊芬說：「我也是這麼對杏兒說的，可惜她不要這孩子。她今日約了鄧醫生，便是來做人工流產，剛才當著她的面，我沒好意思把這話說出來。」

丁小玎說：「說出來又怕啥呢？這又不是什麼丟人的事，只是可惜了那孩子了。對了，她來做手術，參贊怎麼不來陪著？就那麼放心麼？」

呂伊芬說：「參贊說他來了也幫不上忙，還莫如讓我來陪著，真有什麼事還能管點用。他開會去了，叫馬工勤來接送我們。」

丁小玎啊一聲，眼珠轉了轉，又問：「女人懷了孩子，難道都是這麼又吐又惡心的麼？」

呂伊芬說：「基本上都要這麼鬧一陣的，用我們的話說，這叫妊娠反應。有些反應厲害的，症狀能一直持續到臨產前。不過大多數人在三四個月後，症狀就消失了，也用不著做什麼特殊的治療。」

正說著，見杏兒用手帕揩著鼻涕眼淚出了衛生間來。呂伊芬問：「沒事吧？」接了又說：「你要是還惡心難受，就做幾次深呼吸。」杏兒唔一聲，也不搭話，扭了臉去看走廊外的樹。

丁小玎見了，知道是不願同自己搭腔。心中雖有些不快，臉上卻沒有什麼表露，只說是要去看看做手術的人，便轉了身向手術室去。

回到手術室前，見汪經理還坐在椅子上同醫生說話，聽了聽，是在談病人手術後的安排。醫生說，虧著有中國醫療隊在這兒，否則不說別的，僅吃飯一項就要讓人作難。若是病人吃不慣當地的飯菜，公司還得派人派車專門來送，那不折騰死人了？汪經理聽了也跟著感嘆，說可不可不，這次全靠了醫療隊，待回頭咱們商量一下，看怎樣好好的答謝一下人家。兩人正說著，就見鄧醫生帶了杏兒與呂伊芬來。杏兒跟汪經理打了個招呼，徑直進了手術室去。汪經理說，咦，今天可是熱鬧了，參贊夫人去手術室做什麼？醫生說，可能是檢查什麼吧。那位鄧醫生是位婦產科專家，聽說在國內想要找她看病，一大早就得起來排隊掛號。哪像在這兒，打個電話就能把她叫來。聽著兩人議論著看病檢查的事，丁小玎心裡不知怎麼就有些不自在起來。心想，自己是不是也去做個檢查呢？這幾日早上起來總想乾嘔，莫非真的懷孕了不成？

這一想，腿就有些發軟，甚至覺出了咚咚咚的心跳。人正恍惚著，就聽見汪經理在喊：「小丁小丁，人出來了，快幫著推推。」張嘴回答了一聲，腳卻沒有挪步，仍楞楞地站在原地。直到看見人們推了車從身邊走過，才慌慌張張地攆了上去，搭把手幫著把病人推出走廊。

丁小玎給張河去了兩次電話，人都不在。頭次是馬工勤接的，說張河去了拉赫基，要下午才回來。待丁小玎下午再打時，卻是杏兒接的電話，只說了句：「張祕不在！」便啪地撂下了話筒。

幾番尋張河不見，丁小玎便有些著急了。那日聽呂伊芬講了懷孕的事後，她方覺出了事情的嚴重。儘管對這事丁小玎自己已估摸到了幾分，但心裡卻總是不敢相信。心想與張河就親熱了那麼一次，竟然就懷上了孩子，世上哪有這麼巧的事？不信歸不信，卻也不敢大意，於是便想到了去醫院做個檢查。

在中國，要做個妊娠檢查，芝麻般的小事。花上十來塊錢，就能在醫院或各地的計劃生育中心討個結果。可在這個城市，由於貧窮和宗教上的原因，做這類檢查卻是件棘手的事。街上倒是有些簡陋的私人診所，卻是不做婦科方面的檢查。若是有人前去詢問，那醫生便指了你往市立醫院去。市立醫院旁人盡可以去的，唯丁小玎不能。有中國醫療隊在，上那兒便等於是自首。這丁小玎縱有天大的膽，也斷斷不敢去做這番嘗試。這幾日，丁小玎藉著出去辦事的機會，向當地人打聽了一下，有人說在一個新建的居民小區裡，有一個世界衛生組織出資籌建的婦幼保健醫院。只是，那裡面的醫生大多來自東歐和獨聯體，誰也不認識。丁小玎想，這好，要的就是誰也不認識誰。看來這婦幼保健醫院，倒是她唯一可去的地方。

醫院打聽到了，卻又無法找到張河。只知道張河這幾日仍在忙被綁架的中國人的事，整日裡跑得不見人影。有消息說經數次談判後，山民們同意放人，但條件是公路必須改道。扯來扯去，至今尚未有個結果，也不知要拖到何時才能了結。

又等了兩日，丁小玎再也等不下去。這日一大早，她便開車去了移民局，辦理公司新來人員的居住證手續。辦居住證一事本不複雜，但辦起來卻有些麻煩耗時。先填一大摞的表格，再排隊等著蓋上一大堆的章。若是遇著人多，在移民局耗一上午，也未必能將事情辦完。好在丁小玎平日裡同那主管官員哈桑關係甚好，今日便大了膽求那哈桑替她先辦。那哈桑見丁小玎居然軟了聲來求他，自然是一口應允。一伸手推了其他人的東西，單單挑了丁小玎遞來的文件辦理。那些排隊等待的人雖是不滿，卻也不敢得罪了移民局的官員，便都乜了眼去看丁小玎。若是換在平日，丁小玎絕不會當眾去做這惡人，今日因為迫不得已，便扭了頭，任那些眼光在後頸上錐來刺去。不到十點，丁小玎便辦完了事，忙不迭地對哈桑說著謝謝，匆匆出門開了車就走。

出來便去尋那婦幼保健醫院。那個新建的居民區丁小玎是知道的，開車到地方後，先尋了個路人來問，然後順著人指點的方向開了車去，果然就見到座掛著紅十字標記的大樓。丁小玎將車開進大門，在空蕩蕩的停車場上轉一圈，尋了個僻靜角落將車停下。雖是熄了馬達，人卻沒下車來，用附支了方向盤，透過擋風玻璃去看那些進進出出的女人們。看著看著，心裡不知怎麼就有些栖栖惶惶起來。心說我這算什麼？作踐自己嗎？想一陣坐一陣，終於還是一咬牙，打開車門鑽了出去。

醫院的大樓裡只有稀稀拉拉的幾個病人。同擠攘喧鬧的市立醫院相比，冷清安靜得奇怪。丁小玎想，這麼漂亮的醫院，咋會沒人來看病呢？問問旁人，居然也同市立醫院一樣，看病不收費的。心裡就有些犯疑，沒敢先去掛號，而是在走廊裡來回轉悠著看。看一陣，卻又沒尋出什麼異樣來，便想我這是挑剔誰呢？這是唯一能讓我做檢查的地方了，即便是巫醫，我也只能閉了眼往裡去。況且據人說這裡全是東歐和俄國的醫生嗎，若真的，該算是我的運氣好，還猶豫什麼呢？這麼想著，便去掛號室要了個號簽，獨自往診室去了。

診室前有條破舊的長椅，有個婦人坐在椅子中間。婦人從頭到腳都裹著黑綢，只露出張棕黑色的胖臉。見丁小玎過來，婦人眼裡流露出幾分好奇，接著咧嘴一笑，手支了椅子背一使勁，臃腫的身子竟很靈便地挪去了椅子頂頭。婦人坐定後，便招了手喚丁小玎，嘴裡叫著，巴掌還不停地拍打著身邊的座位。丁小玎原是嫌這椅子腌臢，卻又經不住這婦人連聲的招呼，躊躇一陣只得走了過去，揀那椅子的邊沿小心地坐了下來。

見丁小玎依了她的意思，那婦人喜得眉開眼笑，一邊比劃著手勢，一邊咕咕嚕嚕地說個不停。待她說一陣後，丁小玎方才有機會插上話，用英語對她說道：「對不起，我不會講阿拉伯話。」

婦人啊一聲，遺憾地擺了擺手，改說了結結巴巴的英語，帶著極重的阿拉伯口音。丁小玎對這種英語尚已習慣，連蒙帶猜的，也算有幾分明白。聽婦人問她是否懷了孕，臉上便有些發熱，低了頭回答：「現在還不清楚呢，要醫生看過了才知道。」

婦人聽了，嘎嘎地笑，又問：「你，有幾個孩子了？貝貝，幾個貝貝？」

丁小玎一張粉臉頓時漲得通紅，訥訥地答道：「不，一個也沒有。」

婦人先是有些驚異，繼而一拍手，說：「明白了，中國人，只生一個，對不對？」

丁小玎點點頭，婦人又笑起來，接著拍著自己碩大的肚子，對丁小玎說：「我，八個！八個貝貝了。」說著，胖臉上一層紅紅的光，很自豪的模樣。

對她的話丁小玎倒不意外。這國家的女人結婚早，加之不限制生育，一個女人生養七八個孩子，是椿稀鬆平常的事。也因為如此，這兒的女人只要一過三十，個個便做了環肥徐娘，有些人竟讓人尋不出一絲原先的模樣來了。好在外出時，女人均是一襲黑袍。只要自己家人不嫌，那做外人的，橫豎是看不出身段好壞的。

胖婦人還想說什麼，診室門口就有人叫號了。婦人應一聲，站起身來，對丁小玎笑笑，挪著龐大的身體進了門去。見婦人離開，丁小玎輕輕舒出口氣，趕緊離了椅子，踱去了窗前看外面的樹，一邊聽著自己咚咚咚的心跳。

幾分鐘後聽見有人叫她，回頭看是那胖婦人。婦人說她檢查完了，醫生叫丁小玎進去。說罷笑嘻嘻地道聲再見，放下黑紗遮了面孔，用手扯住頭巾角一曳曳地走了。丁小玎盯著她的背影看一陣，才咬著嘴唇進了診室的門。

人一進去，立刻覺得了心慌，儘管屋裡有空調，汗也跟著一股股的向外冒。走到了桌子跟前，才看清了女醫生的模樣，金髮碧眼，高鼻闊唇。丁小玎想，這哪裡像醫生，簡直就是個電影演員嘛。心裡就越發的慌亂，人站在桌子前，絞了手傻傻地立著。女醫生見她這樣，知是因為年輕面嫩，便含了笑招呼著丁小玎坐下。女醫生一開口，丁小玎便聽出了她的俄國腔，心想原來是蘇聯人呀。是蘇聯人就好，過去大家都是社會主義國家，同志加兄弟，不就跟一家人一般麼？這麼一想，心裡便立刻安穩了幾分。上前去輕輕坐在了椅子上，也不等人問，便將這幾日的不適一一說了出來。待丁小玎說完，女醫生便讓她躺到了一旁的床上去，一邊問著話一邊就做了檢查。之後，女醫生脫下手套，寫了張化驗單，囑丁小玎去做個化驗。

丁小玎整理罷衣衫，問醫生：「我是不是懷孕了？」

女醫生說：「看來是的，但要等化驗結果證實。你這是頭胎吧？恭喜你了。」

這幾句話一說，丁小玎臉上的紅潮驟退，立時便有了層蒼白透出。又怕那女醫生看出端倪，道聲謝謝慌慌張張的就出了門去。在門外站一陣，這才後悔沒多問那醫生幾句。心裡怨自己，起碼該打聽一下這地方是否能做人工流產吧。可繼而一想，自己這般魂不守舍的模樣，那醫生多半已看出些什麼來，說不定正笑話鄙視自己呢。想到了這一層，便又不敢再進屋去問了，怏怏地掉了頭尋化驗室去了。

化驗單很快送出，化驗結果陽性。丁小玎把化驗單往口袋裡一塞，埋了頭就往樓外走。待尋到自己的汽車，掏出鑰匙開車門時，眼淚就已經忍不住在滴滴嗒嗒地往下滾了。等人進到車裡，一閃身軟到座位上時，便是淚濟滿面了。丁小玎索性趴在了方向盤上，嗚嗚地哭出了聲來。

哭一陣，丁小玎抽抽嗒嗒地抬起頭，見已有人注意到了她的舉動，這才趕緊用手絹擦把臉，掏出化妝盒往臉上補了些妝。之後發動起車子，慢慢地向外開去。人雖是不哭了，鼻子卻仍然陣陣發酸，邊開車邊想，我怎麼就這麼倒霉呀？同張河就幹了一次那種事，竟然就懷了孕，如今我該怎麼辦才好呢？

車進了市中區，丁小玎看看錶，十一點十五分。於是將車開到一個電話亭旁停住，下車撥了經參處的電話。接電話的是邊桂蘭，聽出她的聲音後，丁小玎到嘴邊的話立刻變了樣，恭敬地說：「邊大姐嗎？您好，麻煩您找呂大姐接個電話，謝謝了。」

話筒被放到了一邊，接著便聽見邊桂蘭在那頭叫喊：「老呂，電話！」又等了幾秒鐘，便聽見了呂伊芬的聲音：「喂，請問是誰呀？」

丁小玎說：「呂大姐，是我，小丁。你要的法語書我給你借到了，只是這段時間我還是不能去上課，對，還是不讓外出。行，你什麼時候要來，先打個電話說一聲，我好等著你。另外，麻煩你告訴張河一下，他的書也找到了，若是要來拿，也先打個電話過來。我今天下午不出去，就在公司裡，好的，再見，呂大姐。」

放下話筒，丁小玎一頭的汗，也不去拭，心神不定地上了車，將車駛向回公司的路上。公司下午是三點上班。三點半時，張河來了電話。丁小玎應了一聲後，便沒了聲音。張河等一陣，不見丁小玎說話，便問：「你怎麼了？老呂說你讓我來拿書，什麼書呀？我記不得託你去找過什麼書了。」

丁小玎說：「當然不是書。我是想跟你談件事。最近我們不能隨便外出，只好讓你跑來一趟了，你若是有空，現在來最好。」

張河說：「什麼事那麼急？電話上都不能說麼？我這電話不是在經參處打的，你用不著怕人偷聽，有什麼你儘管說就是了。」

丁小玎說：「這件事還是面談的好，一兩句說不清的。你今天能來嗎？」

張河說：「一會兒我們要開會，後天國內要來個政府代表團，安排住我們處裡。大使上午就打過電話來，說四點鐘時召集我們開個會，討論代表團來後的行程安排。晚上行麼？晚上我有空的。」

丁小玎想想說：「晚上我要送幾個經理去醫療隊看個病人，你去那兒怎麼樣？八點鐘。」

張河說：「這倒可以的。小玎，你這麼急著要見我，是不是出了什麼事？」

丁小玎說：「晚上見面再談吧。說好了，八點見。」說罷，放下話筒，回到自己的桌前，將進口機械的材料單一一整理好，以備明日去海關報驗時用。

晚飯後，丁小玎按照汪經理的吩咐，去食堂管員處領了兩箱德國啤酒，放進車的後備箱裡，這才去叫經理們上車。汪經理一邊換著件新襯衫，一邊招呼著兩個副經理出來。見汪經理換衣服，兩位副經理也趕緊回屋去翻衣箱。丁小玎抿了嘴笑，說穿上這嶄新新的一身，人家保不準就把你們當作相親的了。經理們也笑，說有這麼結著夥去相親的麼？不過是因為那醫療隊裡有一半是女同志，我們便不能這麼邋邋遢遢的去見人了。好歹是經理麼，我們的形象就是公司的形象，說笑著就上了車去。

醫療隊的駐地在一個居民小區內，離公司有二十多分鐘的路程。根據當地衛生部的安排，這個單元的一至六樓都是醫療隊的宿舍。這些單元房均為三室一廳，一室一人，廳與衛生間共用。醫療隊的石隊長住在一樓，唯一的一部電話也安在樓下，這十來平方米的小廳，便成了醫療隊的公共接待室。

因事先打過電話，石隊長吃罷晚飯便在屋裡等著。見汪經理等人扛了啤酒進來，石隊長好一陣埋怨，說你們這是幹嘛呢？咱中國人和中國人之間，還用得上這麼客套嗎？汪經理只是呵呵地笑，笑罷才說你呀老石，我跟你有什麼客套的？不過是點心意罷了，你若是不收，那才是真正的見外呢。大家說笑了一陣後，便由石隊長領著去二樓看病人。丁小玎偷偷看看錶，七點四十分，心想張河一時是來不了的，也就隨著眾人上樓去了。

病人正靠在沙發上看電視。見公司經理們提了水果前來，禁不住就有些激動，捂著肚子一拐拐的就要上來，卻被汪經理攔回了沙發上去。汪經理說，你就好好休息吧，我們因為忙，也不能常來看你，若是需要什麼就打電話回公司。病人說真是謝謝領導的關心了，在這兒什麼都有，實在不需要什麼的。再說了，這兒的醫生對人實在是好。不僅給我另做小灶，而且頓頓都給端到床前來吃，汪經理，在家我也沒有享過這份福哇。可你沒見那些醫生們自己吃得有多麼節儉，天天晚上喝稀飯呢，實在是讓人看了不忍心。說著說著，五大三粗的漢子，眼裡就噙了包眼淚出來。

丁小玎常帶人上醫療隊來看病，知道這病人說的是實話。雖然醫療隊的專家們在國內都是些主任教授，但多數人仍然是囊中羞澀。當地衛生部門與我方簽定派遣專家的合同時，報酬本不算少，但因這些錢統統是劃回國內來付，中間自然就有了折扣。每到一個部門，便要扣下一份，待到了專家教授們手裡時，每月也就剩了二三百美元。辛辛苦苦出國一趟，誰都想多掙點回去，即便是專家們，此時的想法也跟那勞工們一般無二，脫不了個俗字。

醫療隊掙錢的門道本就不多，加之有紀律規定，治療中不許收受病人的一分一厘。若有違紀者，不僅馬上遣返回國，而且還將罰款嚴辦。都是知識分子，誰也不願去丟這個人，於是便從嘴裡一點點往外摳。除了自己種些蔬菜外，每日的食譜也訂得簡單。上午要上班，故早餐除稀飯饅頭，一人有一個煮雞蛋。中午是最豐盛的，一葷一素一湯。下午閑在家裡休息，晚飯就做得隨便了，常常是熬上一大鍋稀飯。若是中午剩的有菜，便熱了來吃，沒剩的弄點鹹菜也就打發了肚子。

一次閑談時，石隊長對丁小玎說：「我帶的那些當地醫生，最差的每月也要掙八九百美元。有人問起過我的收入，我說總在千元以上吧。我這麼打腫了臉充胖子卻不是為了我自己，我是怕人看賤了中國人。在國外你是知道的，錢就是身價，我能讓外國人笑話咱中國的專家不值錢麼？」說罷，好一陣喟然長嘆。

儘管生活過得節儉，可遇有中國人生了病，醫療隊卻是百般關照。病人住在醫療隊裡，除了伙食費外，並不多收一分錢。當然，醫療隊這麼做，因了都是中國人外，還另有他們的打算，這件事回頭石隊長便要同汪經理談。其實就是他不說，汪經理心裡也明白。今日拉了兩位副經理一同來，也就是準備著在石隊長提起時，大家好有個商量。

看完病人，眾人又回到一樓石隊長的住處。進門，見張河坐在沙發上，同醫療隊的司機小林聊天。眾人迎上去，又說了些親熱話，那小林見在場的都是領導，便自己出門走了。寒暄了幾句後，汪經理便問起了拉赫基項目隊的事，張河說政府已派人同綁架者接觸了兩次，對方只是咬定要那公路改道或停修。其實，自中國人被綁架後，工地上已基本停工。對此政府方面也很著急，開了幾次會討論，卻又拿不出一個可行的方案來。目前的關鍵是這條公路的地理位置十分重要，修成後將大大改善此國的南北交通。所以無論從經濟上還是從軍事上來看，政府都捨不得放棄這條路的修築。若是按照綁架者的要求改道，也是件麻煩事。且不說整個設計要改動，就是那修成的幾十里公路，也算是白扔了。況且，要改道就要追加錢，這上百萬又該誰來出呢?所以討論來討論去，至今未尋出個好法子。綁架者那邊倒是允許項目隊派人去看望了扣押的人質，回來說那幾個人還好，並未受到什麼虐待。只是因為飲食上不習慣，加之擔驚受怕，人人都瘦了些。綁架者說，只要政府接受他們的條件，他們立即放人；如若不同意，他們便將人一直這麼扣下去。如果政府要派軍隊來，他們就不能保證人質的安全了。由此引出的一切後果，概由政府方面負責。

聽張河說完，大家一陣長吁短嘆，說如今不但掙別人的錢不容易，就是拿錢給別人花也不容易。好心好意的一番經濟援助，倒惹出了一場災禍來，也是想不到的事。說罷，又扯了些別的閑話。看看時間不早，石隊長面上就顯出了幾分著急，結結巴巴地對張河說對不起了張祕，我有點話想跟汪經理他們談談，你看這，這——張河聽了自然求之不得，笑了說石隊長你還跟我客氣什麼呢？有事你們就談去吧，我在這兒同小丁聊聊，還要去樓上找個人呢。石隊長聽了，邊道著對不起，邊拉著汪經理等人去了裡屋。

眾人走後，丁小玎對張河說：「在這兒談不方便，咱們出去走走吧。」

張河笑了說：「什麼事這麼保密呢？」說罷，跟在了丁小玎身後向外走去。兩人出了門，一直走出樓房幾十米遠，仍沒見丁小玎有停下的意思，張河便有些不耐了，問：「到底是什麼要緊的話，這會兒還不能說麼？」說著，人就往前湊了去，伸手去拉丁小玎的手。

丁小玎卻一下閃開了身子，說：「行了行了，別鬧了。你也是的，這是開心的地方麼？」

聽丁小玎這麼說，張河只好縮回手，立了腳說：「我當然可以不鬧，只是你這麼急著把我叫來，卻又什麼都不說，為啥呢？是你在尋開心還是我在尋開心呀？」

丁小玎嘆口氣，埋下了頭。張河急了，說：「小玎，你這是怎麼了？平日裡你說話總是很爽快的，今天咋的這麼扭捏？有什麼話就說呀！」

丁小玎說：「我說出來，你能有辦法麼？」

張河說：「你不說什麼事，我怎知有沒有辦法？不過我想，就是有天大的事，也會有解決的辦法的。只是今天有些奇怪，你平時那麼有主意的一個人，咋就愁成了這樣？真是出了什麼麻煩事麼？」

丁小玎看著他，鬱鬱地說：「我們的確是遇上了麻煩事。今天上午，我去醫院做了檢查，證實我果然是懷孕了。」

張河嚇一跳，叫了起來：「你說什麼，懷孕？這怎麼可能？」

丁小玎說：「你這麼大聲幹嘛，不怕人家聽見麼？起先我也覺得是不可能的，但檢查結果確實如此。化驗單我帶著的，你要不要看看？」

張河就有些語無倫次了，說：「不不，啊，我還是看看吧。這怎麼可能呢？就那麼一次，怎麼就會懷孕了？你沒去找他們問問，看是不是填錯了別人的化驗單？」

丁小玎說：「不會的，醫院裡人不多，我守在化驗室等他們做的檢查。」

張河一驚：「醫院？你是去醫院做的檢查？完了完了，這下可是全完了。用不了三天，醫療隊的人就會把這事給捅出來的！」

這麼一說，丁小玎心裡就有些不舒服起來，心想這張河是咋了，怎麼一著急，連說話都不同了往日？卻又不願在這時跟他計較，便將去婦幼保健醫院的事一五一十地說給了他聽。張河聽罷，人整個呆了過去，怔怔地說不出一句話來。丁小玎等一陣不見他開口，面上就有了些羞急，狠狠推他一把，說：「喂喂，你倒是說話呀！不是說天大的事都有解決的辦法麼？怎麼就啞巴了？」

張河喃喃地說：「這可比天大的事都大了。我是結了婚的人，事情若是漏出去，我這輩子也就別想再做什麼外交官了。」

丁小玎心裡冷了一下，卻沒有發作，只是恨了聲說：「你以為就你的前程毀了麼？若是這事情讓人知道了，我也是一樣要被遣返回國的，說不定還會被開除公職。好在現在還沒人發現，如果趕緊把它解決了，我們也就沒事了。張河，你別盡顧了害怕呀，你以為我就不害怕麼？昨晚上，我一夜沒睡著，我想我就是臉皮再厚，可到底也是沒結婚的人，我……」說到這兒，聲音低了下去，帶出了幾絲嗚咽來。

張河連忙拉了她的手說：「別別小玎，你別哭呀，你聽我說，我只是不敢相信這件事。我想我們倆就做了那麼一次，你就懷了孕，這不是太巧了嗎？」

丁小玎聽罷，立時便止了哭泣，抽回手退後一步說：「你這話什麼意思？莫非你還懷疑我有別的人？你就是不願負責任，也不能這麼說話呀！」

張河急了，說：「小玎，你知道我不會是這個意思的。你這麼說真是冤枉了我。我只是覺得老天爺太捉弄人了，就那麼一次，偏就讓你懷了孕，而且還讓你在這麼個地方懷孕！要是在國內，隨便上哪兒都能把孩子拿掉的，可在這兒就成了違法的事，不去求中國醫療隊就沒辦法。可如果不打胎，事情早晚也會暴露，這能瞞得過去麼？說來說去，都怪我是結過婚的人，否則咱倆立刻就可以去申請結婚，那就什麼事都沒有了。唉，這會兒就是叫我離婚，我也情願了，索性離了婚跟你重頭再來。」

聽了張河的話，丁小玎的眼淚立時滾了出來。心已軟了一半，嘴裡的話卻不願軟半分，反還用指頭剜了張河說：「瞧瞧，又是胡話了。即使你捨得你的妻子，難道那個還沒見過父親面的孩子你也捨得麼？再說了，你妻子跟你結婚時間雖不長，卻也沒聽說過與你有什麼不和，你即便是嘴裡不說，我也知道你仍常常在惦記著她。你憑什麼跟人家離婚呀？咱倆好，除了投緣外，也還因為了在這兒大家都孤獨寂寞，所以這一份情緣是誰也說不準的。儘管今天咱們好的跟一個人似的，可明天一旦分手，恐怕便誰也不想再記得誰了。既然都知道是份流水的情緣，那些結婚的話你便最好不要再提了，說出來反而顯得虛偽。這件事，我想也是怪我們太大意。當時若是不那麼忘形，稍稍的提防一下，也就不會鬧成今天這個樣子了。」

張河長嘆一聲，說：「你說的這些我何嘗不明白。可我們說了這半天，到底該如何解決這件事，卻仍然沒有個主意。小玎，我現在的腦子是全亂了，你倒是說說看，我們該怎麼辦才好呢？」

張河的話讓丁小玎感到悲哀。不是因為害怕，而是因為除了不悅外，心裡還陡然生出了幾分失望。她想在平日裡，張河是多麼瀟灑能幹的一個男人，可到了這關鍵的時候，竟是這麼怯懦和窩囊。就想起了學校裡一位中年女教師的話：這天下的男人，說到底是不如女人的。那時候年紀小，只覺得這女教師說話偏激，這會兒想起來，竟有了些錐心刺肉的感覺。直等到心裡的那一陣刺痛過去了，才出聲說道：「你怎麼會就沒了主意？平日裡，怪聰明的一個人。算了，不說這些沒用的話了。昨晚我想了一夜，想來想去還是只有一條路可走，那就是想法子去做人工流產。市立醫院有中國醫療隊在，自然是不能去的，如今能去的便只有那家婦幼保健醫院了。這兩天，你抽個空跟我一塊兒去一趟，就對人說你是我丈夫。我想那個俄國醫生應該比當地人好通融，咱們先去找她試試。不過去之前，我們先要想好一個藉口，讓人一聽就相信這孩子確實是不能留下來。你是結過婚的，你總該知道找個什麼藉口好吧？」

張河說：「說出來你又該不信了。我雖是結了婚的人，可說到懷孕方面的事，仍是不大明白。我走時我老婆才懷孕三個月，儘管我陪她去醫院做過幾次檢查，又看過一些這方面的書，但仍然是糊里糊塗的。你若要問我孕婦該注意些什麼或吃些什麼，我還能說出個一二三四。但若是說到為什麼要把孩子做掉，便想不出什麼理由來了。」

丁小玎想想說：「你可以去問問呂大姐的。她是婦產科主任，總能找出個理由來吧。」

張河說：「我一問不就露餡了嗎？」

丁小玎羞得直跺腳，說：「你怎麼這麼笨呀！誰讓你說實話了？你就不會繞著彎子或尋個別的事由去問？難道這個還要讓我教你麼？」

張河一下省過神來，說：「對對，我就拿我的孩子做比方來問，這可以，這可以的。那——咱們什麼時候去醫院呢？」

丁小玎說：「今天是星期日吧？星期三上午我要去移民局辦工作證，我有辦法很快把事情辦完，到時你能出來麼？」

張河想想說：「現在我說不定。後天國內要來個政府代表團，不知參贊會不會安排我去陪同。不過，我會爭取來的，明天晚上給你來電話，怎樣？」

丁小玎說：「先就這麼定吧。無論如何，這事是不能拖的。一天不處理，我就一天安不心來，總是覺著擔驚受怕的。真是，怎麼就這麼倒霉呢……」說著，頭又耷拉在了胸前，立時便有了淚珠從眼角溢出。

張河一把摟了她說：「好好，別傷心了，咱們一起來想辦法解決。無論如何，我不會扔下你不管的。」

丁小玎在他懷裡靜了一陣，這才推開他說：「我們回去吧。一會兒他們出來見不到人，總是不好的。」說罷，轉了身就往回走。張河見她走了，也就跟在了她身後往屋裡去。

回到醫療隊，見汪經理等人還在裡屋同石隊長談話。張河說：「那我就先回去了。等會兒他們出來，你替我打個招呼。」丁小玎嗯一聲，張河捏捏她的手，出門開車走了。丁小玎擰開電視，一個人坐在沙發上看。又過了十多分鐘，才見汪經理一行人說著話從裡屋出來。一見丁小玎，石隊長便連連道著抱歉，說對不起對不起，今天讓丁翻譯久等了，說著握了汪經理的手，眉開眼笑地送了眾人出來。

回公司的路上，汪經理繼續同兩個副經理聊著剛才同石隊長談的事。原來醫療隊想要與公司換一筆美元。醫療隊雖是政府派出人員，但也同做勞務的人員一樣，工資不發給本人，按月一筆筆的記在賬上。待回國時，人人便揣上一張記賬單，然後憑著這單據去專門的出國人員服務公司買東西。這服務公司裡賣的大多是家用電器，其他東西品種不多，且有一條規定，若是單據上的錢用不完，便按當日國家匯價兌換成人民幣退還。所以，即便賬上有成百上千的美元，也沒人能拿到一分錢的現鈔。

可但凡出了國的人，或多或少總想在外面買些稀罕東西。尤其是人們在回國時，要途經毗鄰的一個阿拉伯富國。那個國家因了財大氣粗，不僅市場繁榮得讓人眼花撩亂，且商品價格也極便宜。中國人出來，什麼不買都行，但金首飾卻是一定要買的。所以能不能換到些美元，就成了不少人在回國前籌劃的頭等大事。

儘管醫療隊的人從嘴裡節省下來不少，但那些節省下來的錢，卻不是世界通用的美金，而是只能在當地流通的貨幣。若是拿著這當地貨幣去錢莊裡兌換美金，那錢便不值錢了。好在這裡還有幾家中國公司，那公司裡的人也常常要生病，於是醫療隊便隔三差五地央了公司換些官價美元。江經理自然明白這其中的蹊蹺，這同前些時候趙仁宗提出借地納爾還美元是一個道理。只是，找人借錢條件苛刻可以不借，但醫療隊提出要換錢，便不能不答應了。

說到這兒，一個副經理插上嘴說：「就剩那麼點美元，卻都讓別人換了去。我們的人提了多少回了，要求兌換點美元給大家都不成。上個月還有人找我，說換不了官價沒關係，只要比錢莊裡便宜點，大家也就滿意了。可今天倒好，一開口便是每人換三百，七八千塊錢眼見著就沒了。」

汪經理聽了，撫掌嘆道：「這也是沒辦法的事呀。別人的可以不辦，醫療隊的你能不辦麼？咱這三百多號人，誰敢說不出個工傷或生個病什麼的？一旦遇上事，咱不求醫療隊求誰？我手裡就這麼大個家當，顧了外面就顧不了裡面，也就只有委屈一下咱們自己的人了。」

一番話，竟就說得大家不再作聲。丁小玎想，這天底下真是少有順當的事，即便是做了經理，照樣也是一肚皮的煩惱。想著想著，就又想到了自己的身上，心裡一煩，腳下便重重踩了一腳，車轟地就往前衝去，驚得汪經理抓著車座椅背直叫：「小丁小丁，你這車是咋著在開哩！」

8

吃罷早飯，人們便聚在了院子裡扯閑談。八點，馬工勤從車庫裡開出麵包車來，韋孝安堆了笑招呼著人們上車。眼見要上完了，卻有人哎呀一聲，說草帽忘在了屋裡。韋孝安連忙說，回去拿回去拿，這地方太陽死毒，咱們出去逛一天，還不把臉給曬傷了？說得那人扭了頭就往樓上跑，邊跑邊說，我去拿草帽了，你們可等等我啊。

待這人拿來草帽，韋孝安又重新清點了一遍人數，這才招呼馬工勤開車。張河早就等在了大門口，待車一出去，便叮鐺哴啷地拉了鐵門。關罷門往樓裡去時，心裡就想，虧著沒攤上這陪同代表團的差事，瞧這拉七雜八的，幾日裡都別想有空閑了。

代表團是頭日到的，總共七八個人，由某省的省委副書記帶隊。代表團在這兒的活動日程不多，除開同當地的政府首腦舉行一次會晤外，其他大多是遊覽。這是個窮國，街景與建築平平，購物也尋不著什麼好的去處，使館便安排了大家去觀賞附近的風景區。今日的活動日程，是坐遊艇參觀港口。雖說這港口如今已經敗落，但因了當年的盛名，也還能勾起些人們的興頭來。

趙仁宗將這次的陪同任務派給了韋孝安，開車的自然是馬工勤。方才上車前，大家站在院子裡閑聊，有個代表團成員說著說著話，卻一下扭了頭去問韋孝安額上的傷。韋孝安摸摸頭，說是頭夜不小心撞在了門框上，說罷便用草帽扣住了腦門。說這話時馬工勤正好打一旁過，禁不住就嘿嘿地笑，邊笑邊做出副佯羞詐愧的模樣來。韋孝安倒也沉得住氣，只斂了神同旁人說話，並不看馬工勤一眼。馬工勤笑一陣，見韋孝安不答理他，自己就有了些無趣。慢慢停了臉上的動作，扭頭去車庫捧著大茶缸吱吱地嘬起茶來。

見馬工勤走開，韋孝安方才鬆下口氣，就有些怨這馬工勤行事不分場合。心說這誰家沒有個吵嘴打架的呢？男人和女人本就是脾性各異的人，老天卻偏把他們湊在一塊兒去過日子，而且一過就是幾十年，不打打鬧鬧那才怪呢。不信挨家去瞧瞧，哪家不是房門一關，便生了各樣的是非出來？當然，同別人家的女人相比，自己的老婆是凶悍了一些。但這凶悍的女人卻給韋家生了兩個兒子。按老人的說法，這就是有功之臣了。想到這兒，韋孝安禁不住暗暗嘆了口氣。

韋孝安同邊桂蘭嘔氣吵嘴，在使館已不是什麼稀罕事。代表團來的前夜，兩人又幹了一架，與以往不同的是，這次有一人掛了彩出來。那夜十一點剛過，就聽見韋孝安的屋裡起了吵鬧，再過一會兒，叫罵聲中便夾雜了些砰砰嘣嘣的異響。接下來，便只剩了邊桂蘭的聲音，一陣放聲大哭，一陣破口大罵，就像屋裡開進了個戲班子。趙仁宗原本已上床睡下，聽動靜越來越大，只好又開了燈，吩咐杏兒下樓去勸勸那個渾女人。杏兒披著睡衣下樓，見呂伊芬已站在了韋家的門外，對著緊關的房門好言好語地說著什麼。杏兒也不言語，捏了拳便上前咚咚地砸門。這一砸，門果然就開了條縫，猛丁一下露出個血乎乎的額頭來。

杏兒嚇一跳，看清了是韋孝安，便問：「韋祕，你這是怎麼了？」

韋孝安黑著臉說：「母老虎抓的。」

杏兒說：「這樣吧韋祕，你先去辦公室坐坐，我來勸勸老邊。」

韋孝安哼一聲，低了頭往外走，差點兒就撞在了呂伊芬身上。待韋孝安一離開，杏兒便進到了屋裡，對蜷在沙發裡一臉鼻涕眼淚的邊桂蘭說：「老邊，你這是何苦呢？有什麼事好好說吧，實在犯不上生這麼大的氣。鬧來鬧去，氣壞的還是自己的身子，對誰都不好哇。」

邊桂蘭將攥在手裡的手絹揉成一團，捏住鼻子，狠狠擤了把鼻涕，這才仰了臉說：「你說說，我咋就嫁了這麼個沒良心的人！十幾年夫妻了，兒子給他生了兩個，可他心疼過我半分沒有？」

杏兒說：「老邊，這你就多心了。男人麼，總是比女人粗心的，有些事他一時想不到，哪就是不疼你了？」

邊桂蘭聽了杏兒的話，頭搖得撥浪鼓般，恨了聲說：「你也用不著替他擦粉，我跟他過了這半輩子，還不知道他是個什麼人？這十多年來，除了給孩子的生活費，他是一分一釐也不讓我沾手。就是隔三差五地拿了錢塞給他那死鬼爹媽時，也是要背了我的眼的。你說說，我這哪像個做老婆的？我們這還是結髮夫妻呢，就是人家那做小婆的，多少也要討些個零錢來花花吧？我這是連那做小婆的都不如了！」說罷，又捂了手絹，一把把擤起鼻涕來。

待她擤罷鼻涕，杏兒便挨在了一旁坐下，側了臉說：「老邊你看你，怎麼就說出這樣的氣話來了。你們也不是一兩天的夫妻了，誰是啥樣的品性心裡還不清楚？十幾年都這麼過了，眼下又何必為這些事去生氣。再說了，你是有工作的人，自己能掙錢的，幹嘛要指望他呢？」

邊桂蘭說：「誰指望他了？我能指望他嗎？捨不得錢，好話總會說幾句吧？哪有連好話都不會說的人呢？」

杏兒笑著拍了她的手，說：「老邊呀老邊，你平日裡不是常對我說，男人家十個有九個嘴笨的，這一生氣咋就不明白了呢。」

邊桂蘭啐一口，說：「別人笨，他可是不笨，你沒見方才，他那個嘴巴子，恨不得擰出人的血來了。說來也不是多大個事，我不過跟他說見老呂買了件睡裙，自己也想買一件來穿。你沒見他當時那副樣子！喏，嘴都撇到這耳根子底下去了。他說你也不看看自己是個什麼樣子，成天價就知道跟著別人去學，弄得雞不成雞鴨不成鴨的。我說你這叫什麼話？當初你娶我時，可沒說我這樣子難看啊，如今年紀大了，倒嫌我是雞鴨狗蟲了。我說你今天不把老娘的樣子說明白，我是輕饒不了你的。他說你得了得了，我不就是打個比方吧，我是說你別看著人家有什麼，也跟著眼紅，像你這樣的人誰養得起呀？我一聽就來了氣，說姓韋的你今個兒非給我把話說明白了不可，我啥時候讓你養活過了？就你掙那點屁錢，能養活得起老娘嗎？老娘現在有錢，自個兒買得起睡裙，用不著你來胡扯蛋！你猜他說什麼？他說你顯擺個啥哩，城裡人也不是個個都穿睡裙的，你還是先把肚裡那些紅薯屎拉乾淨再說吧。聽聽，他這叫人話嗎？即便我過去是鄉下人，可誰頓頓去吃紅薯了？他那死鬼媽拉的才是紅薯屎呢！說我顯擺，也不想想他自己過去是什麼樣的人，如今綠了臉同我說這樣的話，是我顯擺還是他顯擺呀？退一萬步說，就算我過去是鄉下人，可我現在又是什麼身份？大使館的一祕夫人！他三祕老婆都能穿睡裙，我堂堂一祕夫人還不能穿麼？」

呂伊芬本已進了屋，聽見這話，心裡一驚，身子就慢慢往後縮了去。待出了門，便趕緊掉了身往回走。走出十來步時，聽見有人喚她，抬頭看是馬工勤，赤了腳站在門口，笑嘻嘻地扒了門扇往外看。見呂伊芬停住腳，馬工勤便開口說道：「老呂你說，這哪像兩公母吵嘴哩，簡直是在痛打反革命嘛。你見韋祕頭上的傷沒有？嚯，那口子開得跟個小孩嘴一樣！我方才跟他說，人的指甲裡有毒，是不是上醫療隊打支破傷風針什麼的。老呂你說，若是兩口子打架打出了人命來，那算個什麼性質？是蓄意謀殺還是過失犯罪？若告上去，還真讓法官作難呢。」說罷，自個兒又嘿嘿地笑起來。

他這麼一說，呂伊芬更不敢答話了，啊啊了兩聲便扭頭往自己的屋裡走。見她離開，馬工勤有些掃興，卻仍不肯回屋，依舊伸長了脖子去看走廊那頭的動靜。直到見杏兒從邊桂蘭的屋裡出來，踢踢嗒嗒地上了樓，這才咂著嘴回屋睡覺去了。

這一場風風火火的吵鬧，張河自然也聽了個明白，卻是窩在屋裡連面也沒露。一是覺得韋祕兩口子這場架吵得無聊，二是想著自己身上還擔著諸多的麻煩，哪裡還顧得上去勸解別人。只是因那吵鬧聲太大，一時也睡不著覺，便從桌上尋了本法語課本來看。直到外面停了響動，這才爬上了床，一夜迷迷糊糊的未睡安穩。

這會兒，將代表團送出門後，張河又回到了辦公室。明日下午當地政府首腦要接見代表團，他今日需準備些有關的資料。正打開文件櫃查找著，就見趙仁宗進了門來，邊走邊捂著嘴打哈欠。待哈欠打完，才揉揉臉對他說：「張河，你通知一下各公司和專家組，代表團要看望一下大家，讓各單位領導明晚八點準時上經參處來。哦，對了，咱們那批生活物資的手續辦完沒有？」

張河說：「差不多了，就剩下海關關長的簽字了。吳祕上午回來說，他去報批時，關長有些不滿意，說根據我們的人頭算，生活物資大大超過了用量，看樣子是又要找些麻煩。」

趙仁宗說：「這也是沒辦法的事，年年都這樣。下面的公司經常找來，好歹是要想法子給他們解決一點的。這樣吧，你讓吳祕下次去時，多帶幾瓶伏特加酒，關長就喜歡這個。我現在去使館那邊，如果有事找我，你就打電話到梅主任那兒，今天上午辦公室開會研究國慶招待會的事。會完了大使叫我過去一下，他明天要去見政府總理，還是為那幾個被綁架的工人，啊啊……」話說到這兒，卻又被一串哈欠給打斷，待停了哈欠才皺著眉說：「韋祕這兩口子也是，白天黑夜都在吵，哪有男人連個女人都熊不住的？」說完不等張河答話，吁著氣出了門去。

待趙仁宗離開，張河便趕緊將資料整理出來，以便下午時交給代表團看。接著便給各中國單位去電話，通知明晚代表團接見的事。先撥了丁小玎所在的公司，接電話的竟就是丁小玎。聽出張河的聲音，丁小玎便說，她馬上去移民局辦事，問他十一點前能否去「那兒」？張河說沒問題，跟著就把代表團的事說了，讓丁小玎轉告給汪經理，明晚務必要來。待丁小玎放下電話，張河這才又攤開電話號碼本，逐一地往下撥著。各單位都傳達到後，張河看看錶，已是十點十分，趕緊將桌上的東西理了理，快步出了門去。

剛下樓梯的拐彎，就遇上了杏兒，將個小小的身子堵在樓梯口，半仰了臉看他。張口說話時，下巴頦像支錐子般地往前戳，愈發顯帶了話裡酸溜溜的味道：「喲，啥事這麼急呢，是不是有個什麼小丁在等著呀？」

張河說：「這關你什麼事？」

杏兒說：「不關我的事就不能問了麼？瞧瞧把你急的，就跟丟了啥寶貝似的。說來也是，世上就有這樣的怪人，大白天裡說話，還拐彎抹角的讓人去猜。『那兒』是哪兒呢？敢情是早就約好了的，編了這話來哄旁人的耳目。」

張河心裡一凜，明白是杏兒又偷聽了電話，卻又不敢當下就發火，只好忍了聲說：「你胡說什麼，她是約我去移民局，幫著找個熟人辦事。」

杏兒嘴一撇，說：「這可就怪了，她那麼能幹的人，還用得上你去幫她的忙？這事瞞得了別人，卻是瞞不過我的。這女人也是越來越不顧忌了，青天白日的，竟然叫了你去那眾人的眼皮子底下約會，不怕外國人看了笑話麼？」

張河終於耐不住了性子，板下臉說：「你愛怎麼想就怎麼想吧，我還得去辦事呢。」說罷一伸手扒開杏兒，咚咚咚下了樓去。杏兒在他身後哎哎地叫，他卻是連頭也不回一下。惱得杏兒攥了拳，咚咚咚地敲打著樓梯扶手。

張河將車開出院子後，在街道的拐彎處停了幾分鐘。直到確定杏兒沒有開著車跟出來，這才轉了方向朝醫院開去。進醫院找一圈，卻沒見到丁小玎的車，便將自己的車靠在了停車場的邊上。當關上車門轉過身來時，卻見丁小玎從樓前的一根門柱後走了出來，遠遠的便噘了嘴問：「怎麼這會兒才來呀？你瞧瞧，都十一點過了。」

張河說：「我也急呀，可參贊讓我今天上午非把那些電話給打了。一圈打下來可不就這個時辰了。」說罷笑笑，將杏兒盤問他的事咽回了肚裡，偏了臉問丁小玎：「咋沒見你的車呢？」

丁小玎說：「我怕撞見什麼熟人，把車停裡面去了。你看你這樣，倒真是不著急呢。你從呂大姐那兒討到什麼辦法沒有哇？」

張河說：「這麼大的事，我還能不緊著辦？我們就對醫生說，你前些時候感冒發燒，因為不知道懷孕，便服用了大量的抗菌素。如今中國只讓生一個孩子，我們自然是要優生優育的，所以這個孩子就不要了。」

丁小玎點點頭，說：「這話聽上去還像是真的。走吧，我已經掛過號了。」說著，兩人便進了門診大樓，去了丁小玎頭次來過的診室。等輪到號進去一看，果然是那位俄國醫生，丁小玎心裡立時便輕鬆了許多。上前去同醫生打個招呼，將方才編好的話，一一說給了女醫生聽。

女醫生聽完，點點頭說，我明白你的意思。只是我是這家醫院臨時聘來的，這些事做不了主。手術我可以做，但必須待主任親自批准了，手術室才會給安排日期。你們先去找主任談談，他的辦公室在走廊右邊頂頭的一間。

兩人謝過女醫生，怏怏地往外走。剛出門，卻又被女醫生叫住了，說，主任的脾氣不好，你們說話時要小心些。說罷笑笑，神情中就有了些無奈。接著又添上一句，中國，俄國，最大的朋友，很抱歉我幫不上你們的忙。丁小玎心裡一熱，感謝的話反倒是一句也沒說出來。

在走廊頂頭黑乎乎的角落裡，兩人尋到了主任的辦公室。張河敲敲門，聽見裡面有人應聲，便推了門進去。房間很小，沒開空調。靠走廊的一側開了扇小窗戶，放進來一片黯淡渾濁的光。桌子前，坐著個四十來歲的阿拉伯男人，瘦長臉，面孔刮得溜青。人本就生得冷峻，又浸在片灰白的燈光裡，顏面上便愈發添了些晦暗陰沉。只看了這男人一眼，丁小玎就有了不祥之兆，已經到了嘴邊的話，不知怎麼就咿咿哎哎地粘在了嗓子眼裡。倒是那主任打量了兩人幾眼後，先開了口問：「找我有什麼事嗎？」

張河定定神，將先前編好的話，一五一十地說了出來。未等他說完，主任的臉上就有了些慍色，不客氣地截了張河的話，說，你們來到我們的國家，就應該尊重我們的宗教習慣，難道你們不知道我們的宗教不允許墮胎麼？當然，你們是外國人，有你們的宗教習慣，那就應該去市立醫院找你們的中國醫療隊，由他們來解決你們的問題。

這番話一出，兩人頓時啞然。停一陣，丁小玎開了口說，「我們當然是要尊重你們的宗教習慣的。不過，各國有各國的法律政策。中國的計劃生育你總聽說過吧？我們在國外沒有計劃生育的指標，懷孕是要受批評的，就是因為了這個才來找你們幫忙。方才我們也找人打聽過了，你們也並不是完全不做人工流產手術的，既然你們的人可以做，為什麼我們就不行了呢？」

主任看著丁小玎，眼裡漸漸生出些怒氣，說：「你倒是知道得很清楚呀。的確，我們有時也要做這類的手術的。但那些做手術的女人，不是胎兒畸形就是生產有危險。你們若是非要在這兒做流產手術，就先回你們的公司開個證明來，然後讓給你們做檢查的醫生打報告給我。只是，這報告我批了還不能算數，必須呈到國家衛生部交給部長簽字。如果把這些手續都辦全了，我就可以給你們安排手術時間。我說的這些你們都聽明白了嗎？聽明白就可以走了，很抱歉我沒有時間再同你們說話。」

知道說下去也不會有結果，兩人只好退了出來。一出門，張河便拽了丁小玎的手，苦了臉說：「這下算完了。先不說證明上哪兒去開，就算是有了證明，我也不能去找那衛生部長簽字呀。為了醫療隊的事，年年我都要找那衛生部長幾回，誰都認識誰的。找他，那就跟自首一樣了！」

丁小玎一聽，也跟著花容失色，碎碎的牙咬了下嘴唇，半晌沒說出話來。之後兩人去了停車場，也沒上車，就那麼傻呆呆地在太陽下站著。站一陣，張河的額頭上便撲簌簌地往下滾汗粒，丁小玎看著心疼，掏出手絹塞到他手裡，低了聲說：「你也別太著急了，這個事咱們一步步的來辦。我想，先去把證明開出來再說。好在我每日打的那些文件都要蓋公章，管章的人圖省事，常把章交給了我自己去蓋，弄個證明該是沒有問題的。如今這件事，也只能這麼走一步說一步了。待我把證明弄好，咱們再去想辦法找那部長簽字吧。」

張河嘆口氣，無奈地點點頭。丁小玎想，這呆頭鵝般的男人，哪像平日裡那個瀟灑倜儻的二祕呢？心下就有些軟了，捏了他的手說：「就算是這事漏了出去，只要我不鬆口，誰敢咬了牙說這肚裡的孩子就是你的呢？無論如何，我是不會讓你丟了外交官這份差事的，你還有啥不放心的？」

這話說出來，張河方才有了些反應，抬臉看著丁小玎，啞了聲說：「我能是那樣的人麼？

真要出了事，我怎麼也要同你一道承擔的。說到底，不就是個撤職查辦遣返回國嗎？即便是不做這外交官了，我也還能去做些別的事，總不至於就餓死人了吧？」話雖說得爽氣，眉目間卻不見一絲的舒展，反倒是越發的無精打采了。

丁小玎自然明白他的心思。心裡暗暗嘆口氣，說：「時間不早了，我還得趕回去呢。這樣吧，你想到什麼主意了再給我來電話，我打給你也行。」

張河連忙說：「別別，還是我打給你吧，實在不行我就來找你。你若是有急事打電話來，可千萬別說什麼，我們那兒的電話不保險。」

丁小玎哼一聲，也不言語，轉身上了自己的車。待發動起車子，卻又想起要對張河說些什麼，吱吱地搖下了車窗，探出半個頭來。可話到了嘴邊，卻又不想說了，只對張河招了招手，便將車子呼地開了出去。就這樣兩輛車出了醫院，一前一後的往市中心開。臨到個十字路口，丁小玎摁了聲喇叭，車子便拐去了一條岔路。張河也摁了摁喇叭，卻仍是沿著原來的道繼續往前走。

第二日晚飯後，丁小玎開了車送汪經理和一位副經理去使館。儘管通知說八點代表團與大家見面，但汪經理還是讓丁小玎提前了半個小時。趕到使館，見門口已停了七八輛車，汪經理嘀一聲說：「你瞧你瞧，還有比我們更積極的呀。」說罷，扭了頭吩咐丁小玎：「你先去賈老板那兒吧。估計今天這會開不長，你九點前回來接我們就行。」

丁小玎應一聲，待汪經理兩人下車後，便將車子掉過頭往賈老板的餐廳去。公司每月要請監理工程師吃飯，可那監工卻執意不肯去餐廳，回回要讓公司自己的廚師來做。每次請客前，汪經理便讓丁小玎去賈老板那兒打個招呼，請他幫忙弄些新鮮的蝦和螃蟹。

到了餐廳門口，丁小玎將車停到路邊上，上前與看門人打了個招呼。看門人告訴她說，今日生意極好，上午就有人打了電話來訂座。丁小玎進去一看，果然每張桌上都坐滿了人，把個賈老板高興得不停地在餐廳裡轉來轉去，一邊幹活一邊同熟客們打著招呼。丁小玎不喜歡這鬧咋的場面，扭身去了辦公室等。可等一陣，卻不見賈老板人回來，又惦記著要去接汪經理，只好出了門去那餐桌邊尋。東張西望一陣，瞅見賈老板立在張餐桌邊，拍著個客人的肩膀喜笑顏開地說著什麼。丁小玎走近去開口喚他，那客人也跟著回過了頭來。這一照面，驚得丁小玎心往下一沉，這客人竟是頭日剛打過交道的那位主任。

賈老板自然不知道兩人之間的過節，只管笑著拍了那男人說：「丁小姐，這是我早年的一個同學撒米爾，剛剛從德國學習回來。來來，認識一下，這是他的太太和孩子。」

丁小玎滿心的尷尬，卻又不得不堆出笑，同那男人和男人的老婆孩子一一打過招呼。撒米爾的老婆是個高大肥碩的女人，帶著明顯的身孕，人倒是十分的和氣。她笑咪咪地握了丁小玎的手，將坐在餐桌邊的七個孩子逐個介紹給她。孩子們看上去很本分，對丁小玎道過好後，又都規規矩矩地坐回到自己的座位上，全無一般孩子的煩躁和頑皮。這一來，倒是顯得撒米爾少了禮數。從頭到尾，他只管擰眉瞪眼地看著丁小玎，窘得丁小玎憋出了一身的汗。

知道撒米爾已經認出了她，丁小玎便無法久待了，扭了頭對賈老板說：「汪經理吩咐我來買些東西。你若是忙，我就先走了，明早再來。」說罷轉身就走，卻又被賈老板給叫住，說，你先去辦公室等等，我跟著就來。賈老板這麼一說，丁小玎便犯了躊躇，看一眼撒米爾，萬般無奈地走了開去。心想，這世上咋就會有這麼巧的事？那撒米爾顯然是不滿意她的，若是對賈老板說出了昨天的事來，卻又如何是好？她倒不是擔心賈老板會向公司告發。她怕的是從此後，賈老板便看輕了她，只當她是個下作浪蕩的女人了。這麼一想，心裡就起了翻騰，胃也跟著難受，趕緊去了洗手間，哇哇哇地吐一陣，方才緩過了氣來。

又回辦公室裡等。乾乾地坐一陣，卻不見賈老板回來，心裡便生了許多的念頭。她想那撒米爾就是有再多的話，這會兒也該說完了，莫不是另外有人將賈老板找了去？若是那樣倒好，說不定醫院的事便就此遮掩了過去。日後就是那賈老板知道了，至少也是少了今天這番面對面的尷尬。正胡亂想著，就見賈老板從門外走了進來。方才還興致勃勃的一個人，轉眼間就像落進了灰堆一般，從頭到腳裹了層厚厚的陰霾，連眼珠子都跟著灰塌塌的失了神。見他這般模樣，丁小玎不但先前存的那點僥倖消失全無，心裡也跟著起了陣慌亂，索性別了頭去看牆上紅紅綠綠的畫片和裝飾。

那賈老板也不吭聲，徑直坐到了辦公桌前，嘩嘩啦啦地翻著一堆賬單。等一陣不見他開口，丁小玎就有些惱了。心想我是你什麼人呀，用得著你這麼做臉做色的麼？於是便開口說道：「賈老板，我今天來，是汪經理想託你幫我們買些蝦和螃蟹，你看有沒有什麼問題呀？」

賈老板這才扭頭看她一眼，問：「你們什麼時候用？」聲音穿過嗓子眼時，被什麼壓住了，剩了個鈍鈍的話音出來。

丁小玎心裡痛了一下，說：「後天晚上吧。」話從嘴裡出來，竟是止水般的淡然。

賈老板說：「那你們就後天下午來取。」說罷，垂下沉甸甸的一雙眼皮，繼續去翻弄那一疊賬單，再沒有了別的話。

丁小玎愈發覺得了無趣，扭身就走，連謝謝也忘了說。待人出了門，才聽見屋裡道出聲再見，心下立時生了幾分酸楚。心想這世上哪有什麼重情重義的人呀。真正遇上了事，莫說是俗人，就是不食人間煙火的神仙，也免不了要意斷情絕的。說到底，男人和女人之間，翻來覆去的也不過是些恩恩怨怨的糾纏。即便誰跟誰真的生了幾分情誼，也是十分的脆弱，終歸是熬不到天長地久的。

這麼一想，心思就更重。待坐到車裡後，才發現有幾顆淚珠在噗噗地往下掉。丁小玎也不擦它，打燃馬達後，狠狠地踩了一腳油門。就聽見餐廳的看門人在外面驚叫，車屁股後立時捲起了一大團塵土。

丁小玎沒有將車開回使館，而是開到了海堤下的淺灘邊。白日裡，這兒常聚集著各種各樣的水鳥，咕咕嘎嘎地鬧成一團。到夜裡便安靜了許多，除偶爾過路的汽車外，能聽見的，就只有海水拍打長堤時啪啦啪啦的聲音了。這時正在漲潮，浪頭趁著興頭，把個堤面舔得通體透濕。丁小玎在海堤上剛站下，就有浪頭打來，長襪立刻濕溻溻地貼在了腿上。奇怪的是，看著這片喧鬧不休的海面，丁小玎連日裡亂番番的心境，反倒是慢慢的靜了下來。

就這麼在海堤上來回地走。看看錶快九點了，丁小玎這才從海堤上下來。她撩起裙子，扒下打濕的長襪，光著腳進到車裡。腳掌踩到離合器上，生出一陣鈍鈍的癢。踩得久了，便讓人覺得那癢在身體裡漫了開來，忽忽悠悠的往心裡竄去。直到車開到了使館門口，丁小玎才從座位下尋出鞋來穿上。看看錶，九點差五分，便下車去按了門鈴。

很快便聽見有人前來開門。打開門一看，是公司的副經理。丁小玎覺著奇怪，問：「怎麼是你？他們使館的人呢？」

副經理說：「在陪著代表團吃飯哩，叫我替他們看一會兒大門。」

丁小玎說：「已經接見完了?」

副經理說：「飯都沒吃，誰來接見你呀，說是還要等一會兒吧。」

丁小玎一愣：「你們在這兒白等了一個多小時?」

副經理說：「瞧你這話問的，不在這兒等著，還能上大街逛去?有啥辦法呢，天公都不打吃飯人。」

丁小玎說：「那是我來早了。我還是到車裡面去等吧。」

副經理說：「那幹嘛呢，醫療隊的司機都叫進來坐了，我們還能把你個女孩子扔到外面不管?走吧走吧，說不定還要等上一陣子呢。」說罷便轉了身往裡走，丁小玎只好跟在他身後，說著話往一樓的會議室去。

果然是滿滿的一屋子人。儘管空調開得十足，但抽煙的人多，加上門窗緊閉，呼吸裡便有了熱辣辣的味道，像有人拈了辣麵，一撮撮地往嗓子眼兒裡灑。丁小玎空空咳兩聲，還是硬著頭皮走了進去，跟認識的人一一打過招呼後，便悄悄地揀個角落坐下，屏了聲聽人們胡聊亂侃。九點十五分，趙仁宗和韋孝安推了門進來。趙仁宗滿臉是笑，晃晃手說對不起讓大家久等了，代表團已經吃完飯，馬上就來看望大家。說罷聳聳鼻子，皺了眉說這屋裡咋那麼大的煙味，活活嗆死人了。於是人們就去抓煙灰缸，你摁一下我杵一下將煙頭紛紛掐滅。

有那只抽了一口的，捨不得扔了煙捲，便用手指捏了，悄悄地放進衣褲兜裡。韋孝安四下裡嗅嗅，仍是有些不放心，索性上前去打開了兩扇窗戶。他這一動，坐在窗下的人也跟著起身幫忙，乒乒砰砰一陣響後，這才又恢復了先前的秩序。

人們剛剛坐好，代表團的人便一個接一個地走了進來。打頭的是那位省委副書記，滿面紅光，笑容可掬。趙仁宗連忙說代表團是代表祖國親人來看望大家的，為此讓我們表示衷心的感謝。說完便起勁地鼓掌，眾人也跟著劈劈啪啪地亂拍。待掌聲停住後，省委副書記開始講話。先提了嗓門，說同志們好，同志們辛苦了，一口氣說下來，委實聲如洪鐘。說罷這幾句，才緩了聲，臉上仍是副笑呵呵的模樣，開始談國內改革開放的大好形勢。這些被接見的人，大都離開了中國一兩年，聽這副書記天南海北地說一陣，倒也覺得十分的新鮮。只是這副書記正說到興頭上時，卻有幾個酒嗝從嗓子眼裡衝出，剛剛出口的話頓時被截了開來，一段段的不成了句子。趙仁宗在一旁見了，忙上前說代表團連日來工作緊張，人人都有些勞累，是不是早些休息了?說罷便宣布接見結束，人們又報以熱烈的掌聲。待趙仁宗陪著代表團的人出門後，韋孝安才衝著眾人揮揮手，說大家現在可以回去了。

丁小玎看看錶，九點三十分。汪經理便在一旁催著走，說要去工地看看打混凝土的情況。上了車後，副經理先提了話頭，說早知這樣還莫如九點過了再來，也不至於白白浪費了那一個多小時。汪經理說那不行那不行，我們等領導可以，卻不能讓領導等我們，好歹有個上下級關係麼。於是副經理便不說了，偏了頭去看窗外模模糊糊的街景。過一陣，汪經理嘆口氣說，這鬼地方也實在是太熱，連混凝土都不能在白天澆灌。等到夜裡施工呢，也是麻煩，且不說要吵著附近的居民，就是工程進度也被這天氣給拖延了。只是，誰又鬥得過老天爺呢。說到這兒，便又掏出了煙來抽，一根煙尚未抽完車已到了工地。待幾個人在工地轉完，開車回到公司時，已是夜裡十二點了。

第二日上午，丁小玎照例去郵局取信。打開信箱一看，統共就四五封信。扒拉出來翻一遍，沒有自己的，便捏在了手裡往外走。一出門，見賈老板站在門口盯著她，立時就有些尷尬，吞吞吐吐地打個招呼後，便趕緊轉身去開自己的車門。沒想到人剛坐上車，賈老板也從另一頭鑽了進來。

丁小玎一楞，問：「你是要去我們公司？」

賈老板說：「不。你開車吧，我給你指路。」

丁小玎想，這賈老板是有車的，為何卻來坐我的車？莫不是他的車壞了，又緊著要搭車去什麼地方？這種忙，自然是要幫他的，於是也不再問，就順了他指的路往前開。走一陣，車拐上了山道，不一會兒便鑽進個採石場。隨著採石機哐啷哐啷的轟鳴，兩旁的山壁開始變得陡峭，路面也多了些大大小小的坑凹。車從路上駛過，如孩兒撒歡般地蹦跳著，顛得人下巴一陣陣發麻。

穿過採石場，山道便收得狹窄，恰好能容得了一個車過去。丁小玎看看賈老板，仍沒有叫停車的意思，心裡就有些忐忑，提了聲問：「這路不好走了，咱們還往上開麼？」

賈老板就回答了一個字，說：「開。」

丁小玎停停，又問：「這山上是什麼地方？」

賈老板說：「上去就知道了。」

賈老板這麼一說，丁小玎就不好再問了，謹慎地把了方向盤，讓車靠著山壁慢慢地往上走。莫約開出有半里路後，賈老板出了聲：「往右邊拐，好了，就在前面那塊石頭那兒停住。」

車停穩後，丁小玎跳下車來。因為一路的心神不定，也顧不上打量四周，下車後便扭了頭前後左右地去望。這一望，竟啊呀一下叫出了聲來。原來這山上是偌大的一個平頂，除了腳下的土地，上上下下再沒有一絲的遮攔。人站在這個豁亮爽氣的地方，立刻就覺得離天近了，無端的便想伸出手去摸那天空一把。丁小玎原本不是個喜好文學的人，這會兒不知怎麼就想起了小時候念過的一首唐詩，心裡就感嘆，那「欲窮千里目」果然不是誑語，說來倒是自己沒見識呢。

賈老板沒說話，瞧了眼徑直去了平頂靠南面的一端。丁小玎盯著他的背影，猶豫了一陣，到底還是跟了過去。一落腳，滿地深褐色的石礫便咯嚓嚓亂響，如熱鍋中的豆粒。快走到平頂的端頭時，丁小玎便望見了縮在腳下的整個城市，奇怪的是與平日見的竟是十分的不同。尤其是那些房屋，七拼八湊地滾作一團，如遊戲板上拼錯的圖案。

賈老板說：「我們站的這個地方，就是人們說的火山口。小時候，我們常邀著些同學，爬到這上面來玩耍。聽老人們說，當年這是個很紅火的城市，後來火山爆發，一直噴了三天三夜，這城市也就毀了，再沒能恢復過元氣來。瞧那邊，港口左邊那塊突出的地方，瞧見了嗎？就是那一片的水下面，有根很長的管道，一直通到海底。小孩子好奇，幾個人便打賭，看誰踩著那管道走得最遠。我是第一個走到管道頭的，恰好看見管道裡正在排放糞便和污水，就趕緊轉了身往回游，結果還是嗆了一口髒水在嘴裡。」

丁小玎問：「後來呢？」

賈老板說：「我上來後說給誰，誰也不信，倒說我是沒有走到頭，隨便編了個話來哄他們。又有兩個孩子下到水裡面去，過一會兒上岸便哇哇地吐，說把糞便吞進嘴裡了。」

丁小玎撲哧一下笑出聲來。賈老板看她一眼，鬱沉的面孔舒展開了些，停了停又說：「想起來時間過得真快。我父母帶我來這兒時，還是個小孩子，一轉眼就已經三十多年了。可無論怎樣，我還是個地地道道的中國人。不光是臉變不了，就是習性也是變不了的。比方說吧，當地人十七八歲就結婚，若是再有些錢，多多少少便要娶上三四個老婆了。你也見過我同父異母的弟弟妹妹，如今全是熱熱鬧鬧的一大家人。就因為這個，我父母便常常跟我嘔氣。我對他們說，無論如何我也不在當地找女朋友，我一定要找個中國女人為妻。我是中國人，我的孩子也必須是地地道道的中國人。我說的這些話，我想你是明白的。」

丁小玎沒做聲，微微低下了頭來。賈老板也不看她，而是專注地看著腳下的城市。看一陣，才說：「昨晚撒米爾告訴了我一些事。他從未對我撒過謊，但我還是想要聽你的一句話，他說的可是真的？」

一口氣堵在了丁小玎的嗓子眼。不過很快，她便將那口氣咽了下去，大了膽抬起頭，看著賈老板說：「他沒有哄你。」

倒是賈老板避開了眼去。這回他不看腳下的城市了，而是扭了頭去看遠處的海面。看著看著便吁出了一口氣來，背了身子問：「那男人是誰？」

丁小玎說：「對不起，我不能說。對誰也不能說的。」

賈老板回過頭來盯著她：「對我也不能說麼？」

丁小玎這才垂下頭，低了聲說：「我不能。你不要逼我。我對自己發過誓，對誰也不說的。我已經幹了件錯事，若是再說出那人來，我就更錯了……謝謝你今天帶我來看火山口。我現在該走了，我不能回去得太晚。」

賈老板雖然有些沮喪，但面色卻不如剛才那麼難看，點點頭說：「我知道你的難處。即便你不說，我也能猜出是誰。」說到這兒，卻突然住了口，轉了身就往汽車走去。丁小玎傻楞楞看他一陣，也跟了過來，侷促不安地鑽進了車裡。就此，直到車開到山下，兩人也再沒有一句話說。車到了市中心的廣場，賈老板讓丁小玎停下車來，說：「你不用再送我了，我就在這兒下車。」

丁小玎說：「那又何必呢，不過是拐個小彎，又不會耽誤什麼的。」

賈老板說：「我還要在這附近辦點事。」說著話人就下了車去，卻沒有馬上走開，手扶了車門對丁小玎說：「你先回去吧。如果需要我幫忙，就說一聲。我去找撒米爾，比你自己瞎撞去強，阿拉伯人到底是看重友情的。」說罷關上車門，頭也不回地走了。

丁小玎盯著他的背影，坐在車裡發了會兒怔。嘴裡對自己說，我是不欠他什麼的，可心裡卻有些隱隱作疼起來。待看到倒車鏡裡苦巴巴的臉，才猛然一驚，對自己說罷罷罷，都這節骨眼了，還胡思亂想個啥呢。現在最要緊的，是把肚子裡的事趕快了結了，萬萬不可生出什麼別的枝節來。想到這兒，腳下就踩了油門，把車轉向了回公司的路上。

吃罷晚飯，公司裡的人都去了食堂看錄相。不知誰借來部臺灣的電視連續劇，哄得眾人夜夜在電視機前歔欷不已。丁小玎往日也是看的，今日因同賈老板談了一番話，便多了份心思，吃過晚飯便去了辦公室等張河的電話。直到八點半，才有電話鈴響，拿起來一聽果然是張河。

丁小玎已等得焦慮，不等張河喂完，便說：「怎麼這會兒才來電話？我在辦公室都等了有一個多小時了。」

張河在那頭一連聲地抱怨：「你不知道找個電話有多難！我們處的不能打，使館那邊辦公室又有人，我這是跑到專家組來打的。方才有一屋子人在這裡聊天，我好歹哄著他們看電視去了，才能給你來電話。你怨我，沒想我也是一樣著急的。」

丁小玎說：「總這麼鬼鬼祟祟的，再下去，怕就跟日本特務一樣了。我昨晚就要給你打電話的，只是陪經理他們去工地回來得太晚，想你已經睡了，就沒有打。今日倒是有空，你又怕人偷聽不讓我打過去，我只好等著你打過來，真是要把人給急死了。」

張河說：「你這麼急找我，莫非是開證明的事有了麻煩？」

丁小玎說：「那倒不是。那件事我已經辦好了，我說的這件事，你聽了一樣會嚇一跳的。」

昨晚我送汪經理他們去使館後，便去賈老板的餐廳買東西，結果碰上了那個凶霸霸的婦科主任。你當他是誰？他是賈老板的同學！」

張河立刻靜了聲。待再開口時，音調就有些走樣，很小心地問：「咱們的事，他對賈老板說了麼？」

丁小玎說：「你想呢？」

張河沒吭聲。

丁小玎說：「賈老板今天已經問過我了。」

張河說：「你承認了？」

丁小玎說：「我不承認行嗎？我能說是那個傢伙在撒謊，在無中生有麼？這件事不是我幾句話就能瞞得過去的。喂喂，你怎麼不說話呀？你怎麼了？」

張河說：「完了完了，這下真是完了！賈老板那兒常有中國人去，他只要隨口說上一句，我們也就完了。」

丁小玎有些生氣，卻不便立即發作，只好軟了聲說：「你呀你，咋就這麼窩囊呢，我並沒有告訴他我是同哪個男人去的醫院呀。況且，我敢肯定他是不會去對別人說的。今天他臨走時，還說可以幫助我們去找撒米爾，就是那個婦科主任，他說那個傢伙會買他的賬的。」

張河說：「你就這麼相信這位賈老板？」

丁小玎說：「我想我多少還是了解他的。」

張河聽了就有些悻悻，說：「你們的關係不錯嘛。」

這話就惹得丁小玎惱了，不由得冷下聲說：「好你個張河，都什麼時候了，居然能說出這種話來。不錯，我跟他關係是挺好，但再好，能好得過你去麼？你是當真不明白，還是故意裝著不明白，順著話就把氣撒在別人身上？你怎麼就變得讓人弄不懂了？你想想，我們兩人中，誰的壓力更大些？說到底那孩子是在我身上。若是事情真的敗露了，多多少少你還有開脫的僥倖，我卻是一點也跑不掉的。當然，這事讓賈老板知道了，確實是很糟糕，但說不定因為他認識撒米爾，咱們又因禍得福了呢？你倘若是實在信不過他，就想出個好辦法來，光酸嘰嘰地說些怪話有什麼用！」說罷，摜了話筒，卻又將身子倚了辦公桌，盯著那電話機看。

果然電話鈴馬上就響了。丁小玎知道是張河，等鈴響了一陣，才拿起了話筒來聽。張河急了，在那頭不停地喚著她的名字：「小丁小丁，你真的生氣了嗎？你倒是說句話呀！我也是急昏了頭，才會說出那樣的混帳話來。你別生氣好不好？這樣吧，我明天就去找賈老板，央他去給那位主任說幾句好話，行麼？事到如今，我也顧不上他會怎麼看我了，如果他真能幫忙把事情解決了，我是千恩萬謝也來不及呢！」

丁小玎等他說一陣，才開口說：「用得著你親自去嗎？只要你有這份心，我也就滿足了。況且我也不想因為了這件事，讓人看低了你。你好歹是外交官，代表咱中國人的形象呢。如果真的需要的話，我自己去找他好了，待我跟他商量妥後再給你來電話。」

張河悶了一陣，問：「你自己真的能行？」

丁小玎說：「不試試怎麼知道呢？不管咋說，他出面去辦，總比你出面好吧？」

張河無奈地說：「那好吧，我明日再給你打電話來，多保重自己。」

丁小玎說：「我會的。」說罷，張河在那邊沒了聲，卻是捏著話筒不放。丁小玎喟然長嘆一聲，按下了電話的叉簧。人又在桌子邊靠了一會兒，心裡就有百般的念頭起來，卻又不敢往下再想，便趕緊關了燈急匆匆出了門去。

9

一早起杏兒便心神不定。待聽見門響，心裡就有些哆嗦。趙仁宗進得門來，果然是一臉的陰沉，叫住杏兒說你如今真的是拿自己當夫人看了。整日裡只知道閑逛惹事，連屋裡的衛生也懶得好好打掃一下。瞧瞧這地板，瞧瞧，都髒成什麼樣了?告訴過你早上起來一定要開會兒窗戶，跑跑屋裡的味兒，你自個兒聞聞，臭不臭呀！越說火氣越大，人竟呼哧哧地喘了起來。杏兒知道他是在為頭晚的事生氣，自然不敢回嘴，一邊應著一邊就去廚房沏茶。喝了幾口茶後，趙仁宗呃呃呃地打出一串嗝來，這才支了眼對杏兒說：「好啦好啦，說你兩句，就做出你那小媳婦樣來，還讓人說話不?不過，咱們正事歸正事，你無論如何要把那條狗給我處理了。使館早就宣布過不許養狗，我是見你實在喜歡，也就依了你。若是那畜生再惹出禍來，你讓我怎麼跟大使交代?說好了，要是今天下午你還不處理，我就叫人把牠扔進海裡去，這回我是再不能依你了。」說罷，將杯子往茶几上一摜，出了門去。

趙仁宗這麼一說，杏兒便明白了事情再沒有了挽回的餘地。心裡一酸，便坐在沙發上抹起了淚來。抹一陣，就咬牙切齒地罵歡歡，說你這畜生咋就這麼笨，這麼傻，這麼不識事呢？從小到大都沒咬過人，偏偏就去咬了那代表團的人，如今我就是再想留你，也不敢留了，你這是自己給自己做下了孽呀。罵一陣歡歡，又去罵那代表團的人，當真是不要自己花錢啊，拿了酒便往死裡灌，咋就沒喝死你個夢遊鬼呢？

頭晚的酒宴，因為是餞行，大家都多喝了些。誰想這代表團中有個成員，打小就有個夢遊的毛病。平日裡是不犯的，但只要貪了杯，那就不保險了，十有八九要在夜裡起來瞎逛。知道自己有這毛病，一路出來便很小心，回回酒席上喝一半就藉著上廁所再不回來。哪知這小使館的人比別處熱情，不僅個個把盞相勸，而且硬拽了不讓離席。也合著這老兄倒霉，一勸二哄，便被人糊里糊塗地灌了幾杯在肚裡。到後半夜，便發了夢遊，一個人悄悄摸下了樓來，在院子走來走去。走累了，也不回屋，只管悶了頭往廚房裡鑽。

歡歡一到夜裡便在廚房門口守著。見來人行動詭祕，也不叫喚，上去就是一口。腿上一痛，那夢遊的人就醒了，立刻殺豬一般地叫，驚得一個樓的人全跑了出來。歡歡原本是虎視眈眈地守著他，見來人們大呼小叫地提了棍，這才知事情不妙，一撩腿就跑了個不見蹤影。見擾了眾人，那夢遊的人也不叫了，捧著條腿一口口地抽氣。趙仁宗邊勸慰著，邊催了韋孝安給醫療隊打電話，當即把石隊長從床上叫了起來。十幾分鐘後，石隊長便帶了人趕到，細細檢查一番後臉上就有了笑，對眾人說放心放心不會有大問題。雖咬破些皮，但未傷及到骨肉，三五日就能合了傷口。說罷，親自動手包紮了傷處，又讓護士給注射了狂犬疫苗，這才帶了人離去。待人散盡後，趙仁宗才回到屋裡，狠狠攘了杏兒一把，氣呼呼上床睡了。

杏兒心裡明白，趙仁宗雖未發作，但事情並非便就此了結。一大早，趙仁宗起身去機場送代表團，回來便有了這一場是非。好在杏兒已有準備，自己倒不覺得十分委屈。只是因為趙仁宗說到要送走歡歡，這才忍不住悲從中來。想一陣罵一陣，終於還是扯了張面巾擦擦臉，出門尋歡歡去了。

杏兒先在經參處找。上上下下喚一遍，沒有歡歡的影子，低頭想想，就去了使館大院。果然在大使官邸後窄窄的過道處見著了歡歡。這畜生儘管憨拙，卻也知曉厲害，打從闖禍後就再沒露面，獨自躲了這陰涼處，尾巴一甩甩地趕著蒼蠅。尤其奇怪的是那雙眼，竟也同人一樣，帶了幾分悶悶的神情。

杏兒喚一聲，歡歡耳朵一立，眼裡立刻就有了喜色，呼呼地跑上來，使了勁往人身上蹦噠。杏兒俯下身摟了牠在懷裡，口中恨恨地罵道：「你這不知好歹的畜生！早知道你要闖出這樣的禍來，就該剮了你，淹死你，燒死你，也省了跟著你受氣！」罵著罵著，自個兒心裡就有些隱隱發澀，鬆開手低了頭便往回走。那歡歡不知就裡，只管樂顛顛地跟在人身後跑，越發讓杏兒多了幾分心酸。

回到經參處，杏兒沒上樓，徑直去了一樓的廚房。進門見王不才正在清掃地面，杏兒便說：「王師傅，今天我要送歡歡走了。」說罷，便盯了王不才看。王不才點點頭，打開冰箱取出新鮮的雞肝，一刀刀仔細切了，用盤子盛了放在地上。看著歡歡打著鼻息大快朵頤，王不才嘆口氣，背過身掃地去了。

待歡歡吃罷，杏兒便帶了牠往外走。出到院子，見張河正拉了管子洗車。邊桂蘭懶洋洋地靠在一旁的樹幹上，同馬工勤有一搭沒一搭地嘮著閑話。待見了杏兒和歡歡，邊桂蘭的臉上就有了活泛，扭了身子喊：「杏兒，你是在哪兒找到牠的？啊呀你可沒見哪，今兒一大早，你家參贊就黑臉綠眉毛的在找牠，還問我見著沒有呢。也難怪參贊生氣，昨晚那人半夜裡一叫，還真像是被鬼掐了脖子呢！不過也是，人家大老遠的從國內來看望咱們，卻讓狗給咬了，待回去後對人說起來，倒是咱們的禮數不周了。」

馬工勤聽到這兒，鼻子裡哼一聲，說：「這能怪狗麼？他要不是在半夜裡鬼鬼祟祟的往廚房裡去，狗能咬上他麼？你說咱歡歡啥時咬過人哩，準是把他當小偷了。誰家養狗都是指著看家守門的，見賊不咬，那還叫狗嗎？要我說，他這是自找的，要怪只能怪他自己。」

邊桂蘭說：「就算你有理，可你說話管啥用呢。參贊說了，無論是誰的錯，這狗都不能養了，必須要處理掉，不信你問杏兒。」

馬工勤問：「真是要送走麼?」

杏兒說：「我是留不住牠了，只怪牠自己這次的禍事惹得太大。不過送走也好，免得牠今後再鬧出什麼更不得了的事來。你今天上午用車麼?」

馬工勤說：「參贊一會兒要出去一趟，一塊兒走吧。」

杏兒忙說：「不不，我還是別和你們坐一個車的好。看見歡歡，老趙又該生氣了，我另外再找車吧。」

馬工勤說：「這你急什麼哩，待參贊消了氣，大家再幫著說說，說不定參贊就同意把歡歡留下來了。說到底，牠不過是條狗，莫非人還能真的跟狗鬥氣不成?」

杏兒說：「這回可不一樣的。老趙那犟脾氣你們也不是不知道，只要拿定了主意，天王老子也難叫他改變。這樣好了，你們走你們的，我跟著張河的車出去。」

張河正好擦完了車準備去洗手，聽見杏兒的話，便說：「我這就去建設部送個文件，之後還有別的事要辦，你跟我的車是要耽擱時間的。」

杏兒說：「沒關係，反正我也不急。你就先辦你的事吧，然後我們再去送歡歡。」

張河說：「你還是跟吳祕的車吧，他今天去港口提貨，十點以後才辦手續，可以先送你一趟。」說罷便轉了身去洗手。待洗手回來，卻見杏兒已坐進了車裡，歡歡獨自趴在車的後座上哈哧哧喘著氣。

張河就有些惱，說：「不就是送條狗麼，啥時候去不成？馬工勤的車下午就空出來了，到時也不晚呀。」

杏兒說：「又不用你專門跑一趟的，也是順路麼。你辦事時，我就在車上等著，不會礙你事的。」

旁邊有人看著，張河不敢即刻就跟杏兒紅了臉，左右想想只得硬著頭皮進到了車裡。車開出院子時，杏兒對邊桂蘭招招手，然後扭了頭笑嘻嘻地看著張河說：「你這人真是小氣，不就是坐一下你的車麼？又不要你出錢的，你急什麼呀。」

張河不答話，板著臉開自己的車。杏兒盯著他，臉上慢慢就有了些自僝自僽的模樣。待車開出一截路後，就聽杏兒在一旁惘悵悵地說：「我當真就那麼討人嫌麼？其實，我也不是故意要跟你過不去的。今天要是不送走歡歡，老趙回來後還要跟我嘔氣。你別看他上了年紀，仍是個撮鹽入火的性子，對外人一百個好，只是容不得我犯一點錯。莫說這回是有短處落在了他手裡，就是平日裡沒做錯事，只要他心裡不如意，也是少不了拿我來出氣的。你就不能替我想想麼？」

張河說：「這日子是你自己找來過的，你怪誰呢？」

杏兒恨恨地盯了他，說：「我敢怪誰嗎？我只能怪自己命苦。像我這樣的人，能找上這種日子過，已經是福氣了。跟我前後腳來北京的那些小姐妹們，如今還在給人家做保姆，也就是混一天算一天吧。我若是沒嫁老趙，還不就跟她們一樣，被人喚作小保姆打工妹嗎？你說這怪誰？只怪我們命不好，投胎投在了鄉下人家裡，便不能像城裡人那樣風風光光地做人。說起來，我也虧了嫁給老趙，不但做了回外交官夫人，就是戶口也能在北京落上了，這樣的好事，別人是做夢也求不到的呢。當然，我不能和你們比。你們是讀過書的人，滿肚子都是些抱負和理想，我的理想就是回國後找個工作，能自己養活了自己，也就滿足了。」

杏兒說了這番話後，張河仍未答腔。杏兒想，他果真是看不起人的。要不我說了這半天，他好歹該有句話的，哪怕是回句難聽的話呢，總也比這不理不睬的強。他是連歹話也懶得跟我說的了。這一想，心裡就生了百般的怨恨和委屈，也不管此時車已駛進了建設部的大院，竟獨自抹起了淚來。張河先未察覺，待停下車後一轉頭，方才見了杏兒在一旁潸然墜淚。頓時就有些發慌，連聲說道：「幹什麼幹什麼，你這是幹什麼呀？有啥話就說唄，哭哭啼啼的，人家還當是我欺負了你呢。」

杏兒用手背抹了把淚，說：「你就是欺負人！我活了這麼大，也沒遇上過你這麼看不起人的，聽人說半天話，連一個字也不肯答。我在你眼裡，是連別人的一個小指頭也抵不上了！」說到這兒，越發的傷心，鼻涕眼淚唏啦呼啦地淌了一臉，這才想起面上難看，趕緊伸了手去口袋裡掏手絹。掏兩下沒掏著，一著急，回手便扯下了蒙在車椅背上的毛巾。

張河也急了，叫道：「喂喂，你別亂抓東西呀，我這兒有紙呢。」說著就手腳忙亂地從口袋裡找出紙巾，遞到杏兒手上。沒想一挨近杏兒的手，指頭就被緊緊地抓住了，拽了兩下沒拽回來。張河的額上就有了些汗，心想這小夫人真是膽大包天呢。這情景若是讓她家老頭看見了，豈不是連我也得跟著抹一臉的屎麼？正待要說幾句難聽話，卻見那張淚汪汪的臉上滿是哀痛，心下又有了些不忍，便說：「你這是幹什麼呢？這裡是建設部，認識我的人多，你在這兒瞎鬧，讓人看了像什麼呀。」

張河這一說，杏兒就把手鬆開了，捏著紙巾低了頭去擦臉。張河縮回到自己的座位上，悄悄舒出口氣。正打算拿了文件下車，一扭臉卻看見車窗外站著丁小玎。那張平日裡千嬌百媚的面孔上，此時卻堆了個似笑非笑的古怪表情。

張河立時便急出一身汗來。心說壞了壞了，這車窗是隔音的，我們說些什麼她也聽不見，就見了兩人手拉著手，任誰看了也是要生疑的。如今我縱使有一百張嘴，也是講不清的了，這不活活冤枉死人麼？一時間就悔得腸青膽綠，竟不知該做些什麼。直到見丁小玎一轉身上了旁邊的車，才一下省過神，跳下車攆了過去。

丁小玎已發動了車子。見張河氣急敗壞的敲著車窗，便將玻璃搖出條縫，半抬了眼問：「張祕有事麼？」

張河說：「你別誤會，真的沒什麼事的。」

丁小玎淡淡地一笑，說：「那好麼，沒事我就走了，夫人還在等著你呢。」話沒落音，車已經衝了出去，遺下些塵土慢慢地落下來。

張河楞了一陣，這才往自己的車去。車門半開著，杏兒已止了啼哭，正隨著錄音機裡一個軟塌塌的男聲在唱：「愛情兩個字好辛苦……」聽他走近，杏兒回過頭來，燦燦地一笑，又回了頭去哼自己的歌。張河看著她，突然間怒不可遏，抓起扔在車座上的文件，狠狠地摔上車門，返身進建設部去了。

杏兒卻不生氣，返身摟過後座上的歡歡，嘎嘎嘎地笑起來。

丁小玎是來建設部送公司上月的驗工計價表的。辦完事要走，卻又被建設部的女祕書們拉著說話。幾個姑娘說到興頭上，便捂了嘴吃吃地笑，這時就有了電話鈴響。趁著人去接電話，丁小玎趕緊抽身往外走，沒走兩步便聽接電話的對旁人說，中國使館的密斯特張要來送份文件。丁小玎心裡一喜，便不走了，回過身重新尋了話頭與女祕書們閑聊。東拉西扯一陣，不見張河人到，心裡就有些不耐，與女祕書們道了再見便往外走。一出門，就見了張河的車，心說這正好，在這兒說話可比在屋裡方便多了。待興沖沖走過去時，卻見張河與杏兒在車裡臉對臉手拉手，著著急急地說著什麼。

當即心裡就一墜。儘管不相信張河與這小夫人會有什麼拉扯，但仍是有口氣堵在了嗓子眼，憋得心口一陣陣發悶。待張河趕過來時，丁小玎自然不容了他做辯解，只管兀自開了車離去。車開出一陣後，這才又去想那剛才的事，心裡就生了銳銳的痛出來，眼角也跟著濕濕漉漉的有些發澀。便就賭了氣對自己說，我犯得上為那小夫人去傷心麼？莫說不過是個參贊夫人，就是大使夫人部長夫人，去同她們爭風吃醋也是作賤了我自己。其實呢這樣倒好，原本與張河也不過是相識一場，到底不會有什麼結果的，如今正好趁機做個了斷，也省了大家牽腸掛肚的難受。

想是這麼想，心裡酸酸澀澀的感覺仍是退不去。手裡的方向盤就失了準頭，七拐八拐的竟停在了賈老板的中國餐館門口。下車時才想，我怎麼就把車開到了餐廳來，這不是亂上加亂麼？想是這麼想，兩條腿仍是不由自主往裡走。待到了辦公室外，見了賈老板坐在桌前嘩啦啦地翻賬本，心裡的委屈就再也忍不住了。手扶了門框，眼淚撲簌簌地就往下滾。

賈老板覺出了動靜。一抬頭看見個淚人倚在門邊，就有些慌神，伸手推了錢和賬單，迎上來問：「怎麼了怎麼了？有人欺負你了？來來來，到這兒來坐下，有什麼話慢慢再說。喝水麼？好好，別哭了，不管出了什麼事，你也別著急，總會有辦法解決的。」

丁小玎抽抽噎噎地說不出話來，只是搖頭。賈老板讓她弄糊塗了，只好拖了把椅子在一旁坐下，無可奈何地看著她。丁小玎哭一陣，心裡方才舒緩了一些，就慢慢地止了淚，接過賈老板遞來的礦泉水喝了兩口。喝罷，低了眼說：「我沒事，真的沒事，只是心裡不舒服，哭哭就好了。」

賈老板雖是閱人無數，但對女人卻知之不多。見丁小玎這般哀痛，早就積了滿肚子的納悶和不安。只是因為丁小玎不願說，他也就不好再問，便訥訥地說道：「沒事就好。但如果真的遇上了什麼難事，千萬不要瞞我，兩人的主意總是比一個人的多些。」說罷，悶頭想想，仍是有些不放心，又問：「你真的沒事？」

丁小玎說：「真的沒事了。」話出口，才覺得了有些不好意思，便垂了眼說：「對不起，打攪你了，我剛才有些太激動……你忙你的吧，我該回去了。」

賈老板想想，說：「做手術的事告訴他了嗎？」

那個「他」字說得很輕，一滑就帶了過去，卻仍是讓丁小玎黯了黯神。停一陣，才嗒然答道：「沒有，我不想對他說，我想我自己去就行了。」

賈老板吃了一驚：「這話可是他說的？不可以，不可以的！他做下了這樁事，怎麼能讓你一人去受罪，他完全不管？」

丁小玎說：「不不，你誤會了我的意思。我沒告訴他你找過撒米爾，並安排在後天做手術的事。我原想過要告訴他的，但事到臨頭又變了主意，我想我自己就應付得了。況且他就是來了，也是不能代替我去受罪的。這錯事是我自己做下的，與旁人沒有什麼關係。」

賈老板立時青了臉，說：「好吧，你若是不便說，我就去找他，我知道他是誰的。」

丁小玎幽幽地盯了賈老板，說：「我求你別去找他，好麼？我不讓他來，是不想再見到他。這中間的事我一時說不清，也沒法說清，只請你相信我一句話，我不讓他來，是因為我再不想見他了。你怎麼看我都行，這跟他沒有關係。」

賈老板看著她，半天才移開了眼光，喟然長嘆一聲說道：「你們一定是出了什麼事了。好吧，既然你不願意說，我也就不便再多問，只是事到如今，你還這麼護著他，真正是可惜了你的一片心思。不過，去做手術沒人陪也是不行的，後天我同你一起去吧。」

丁小玎嚇一跳，說：「不行不行，你已經幫了我的大忙，怎麼能再拖累你呢？這兒的許多人都認識你，見你跟我在一塊兒，人家會把你看成什麼人呀！你去是萬萬不行的！」

賈老板說：「你不用多說了。這事我一旦決定了，就不會更改的。你想想，哪有女人去做那種手術沒有男人在身邊陪著的？且不說我們這兒還有宗教的種種規矩了，就是沒有這些個忌諱，你孤單單的一個人去，萬一手術中出點什麼事，找誰來拿主意呢？總之，要麼他去，要麼我去，你一人去，人家是不會給你做手術的。」

丁小玎瞪大眼睛聽一陣，慢慢垂下了頭來。之後再不言語，只說：「我回去了。」便往外走。賈老板也跟了出來，一直送她到餐廳門口，這才說：「我已經給汪經理說好了，讓你後天幫我來辦點事，到時候我去接你。」說罷也不看她，轉身回了餐廳。

待丁小玎坐在了車上，才想起怎麼就忘了對賈老板說聲謝謝呢？又一想，虧著是沒說。這話若是說出來，那賈老板恐怕才真正要生氣呢。

10

自使館的生活物資拉回來後，便天天有人找上門來買東西，要的不過是些國內來的煙酒或醬油綠豆。這些東西在當地的市場上買不到，所以儘管不值錢，在這兒也成了稀罕物品。只要有人來，呂伊芬便要跟著收錢，待人走後，再一筆筆做上賬，居然也就忙忙碌碌了幾日。

這日下午因有人約好了來買東西，呂伊芬便提前起了床。下樓去看，人已等在了外面，便趕緊招呼了進來。辦完手續，便叫起王不才，帶了人去倉庫拿東西。忙亂一陣，剛將來人打發走，就聽見電話鈴響了。呂伊芬拿起來一聽，是個南方口音的男人，連連說著找老邊，聲音就跟火燎著一樣。呂伊芬自然不敢怠慢，便趕緊去敲邊桂蘭的門，直到邊桂蘭應了聲，這才放下心回到了自己的屋裡去。

進門見吳家琪已起了床，毛巾被仍亂糟糟地在床上團著，便問：「不睡了？」邊說邊就伸了手去理床鋪。待吳家琪抹完臉從衛生間出來時，呂伊芬已經在給他沏茶了。

吳家琪看一眼說：「別麻煩了，我們一會兒就要過那邊去，大使還等著聽彙報呢。」

呂伊芬問：「不是綁架的工人都放回來了麼？」

吳家琪說：「工人是放回來了，但遺留的事還不少呢。就是因為答應了公路改道，對方才放人的。但改道就要追加工程款，錢的事就又不好辦了。」

呂伊芬說：「你們前兩天不是已經談過了麼？怎麼，這錢又要咱們中國出啦？」

吳家琪說：「他們的意見是這樣的。但我們提出雙方都出一些。雖是談了一次，但卻沒有什麼結果。」

呂伊芬搖搖頭說：「好嘛，這回算是把咱訛上了。」

吳家琪就皺了眉，說：「你這是怎麼說話的？這條公路是咱政府對這兒的經濟援助，怎麼叫訛呢？你這話若是讓旁人聽了去，不說是反動吧，至少也要說你影響了兩國關係。」

呂伊芬撲哧笑了，說：「得了得了，我有那麼大的能耐麼？要不說你這人是書呆子呢。給你，茶好了，喝兩口再走。」

吳家琪接過杯子嘬了一口，便放回到桌上，說：「這茶太燙嘴了，你一會兒自己喝吧。」說完從桌上抓起個本子，急匆匆出了門去。

吳家琪走後，呂伊芬想起有兩本借的雜誌要還，便拿著書下了樓去。使館前後院各有一個圖書室，每週開放兩個上午。大院的圖書室要大些，卻只供使館內部人員借閱。小院的要隨便些，但凡是中國人，都可以上這兒來翻翻找找。除了書，還有上百盤從國內帶來的錄相帶，讓人們借了去打發閑暇的時間。

小院的圖書室是邊桂蘭在管理。呂伊芬去時，已開了門，邊桂蘭支了腮坐在桌前，滿臉的心神不定。見呂伊芬進來，便問：「老呂，你中午起得早，見著杏兒沒有哇？」

呂伊芬說：「上午見著的，下午還沒碰見過人呢，是不是沒起床？」

邊桂蘭說：「我給她屋裡打過電話，沒人接，這死丫頭不知跑哪兒去了。怪，沒聽說她要出去呀。」

呂伊芬說：「你找她有急事麼？」

邊桂蘭說：「哪有什麼急事，不過是想找她聊聊天吧。她說要做條晚禮服國慶招待會穿，這不，眼見要到『十一』了，衣服料還沒買呢。」

呂伊芬噢一聲，也不再問。她知道這兩人之間拉扯甚多，問多了，倒會讓兩人疑心她存了什麼心思。於是便將手裡的書遞給邊桂蘭，說：「這是還的，我還想再借兩本看看。」說著就去了書架前，盯著那些密密麻麻的書。

邊桂蘭接管了圖書室後，花了三天時間，將書櫃裡的書重新排列了一遍。她的辦法與一般人不同，很有些特別。先是像賣果子一樣，把書按著大小厚薄在地上攤成堆兒，然後再論著堆重新碼回到櫃子裡。於是，福爾摩斯偵探集便和財務管理彙編擠在了一起，雷鋒日記緊倚著英語會話手冊。有那性急的人，在書架前扒拉來扒拉去一陣，便忍不住要扭了頭對邊桂蘭說，這書咋會是這麼個擺法呢？別家的圖書室，都是按著書的內容來擺放，比如說吧，小說和小說放一塊兒，政治的和政治的放一塊兒。似你這般的分類法，恐怕全世界也尋不出第二家來了。

邊桂蘭聽了，就撇嘴，說：「你懂個啥哩。咱是沒進過圖書館，但總進過商店吧？你去那櫃臺前瞧瞧，有哪家是把大人娃娃的衣服擺一塊兒在賣的？照你那說法，書不管大小都給摞在一塊兒，反倒是規矩了？那不成了把麥子黃豆一鍋攪嗎？再說了，規矩也是人興的。我管了這圖書室，自然就有我的規矩，不喜歡我的規矩你上別處借書去。」

這話一出，借書的人便啞了聲。心裡怨自己，咋就忘了她是許大馬棒呢？訕訕地笑笑，就趕緊轉了頭去找書，像個大蜘蛛一樣在書架前慢慢地爬。待從圖書室出來時，便一頭鑽進廁所裡，開了水嘩嘩地沖去手上的塵土，這才拿了書回家。

這日呂伊芬本是想借兩本小說的。踮著腳尖翻一陣後，也就失了耐心，瞅見兩本電影刊物的封面畫得亮麗，便抽出來登記完上樓去了。回屋後翻開來看，幾乎篇篇都是年輕女演員擺姿做態的艷照。前後嘩啦嘩啦翻一陣，就失了興趣，將書撂去了一邊。不看書，心裡慢慢就覺著了氣悶，索性一仰臉躺在了沙發上，木呆呆地盯著天花板出神。待胡思亂想一陣後，不知怎麼就想起牙膏快用完了，這就有了些精神頭。兩手一撐從沙發上站起來，在抽屜裡找出些零錢，出門到街口的小店買牙膏去了。

剛出大門，就見杏兒開了車回來，便又回過身去，哐哐噹噹地將大門拉開。待杏兒的車開進院子後，呂伊芬一邊關大門，一邊對從車上下來的杏兒說：「老邊找你半天了，像是有什麼要緊的事，人在圖書室裡呢。」

杏兒哦一聲，沒急著往裡走，卻扭了身看著呂伊芬，說：「我去看歡歡了。」

呂伊芬這才留意到杏兒的眼圈紅紅的，心裡就有了些憐惜，問：「牠還好麼?」

杏兒說：「好啥呢好，都快讓人家給欺負死了。早先在我們這兒，牠是挑著嘴連肉都不肯吃的，如今卻是連口殘湯剩飯也搶不上。那些狗為爭口飯吃，個個打得跟冤家一般，咬一口便是滿嘴的毛，連皮子都能跟著一塊兒扯下來。可咱歡歡是啥脾性呀！打小就老好，從不見牠惹誰招誰的，如今到了那強盜窩裡，牠能好活了嗎?這才去幾天呢，就瘦得露出了骨頭，瞅人時眼珠子都直閃神。最可憐的是見我走，就拚了命一樣跟在車後追，累得呼哧呼哧的了，還緊著聲叫喚。我這一路開車回來，就沒敢往後看一眼，也不知啥時把牠丟下的……」說到這兒，低了頭從口袋裡掏出手絹，一下下在眼上抹著。

呂伊芬心裡就有了幾分淒楚。心說哪怕是狗呢，一旦過了富貴的日子，窮日子就加倍地難過了。早知如此，就不該來這富裕地方走一遭，也免了白白地添些罪來受。心裡這麼想，嘴裡卻沒把這層意思說出來，只好言好語勸杏兒說：「這不是剛送回去幾天嗎？待日子長了，牠也就適應了。你上次回來時說，一群狗裡就見牠個兒大，說不定過些日子，牠倒反成了王呢。」

杏兒說：「我倒不敢指望牠成王的。只要少受些欺負，別讓人看了總那麼揪心揪肺的就成了。」說罷丟下呂伊芬，用手指絞了手絹，垂了眼悶悶地往樓裡去。

杏兒剛進樓門，邊桂蘭便一顛顛的從圖書室跑了出來，嘴裡一迭聲地叫道：「哎呀小姑奶奶，這半天你上哪兒去了？我樓上樓下找了一大轉都不見人，差點兒把我給急死了！」

杏兒問：「啥事呢？」

邊桂蘭說：「大事唄，要不我能這麼著急？走走，咱們上那邊說去，圖書室裡有人借書呢。」說著拉了杏兒就往樓下大廳的角落裡走，直到估摸著旁人聽不見了，才低了聲對杏兒說：「壞事了！」

杏兒嚇一跳，問：「啥事壞了？」

邊桂蘭說：「喬醫生今上午不是拿回去些煙酒嗎？方才他來電話說，他頭前把箱子放到床下，他們公司的經理後腳就跟了進來。怪的是哪也不看，偏偏彵了身子去瞅床底下，結果就把那箱煙酒給拖出來了。喬醫生自然不敢露了咱們，只說是給公司要的，還沒來得及交庫房去。也虧著他在公司裡管著生活物資，那經理也就沒有了再多的話，只讓他當下就把東西送去了庫房。這不，還沒起床呢，就急風火扯的給我來電話，要不我找你幹嘛呢。」

杏兒說：「就是說給沒收了？」

邊桂蘭說：「那倒不全是，錢還是要給的，也就是收個本錢罷了。咱們費了這半天的勁，結果只收個本錢，不等於白幹了？按原先的說法賣給工人或當地人，好歹都能多賣出一百來個美金，你算算，這可是白白丟了一千塊錢呀！」

杏兒也覺著心疼，問：「有沒有辦法給要回來呢？」

邊桂蘭說：「屁的個辦法！咽到嘴裡去的東西，誰還肯給你吐出來呀？」

杏兒想想，說：「今天上午他來時，倒是沒人看見的，怎麼他們經理就會知道了呢？」

邊桂蘭說：「可不嗎，我琢磨的就是這事。今天上午人都出去了，就剩個老呂在家。我倒是防著她的，上二樓看了幾回，她一直在財務室做賬，壓根兒就沒見到喬醫生來找咱們。話又說回來了，就是她見了，她知道喬醫生是來做啥的？就算瞎猜胡蒙出些個什麼，也是不敢隨便說的。這人平日就膽小，加上吳祕整天想著要留任，她巴結你還巴結不過來呢，咋就敢得罪你呢？要說是喬醫生自己把東西吞了吧，我又覺著不像。他人是滑頭，但跟我打交道不是一兩次了，這種事卻是沒出過的。況且說，他在這兒還得待些日子，少不了還有事要求我們去辦，壞了這層關係，先就斷了他自己的財路，對他有啥好處呢？剛才來電話，我聽他那口氣也挺著急，到底不像是裝出來的。想來想去，就只有一個可能，他讓什麼人給盯上了。你說這黑了屁眼的，咋就見不得別人賺一點錢呢？只要自己沒撈著好處，便千方百計的要來壞你的事，恨不得你倒了八輩子大霉才好呢！」

杏兒說：「東西讓人家拿走了，再生氣也沒用的。我在想，幸虧喬醫生沒把咱們說出來。如果這事讓老趙知道了，那才是不得了呢。」

邊桂蘭說：「這個你放心，喬醫生再傻，也不會一鍋端了咱倆的。唉，早知是這樣，何苦白忙那一大陣子，倒成了給他們公司辦好事，白白做了回雷鋒。」正說到這兒，就聽見圖書室裡有人在叫她，趕緊提高嗓門應了一聲，又回頭對杏兒說：「趕明兒咱倆再想想辦法，看尋出個什麼法子把這錢找回來，橫豎不能吃了虧就這麼算了。」說完，騰騰騰地往圖書室去了。

杏兒便往樓上走，樓梯上就有了嗒啦嗒啦不緊不慢的腳步聲。對煙酒充公一事杏兒也是心疼，卻不如邊桂蘭那般氣急敗壞。一是因為這事她剛剛開始幹，尚未嘗到什麼大甜頭。二是忌諱著老趙，不敢搬弄出太大的動靜來。趙仁宗雖是在女人的事上常有輕佻，但對有關公家的事卻注意得緊。杏兒知道若是驚動了他，就不僅僅是吃些皮肉上的苦頭了。

上到二樓，見張河在走廊上打電話，一見杏兒臉就沉了下來。立時便撂下了電話，轉了身向自己的屋裡去，一腳腳發出極大的聲響。杏兒就有些幸災樂禍，盯了他嘻嘻地笑，心說這好這好，到底是讓那狐狸精給扔了，活該呀！這天下的男人，果然是些不知好歹的貨，不吃點苦頭，哪知什麼叫好心歹心呢？想著，哼著曲上了樓去。

杏兒沒猜錯，張河果然是在給丁小玎打電話。那日在建設部遇上後，他打了幾次電話過去，丁小玎都不肯接。只讓人傳話說手頭正忙，回頭再打過來。張河等了兩日，卻沒等到她的電話，心裡明白還在為那日的事生氣，於是心裡更加焦躁難耐。原說抓個時間去公司跑一趟，沒等抽出空，就被趙仁宗叫上去了拉赫基項目隊，代表使館去慰問被綁架後放回來的工人。

那幾個工人是前天夜裡放回來的。除了神情上略有些不安外，個個完好無損。加之天天關在屋裡，吃了睡，睡了吃，人反倒白胖了許多。因這幾個工人的事，趙仁宗這段時間沒少同當地政府官員交涉，不僅磨薄了一層嘴皮，心裡也常常焦躁氣悶。有那麼幾回睡到半夜，人就憋醒了過來，只覺得腦門頂上的血管突突地跳，心裡便跟著一陣陣發慌。就再也睡不著了，只好扯過懵懵懂懂的杏兒，趴上去下死命地搓揉，方才將那躁悶泄去掉一些。如今解決了這棘手的事，趙仁宗自然十分高興，再經人一勸，便就喝了個酩酊大醉。如此一來，張河也只好跟著他在項目隊住了一夜。直到第二天下午，趙仁宗才頭重腳輕地從床上爬起，喚了馬工勤打道回府。

自從丁小玎不願接電話後，張河就有了許多胡思亂想。他倒不在乎丁小玎跟他耍小性。他怕的是丁小玎因賭氣而一時糊塗，真的將那孩子留下，鬧個兩人同歸於盡。從拉赫基項目隊一回來，他便接到妻子從國內的來信，說司長已通知她明年初來使館做隨員。信上說女兒的事已安排妥當，她走後姥姥姥爺繼續給帶，並已託人從鄉下老家找了個年輕姑娘來幫忙。家常說完，又說了些兩人間的貼己話，就看得張河渾身起了燥熱，恨不得當下便摟了妻子親熱一番。待放下信，這才又想起了丁小玎。下身處禁不住一涼，就有了絲絲冷氣向上竄動。心想這頭的事當真要趕緊處理了。若是因那一時的衝動毀了自己的前途和家庭，怕真是要悔青了腸子呢。

但悔恨歸悔恨，想到丁小玎，仍有番惆悵在張河心裡一片片漫開來。尤其是見了那雙勾人魂魄的眼，人便有些不由自主。有時就想，若是讓自己重頭來一回，會冷了誰熱了誰呢？

同樣是漂亮女子，妻子恃驕仗寵，那美麗中便有了幾分刁蠻。倒是丁小玎的溫存和善解人意，更合著人的心思。每每想到這些，張河便就要感嘆，何以兩人沒相逢在未娶時呢？以至到了如今，一番纏綿繾綣的恩愛，反倒成了孽緣，活活地拖累著人。

翻來覆去想一陣，便在屋裡坐不住了，出門咚咚咚下了樓去。也不管眼下正是上班時間，只管去車庫開了自己的車子出來。車開進丁小玎所在的公司後，張河在院子裡尋了個陰涼處停下車，就去了辦公室找人。果然就見了丁小玎坐在辦公桌前打字。見他來，丁小玎沒有太多的驚訝，淡淡地打個招呼，就又埋頭去幹自己的事了。倒是對面桌前的一位中年男人，也是翻譯，極熱情地拉了張河在椅子上坐下，絮絮叨叨地問起了拉赫基項目隊抓人放人的事。張河儘管心裡著急，卻又不得不敷衍這呶呶不休的男人，七扯八扯說一陣，心裡越發地焦躁。嘴上應著話，眼卻不停地去睃一旁的丁小玎。偏那丁小玎就像沒看見他一般，連眼皮也不曾往上抬一下，只將那打字機敲得啪嗒啪嗒直響。終於，字打完了，丁小玎拿著打好的文件，站起身出了門去。

張河同那中年男人道聲再見，急急地攆了出去。到院子正中間，他叫了她一聲。丁小玎回過頭來，一臉的平淡，撩了下耳前的頭髮，仰臉問：「張祕有事麼？」

張河怔住了。先前在辦公室裡，丁小玎一直埋著頭，張河又只顧應付那男人，也就沒十分看清她的模樣。這會兒在烈烈的日光下，那張瓜子臉就見了蒼白憔悴。說話間，幾縷碎髮隨著風往前飄，一晃晃地遮了半個眼去。平日裡招人疼惹人愛的杏核眼，也就看著像烏眼青了一般。張河心想，她這是怎麼了？難道那一日的事，竟將她惱成了這樣？想著，心裡就起了百般的憐惜，縱是有滿肚子的話，便也是一句也說不出來了。

見他只管發呆，丁小玎便說：「既然你沒事，那我就走了。」說罷轉了身就走。張河趕緊上前一步，攔了她說：「小玎，你別這樣，如果沒事，我會這麼不顧影響的來找你麼？你就是生氣，也該聽我說幾句的，不能這麼一見面就走。即便是犯人，法院也要給他申訴的機會，我當真連犯人也不如了？」

丁小玎說：「你這會兒倒顧忌起什麼影響來了。既然你覺得來找我影響不好，那又何苦要來呢？也是，你是什麼人，我又是什麼人？說來說去，咱倆本就不該攪到一塊兒的，影響不好麼。」

張河跺了腳說：「小玎，求求你別說這些氣話了。你當我這些日子心裡好受？前兩日我隨參贊去了拉赫基，心裡卻無時無刻不在想著你，我不會丟下你不管的。」

丁小玎說：「你當然得管。你若不管，孩子生下來了，你的前途也就完了。」

張河說：「你真是這樣在看我麼？我不信。你是在說氣話，是不是？你心裡不會這麼想的。你一定還在為那日建設部看見的事生氣。不過那件事你真的是誤會了。那日杏兒指了要坐我的車，又當著處裡人的面，我沒法跟她抹下臉來。那一路我原本沒答理她，一直由著她呱呱地瞎扯。沒想她說著說著就哭開了，我這才取了紙巾讓她擦臉。誰知她卻抓了我的手就不放，恰好又讓你給看了去，結果不是屎也是屎了。不過你應該相信我，我和她之間，真的是什麼事也沒有的。」

丁小玎說：「你今天來，就是為了來給我解釋這件事麼？若是，那就不必再說了。你以為我是在為她吃醋，這根本就看低了我。就為了這個，咱們也沒法再處下去了。今天我仍是當同志待你，可以後就別再來找我了。」

張河一聽就急了，說：「小玎，你不能這樣！」

丁小玎說：「我為什麼不能？難道你還能強迫我跟你來往不成？」

張河說：「我當然不會強迫你的。只是，如果真的是咱倆和不來，那我無話可說，我也不會再來糾纏你的。可前段時間，咱倆一直好好的，況且你如今又有了，嗯，那個。我若丟下你不管，那就太不是人了。」

丁小玎說：「我知道你惦記的就是這樁子事。我不是對你說過了嗎，即使那孩子真的生了下來，我也絕不會對任何人說出他的父親來的。如果你需要，我可以發毒誓，要聽麼？」

張河說：「小玎，你別說這些好不好？我難道連你也信不過了麼？但你想想，不管你說不說，別人還是一樣會猜到的，我照樣是脫不了干係的。」

丁小玎的嘴角牽了些淺淺的淒清出來，強笑了說：「你到底還是害怕了。繞這一大圈，你擔心的不是我，仍是你自己。這個我早該明白的。可直到這會兒你親口說了出來，我才相信了。我也是夠笨的。不過你放心，孩子的事我會處理好的，決不耽誤你一絲一毫的前途。」說罷，扭了頭就走。張河要追上去，卻見汪經理從屋裡走了出來，招呼著丁小玎去一下。張河只好擠出笑，同汪經理打個招呼，怏怏地上了自己的車去。

待丁小玎從汪經理屋裡出來時，張河的車已不在了。丁小玎去到太陽底下，讓白花花的地面一晃，眼前就起了陣眩暈。便趕緊折了身子，用手搭了眼，慢慢地往宿舍裡去。進了屋，往床上一靠，淚水就下來了。心想這果真是那個同她恩愛過的男人麼？那男人前幾日還痴痴地戀著她，如今卻是連一句情深意長的話也沒有了。就是那雙眼，也只剩下了焦慮和膽怯。

丁小玎感到悲哀。都說女人最不易滿足，可實際上，幾句甜言蜜語，也就能哄了她們高興。可男人們，有時卻粗心或吝嗇到連句好話也不會說。丁小玎想，她本來是沒打算瞞他的。可現在，她卻是不會對他說實話了。她不僅不想告訴他孩子已經做掉，就是連面也不想再同他見。他們倆算是徹底的完蛋了。

這麼想著，就趴在了枕頭上，嗚嗚地哭出了聲來。哭一陣，這才去衛生間扯了塊毛巾擦臉。擦罷，去鏡子前梳頭，一低眼瞅見了賈老板送她的法國香水。心裡一抽，就有個東西跟著往下落，深深淺淺一路磕碰下來，把心砸得隱隱作疼。

那日賈老板送她進手術室時，對那俄國女醫生說，他是她的丈夫。女醫生有些詫異，來回盯了兩人幾眼，到底還是沒說什麼，只讓丁小玎換了醫院的白袍，便帶了她進手術室去。麻醉醫生是個高個子的俄國男人，戴了副極大的口罩，幾乎就遮了整個面孔。待女醫生在消毒液裡泡過手，穿上手術衣，麻醉醫生便俯下身子給丁小玎扎針。一縷金黃的鬍鬚從口罩邊曲捲著探了出來，上上下下的抖顫著，丁小玎看得有趣，方才的恐懼也就淡了幾分。輸上液體後，俄國男人伸出手，輕輕地撫了丁小玎的頭說：「好了，閉上眼好好睡一覺，什麼也不要想。等你醒來時，一切就過去了。」讓他這麼一說，丁小玎果真就迷糊了起來，立刻渾沌沌地睡了過去。

待丁小玎醒來時，人已躺在了病房裡。她動動身子，覺著有些乏力，除此外倒沒有什麼別的感覺。正想支了胳膊坐起身，就見了賈老板坐在床邊看著她，這才想起自己除套了件白袍外，裡面是一絲不掛的。這麼一想，就羞得不敢動彈了，拉了被單將身子緊緊地裹住。

見她突然紅了臉，賈老板有些詫異，卻又不好意思去問。四下裡看看，隨即明白了過來，從床腳拿過她的衣服說：「你穿吧，我去找醫生辦手續。」說罷趕緊就走，走到門口又說：「那罐裡的湯，你先把它喝了，還熱著的。」嘴裡說著，人就已經不見了，只有陣忙亂的腳步聲斷斷續續地從門外傳來。

一旁的病床上就有人嘖嘖，是個當地女人，咂巴了幾下豐潤的嘴，卻又低低地嘆出口氣來，哀矜了聲說：「你真是好福氣呀。從你出來，你丈夫就在這兒守著你，已經大半天了。」說罷，又嘆氣，鼻息裡就有了些空虛的嗞嗞聲。

丁小玎聽得發楞，扭過頭問她：「現在是什麼時候了？」

女人說：「快四點了吧。」

丁小玎一驚：「我睡了有那麼久？」

女人說：「可不，六七個小時了。只可惜你沒看見你丈夫怎麼對你的。他們把你從手術室推出來時，你丈夫不肯讓別人碰你的身子，他一個人把你抱上床的。」

丁小玎趕緊背過身來繫扣子。指尖一下下使著勁，彷彿這樣便能將滿臉的通紅拭幾分清白出來。繫完扣子，這才去打開床頭櫃上的小罐，原來是滿滿的一罐雞湯。丁小玎鼻子一酸，拿過小勺，低了頭小口小口地啜著湯。喝到一半時，聽隔壁床上那女人又在問：「太太，你結婚多久了？」

丁小玎支吾了說：「剛半年多。」

女人艷羨地看了她，說：「正是好時候呢。你丈夫是做啥的？」

丁小玎遲疑了一下，說：「他開了個餐館。」

女人說：「也是了，做這個生意的，自然結交的人多，難怪連衛生部長也認識。」

丁小玎心裡就有了異樣，轉了頭問她：「你說什麼呢？」

女人說：「你當然不知道，那時你還沒醒呢。衛生部長今上午來醫院視察，認識你丈夫的，說你丈夫結了婚也不告訴他一聲，罰他改天請客……」

說著賈老板就回來了，丁小玎趕緊埋了頭去喝湯，頭髮垂下來，掩了臉上的傷慟和羞愧。賈老板也不做聲，立在一旁靜靜地等著。直到丁小玎將湯喝完，賈老板才開口說道：「咱們回家吧。」

車就停在病房外。兩人上車後，賈老板盯她一眼，問：「你這樣回去能行麼？」

丁小玎卻不敢看他，只垂了眼說：「沒事的，我覺著還好。」

賈老板又看她一眼，這回眼裡多了些東西。說出的話卻仍然是淡淡的：「你的臉色不好看。」

丁小玎抬起眼，對著倒車鏡看看，從挎包裡掏出化妝盒，施了些脂粉和口紅。賈老板這才發動起車子，慢慢地向外開去。

兩人一路無話。到了公司門前，丁小玎說：「我就在這兒下吧。」說完，終於抬起眼看了看賈老板，說：「我該謝謝你的，可是……」話到這兒，不知怎麼就說不下去了，眼皮一軟，睫毛撲散了下來，一顫一顫地遮了半個眼。

賈老板說：「你不必說什麼了，回去自己注意好好休息。」說罷，又看她一眼，看得她起了滿心的寂寞蒼涼。她不再說什麼，轉過身走了。

這會兒，握著那瓶法國香水，淡忘的寂寞又漫散在了心裡。奇怪的是，面上卻無端地生出了一陣灼熱，頓時將個青白的面孔塗抹出幾分紅暈來。丁小玎看著鏡子裡的自己，呆呆地站了幾分鐘。最後，長長地吁出一口氣，扯下毛巾擦擦臉，放下香水瓶出門去了。

11

趙仁宗前腳出門，杏兒後腳便跟了出來。一早邊桂蘭來電話，說衣服做好了，讓杏兒過去試試。放下電話，杏兒心裡就惦上了，只是礙著趙仁宗的面，不敢露出心慌走神的樣子。好容易等到趙仁宗出門，便立刻丟了手裡的抹布，興沖沖地出了門去。

十多天前，邊桂蘭約了杏兒去逛大街。這回不看首飾，單單往那布店裡去。走了七八家，也沒見到塊可心的花布，杏兒就說，走一身汗了，咱們還是回家吧。邊桂蘭趕緊伸手拉了她，說，瞧你忙個啥哩，橫豎是出來了，再去那邊的小街上看看。

兩人就去了一旁的小街，街中間果然有個布店。兩人進門翻一陣，邊桂蘭就瞧上了一塊臺灣產的尼龍喬其紗。米粒大小的柳黃色碎花，星星點點地散落在淡紫紅的底子上。拿在手裡捏捏，質地也算得上十分的柔軟薄綃。邊桂蘭立刻就扯了去鏡子前比試，嘴裡叫了杏兒說，你瞧瞧這面料花色，多時髦多洋氣，活該咱用來做晚禮服了。真是，別說咱這樣的人了，就是那些老土們穿上，也要襯出那幾分人才來呢。到國慶招待會時，咱倆一人穿上一件，還不把那些夫人們通通給比下去了？

杏兒就讓她給說得動了心。這之後，兩人便常常關在了圖書室裡，將各種電影畫報攤一地，看著畫報上明星們的服飾，在紙上畫出些肥肥瘦瘦的衣服來。因了這衣服是在國慶招待會上穿，就有了格外的意義，又因著慎重，兩人的言語之間，不免就添了些吵吵嚷嚷。每每吵鬧一陣，就要定下個樣式來，可到第二日一翻畫報，必定有一人要反悔。如此幾番，就要到了國慶節，杏兒終於撐不住，勉勉強強地依了邊桂蘭，讓她拿了畫報比照著去做。偏那邊桂蘭喜歡吊人胃口，就此日日掩了房門，不讓外人進去一步，倒真把杏兒熬了個心急火燎。

這日接到電話，杏兒自是歡喜，待趙仁宗一離開，便急急去了邊桂蘭家。剛一敲門，邊桂蘭就伸出了頭來，一把拽了杏兒進屋，嘴裡問：「咋這半天才來呢？」卻也不等杏兒回答，便催她脫了身上的衣服，拿了新裙子往身上套。待穿上後，又東扯西拽一陣，這才歪了頭上上下下地看。看罷，一把推了杏兒往鏡子前去，口裡笑道說：「瞧瞧，這裙子一穿，就變了個人了。不信你走出去試試看，一晃眼興許都認不出來了。」

杏兒便也跟著往鏡子裡看。看著看著，臉上有了些疑惑，扭了臉問：「這是書上的那個樣子麼？」

邊桂蘭說：「當然不是了。那樣子是外國女人穿的，咱能穿嗎？前面豁著半個奶子，後面光著大半個脊梁，丟人不丟人呀。咱要穿那樣的衣服出去，還不讓人指了罵，說咱大白天裡發騷情哩。你看我這樣式，小圓領，喇叭袖，再加上這些花邊，又好看又文明，不比那書上的強多了？」

杏兒聽了，沒把這話琢磨過來。覺著哪裡不對，卻又說不出個道理，只好低了頭，去撫弄著胸前的一大篷花邊。就聽邊桂蘭噢一聲，扭了身就走，去到枕頭下摸出串鑰匙，回身打開衣櫃，埋了頭在裡面撥拉著什麼。找一會兒，用指頭拈了條項鍊過來，掛在了杏兒的脖子上，這才說：「我說呢，方才總覺著缺了點什麼，這下就好了。看看，是不是氣派多了？」

杏兒看一眼鏡子，臉上也有了笑，說：「是，蠻洋氣的，像個貴夫人了。」

邊桂蘭就嘎嘎地笑，邊笑邊拍了杏兒說：「本來麼，外交官夫人不是貴夫人是什麼？來來來，再把這根金手鍊帶上。有金子在身上，人就不一樣了，要不咋說那穿金戴銀的人有富貴氣呢。你把手抬抬，對，好了，我的媽吔，真正是漂亮死人了！」

杏兒看著鏡子裡花蝴蝶一般的自己，也有了幾分陶醉，瞇了豆角眼說：「老邊，還是你行。有了你這份手藝，走遍天下都餓不死的。」

邊桂蘭說：「不少人都這麼說呢。想想也是呀，不管到了啥時候，人也要穿衣服的，尤其是這年頭，誰兜裡沒有倆錢？有了錢，便要指著穿好衣服了，我這樣的人是忙也忙不過來的。眼下我是沒機會，有手藝也只好擱著。等回國後，再熬上幾年，我也可以退休了，那時就氣氣派派的去開個店，專門做那高級時裝，還不發大財呀。」

杏兒聽了就點頭，又跟著嘆氣。邊桂蘭就說：「你愁個啥哩？二十幾歲的人，日子還長著呢，學啥都來得及。實在不行了，就上我店裡去，跟著我學裁縫，這輩子也就算是端牢個飯碗了。好了好了，你再看看這裙子，滿意不？」

杏兒便又低了頭去看裙子。細細地端詳一陣，說：「當然是滿意的。只是，這料子好像太透明了些。我不像你，有肉撐著，透出來人家說是豐滿。我露出來算啥？盡骨頭了。」

邊桂蘭說：「那怕啥哩，又不是光身子穿著，裡面還有褲頭和胸罩呢，誰看得清你那骨頭肉的。再說了，外國女人露著肉都不怕，咱怕個啥哩？你就放放心心地穿吧。」

杏兒聽了也就無話。換下新裙子，執在手裡，笑了說：「一會兒回去，再穿給老趙看看，聽他說些什麼。」

邊桂蘭撇著嘴說：「罷罷，男人家懂什麼服裝樣式？這衣服我就一直沒讓老韋看見。你也先別去顯擺，等到招待會時，咱倆一塊兒穿出來，還不嚇他們一跳？你家參贊又是個愛俏的人，見你打扮得那麼漂亮，晚上還不愛死個你呀？到時有你哎哎呀呀的叫了。」

一番話說得杏兒紅了臉，伸了手就去膈吱邊桂蘭。邊桂蘭呱呱地笑，抖顫了一身的肉往沙發後躲。兩人笑鬧一陣，又約了下午去游泳，杏兒這才回了自己的屋去。進門先將那裙子小心地收到了衣櫃的角落裡，準備著在國慶招待會時讓趙仁宗意外地驚喜一下。

這日恰好是休息日。因少了樁心事，杏兒午飯後竟一覺睡到四點半才醒過來。杏兒一動，趙仁宗也跟著醒了，哼哼哧哧地在床上翻身。杏兒便趕緊爬起來，進到廚房給他沏茶。待茶端出來，趙仁宗已坐在了沙發上，嘩嘩地翻看著報紙。

杏兒放下茶，問：「你下午不出去麼？」

趙仁宗說：「這麼熱的天上哪兒去？倒不如在屋裡清清靜靜地待著看些東西。你要是想出去玩，另約個人去吧，記著早點回來。」

杏兒應一聲，便去衣櫃裡拿游泳衣。又尋了個塑料袋，將衣物和毛巾裝了，這才對趙仁宗說：「我同老邊去游泳，一會兒就回來。」

趙仁宗哼一聲，頭埋在報紙裡沒動。杏兒見他這樣，也不再多說，穿上拖鞋悄悄出了門去。待下到二樓時，便站在樓梯口，大了聲叫老邊。叫幾聲，卻不見有人回答，只好走過去，砰砰砰地敲著房門。敲一陣，倒是馬工勤的房門開了，探出個蓬頭倦面的腦袋說：「人不在，一家子去都醫療隊了。」

杏兒咦一聲，說：「好好的上醫療隊幹嘛。」

馬工勤說：「好啥哩，臉都燙得跟麻花一樣了。」

杏兒嚇一跳，問：「你說誰燙了？」

馬工勤說：「那還有誰？咱處裡的聰明人唄。你說說，哪有把罐頭擱水裡煮開了，再來開蓋子的？巧了又是紅燒豬肉罐頭，油油水水的噴一臉，沒燙瞎了眼珠子算她走運。嚇得韋祕四下裡找人，拉上老呂和張河一塊去了醫療隊。若是要住院的話，這幾天也就回不來了。」

杏兒問：「燙得有那麼厲害麼？」

馬工勤打了個哈欠，說：「誰知道呢，就看見花兒麻咋的一張臉，倒是怪嚇人的。」

杏兒便趕緊轉了身，去辦公室打電話。接電話的恰好是醫療隊的石隊長。石隊長說邊桂蘭只是表皮燙傷，不礙什麼大事，上了藥後已經回使館來了。只要注意別感染，一個多星期後就能恢復。

放下電話，杏兒就想，這老邊咋這麼倒霉呢？後天就是國慶招待會，巴巴地等了一年，臨到頭卻把自己給燙了。再說了，燙哪兒不好哇，偏偏要燙了臉。別說是參加國慶招待會了，這幾日，怕是連人都不敢出來見的。自己是頭次參加國慶招待會，沒了老邊助陣，到時候還不怯呀？

想著，就快快地回到了屋裡，將邊桂蘭燙傷的事對趙仁宗說了。趙仁宗聽說無大礙，也就放了心，對邊桂蘭不能參加招待會一事，卻是並不在意。只對杏兒說：「一會兒老邊回來了，你叫我一聲，我去看看她。」說罷，又低了頭去看報紙。杏兒見他不再說話，也就止了自己的話頭，出門下樓等邊桂蘭去了。

九月三十日。一大早，使館的男人女人們便開始忙碌。男人們打掃屋子擺放東西，女人們則摘菜洗菜準備餐具。宴會的人數按著三百人計算，別說是食品了，就是那幾大摞盤盤碗碗，便洗了兩個多小時。下午五點，女人們才回到各自的屋裡，急急忙忙地梳妝打扮起來。

邊桂蘭自燙傷臉後，便不再四處走動，大多數時間都自己待在屋裡。雖說燙得不算十分厲害，但看著總有幾分怕人。除了滿臉醬紫色的燙痕外，還有幾個半癟的水泡，軟塌塌地吊在臉頰上。奇怪的是眼角四周的皺紋倒是完好無損。那些白白細細的紋路，從眼角處伸出，上上下下的爬開去，乍一看那張臉活像隻狸貓。

聽見人們回來，邊桂蘭就去了杏兒的房間。杏兒剛洗完澡，穿著短褲胸罩在往身上噴香水。見邊桂蘭，杏兒就說：「老邊你可來了！今天一整天，我心裡都別別直跳，這可咋好呢？你不去招待會，我的膽就去了一半，我想這晚禮服今晚就不穿了。這衣服怪乍眼的，到時別人死盯了我看，我這心還不虛呀？」

邊桂蘭眼一瞪，說：「怕啥哩，又不是光屁股去見人。我辛辛苦苦做一陣，不就是為了今晚去風光一場嗎？如今就是因為我去不了，你才更要穿了這衣服去，讓那些人睜眼看看，咱們也不是上不了臺盤的土包子。好了，別東想西想了，今晚上你一定是最風光的人。你想想，在門口迎接來賓的三個夫人裡，就數你年輕漂亮，那些人看著都要眼紅呢。來吧，我幫你把衣服穿好。你的吹風機呢？」

杏兒說：「在桌子裡。」說著，開了寫字檯的抽屜，拿了吹風機出來。邊桂蘭用梳子捲了杏兒的頭髮，唰唰唰地來回扯了吹。撥弄一陣，杏兒的頭蓬蓬地成了朵菊花，一張窄臉越發的往小裡去了。

邊桂蘭歪著頭看看，滿意地說：「這下行了。」說著放下吹風機，又去理杏兒胸前的花邊。之後推了杏兒到桌前坐下，打開化妝盒，抓了支眉筆在杏兒的臉上塗抹起來。

杏兒盯著鏡子看一陣，小心地問：「老邊，這眉毛是不是畫得太濃了？」

邊桂蘭說：「這就是你不懂了。人家說，白天妝要淡，晚上妝要濃。妝淡了，往那燈光下一站，臉上便啥都沒有了。來，把胭脂遞給我一下。瞧瞧你這化妝盒！杏兒，不是我說你，老趙掙那麼多的錢，咋就連個像樣的化妝盒也捨不得給你買呢？你如今是參贊夫人了，可別把自己弄得太不值價了。如今街上有的是賣法國化妝品的，你自己去買一個呀。」

杏兒臉上就有了慚沮，垂了眼皮說：「出國前我買這個，還讓老趙給說了一頓，說我買得太貴了。如今還沒用完，就說去買新的，老趙能願意嗎？好在我也很少用這些東西，好壞倒是無所謂的。」

邊桂蘭攘了她一把，說：「就你老實！換個小媳婦，還不把老頭子給哄得團團轉呀。好了好了，讓我看看。嘖嘖，自個兒瞧瞧去，漂亮不？」

鏡子裡是一個濃眉毛，黑眼圈，粉艷臉蛋腥紅嘴唇的女人。杏兒有些詫異，回頭問邊桂蘭：「我這模樣能出去見人麼？」

邊桂蘭說：「笑話，這模樣咋不能見人了？就是要這樣子走出去讓她們瞧瞧，咱杏兒打扮出來，照樣是個天仙般的人哩。」

杏兒覺得邊桂蘭的話不無道理。但看著鏡子裡的自己，仍然有種怪異的感覺。還沒想出個頭緒，就聽見了門響，沒回頭就知道是趙仁宗進了屋來。就聽見邊桂蘭在叫：「參贊，過來看看，杏兒漂亮不？」

趙仁宗看著杏兒，臉上不見動靜，眼裡卻有了些異樣。過來對邊桂蘭說：「老邊，你忙這半天，回去休息吧，我也該換衣服了。」

邊桂蘭對杏兒一擠眼，嘻笑了說：「怎麼樣，我說要嚇他一跳吧？我走了，待你晚上回來，再告訴我招待會上的事。」說畢，一扭扭出了門去。

杏兒已覺出了趙仁宗的神情有異。果然，門一關上，趙仁宗便抹下了臉來，乜斜了眼問杏兒：「你果真要這個樣子去參加招待會？」

杏兒囁嚅著道：「老邊說，這是晚禮服……」

趙仁宗冷冷地打斷了她的話：「你跟我這麼久了，竟還是這麼個愚笨的人。你以為你像個什麼？像個雞！」說著，便往臥室去。走過杏兒身邊時，突然狠狠地攘她一把，恨聲說道：「馬上去把臉洗了，衣服換了。不把自己弄成個人樣，今天就不要想出門！」說罷也不再回頭，咚咚咚地進了臥室。

杏兒噙一眶的淚，卻是不敢出聲。悄悄去到衛生間，扯下毛巾把臉擦洗乾淨。洗罷，脫下裙子，團在手裡拿著，這才進了臥室來。趙仁宗已穿好了衣服，正對著鏡子在打領帶。杏兒打開衣櫃，怯怯地問：「老趙，你說我穿哪件衣服好呢？」

趙仁宗看一眼杏兒瘦巴巴的身體，皺了眉說：「你自己看著辦吧，只要穿出去不讓別人笑話就行。」

一句話又噎得杏兒開不了口。待趙仁宗走開，杏兒才去扒拉衣櫃裡的那堆衣服。看一陣，揀了件水紅色的旗袍穿上，又往臉上施了些薄粉，這才提心吊膽地走了出來。趙仁宗已等得不耐，提了聲說：「快點吧，大使還要在會前講幾句話呢。」邊說邊就往外走。杏兒見他對自己的衣服不再有什麼異議，這才放下心來，趕緊跟著攆了出去。只是，積了數月的企盼和喜悅，這會兒早已煙消雲散，只有份重重的心思懸墜在了心裡。

每個中國公司的總經理都收到份請柬，應邀參加國慶招待會。汪經理便帶了丁小玎來做翻譯。丁小玎略施薄粉，穿一件白底碎花的布裙，圓潤白皙的脖頸坦露著，卻是連根項鍊也不戴。在一群花枝招展珠光寶氣的女人中，這一份素雅，倒也有些格外的動人之處。

丁小玎一進宴會廳，張河就看見了她。心中一喜，趕緊上去打著招呼。丁小玎客氣的應酬了一句，就轉了頭去同別的人說話，竟是不再看張河一眼。讓她這麼不顯山不顯水的一晾，張河便覺出了幾分冷落，只好訕訕地執了酒杯，去一邊同旁的人寒暄。只是嘴裡說著話，眼卻忍不住要往這頭覷，看著看著心裡就不自在起來。歐洲某使館的一位年輕三祕，只一會兒功夫，便不肯離丁小玎左右，笑聲裡慢慢就有了親昵的味道。張河在一旁看得焦躁，說出來的話就有些顛三倒四。那旁邊的人就笑，說張祕，宴會還沒開始呢，你咋就醉了？就這麼點酒量，還敢做外交官呀。

張河就也跟著笑，一臉的曖昧迷混。心裡卻想，明明是滿屋子的人，咋就讓人覺得孤獨寂寞呢？想著，又去看丁小玎，這回是去看她的身體。上上下下打量一陣，卻是什麼也看不出來。就又想，虧著她身材好。若是換個人，怕是早就顯懷了。只是這份僥倖，卻是守不久的，早晚要露出餡來。她如今一味地避著我，不肯同我商量如何處理這事，又叫人如何是好呢？

心中就越發地覺得了悵然無趣，也不待人勸，手中的大半杯威士忌，咕嘟嘟幾口便灌進了嘴裡，周身上下跟著就起了一陣灼熱。這時，聽見有人在大聲宣布國慶招待會開始。於是便趕緊站好，做出莊嚴肅穆的模樣來。

錄音機裡放出了兩國的國歌。之後，中國大使和當地政府總理輪流講話。儘管語言不同，內容卻大致一般，在熱情洋溢的讚美了兩國之間的深厚友誼後，都祝願這友誼不斷加深並發展長存。說完話，一盤盤精美絕倫的菜肴端了上來，在一片驚嘆聲中，主持人宣布宴會開始，女士優先。

男人們便很紳士的往後退。宴會是自助餐，用不著一個個去桌邊坐下，只消自己拿了餐具去取菜。女人們推推攘攘一陣後，杏兒被擁在了第一個。

杏兒原不願做這第一的。今晚一開始，她就被晚禮服的事攪得心神不定。直到與大使夫婦，政務參贊夫婦站在宴會廳門口迎接來賓時，她還在為晚禮服的事忐忑不安。儘管這一刻的風光，從她知曉起，便巴巴的等了大半年。待真的站在了這門口，滿心的企盼和歡喜，卻一下濟泊了許多。

見到人來時，杏兒便慌慌張張地伸手去握，但吳家琪教了她十幾日的那句話——喂我康母(welcome)，卻忘在握手時說了。待見到趙仁宗拿眼瞪她，這才一下省了自己的失誤，忙堆下笑來，喂我康母喂我康母地喚著來人。她說一句，客人也要說一句，有些人還嘰哩咕嚕地說上一大堆。但這些人說的是什麼，她便一句也不懂了，只好拼命地咧了嘴笑。到後來，連喂我康母也念得無趣，就剩了個淒淡空虛的笑，孤單單的在眼角掛著。

這會兒，沒等她明白過來，已經讓女人們給擠到隊伍前去了。知道這場合不興拿捏做態，只好硬了頭皮去取餐具。也是她心裡發慌，餐具剛拿到手裡，勺子便滾了出來，哐鈴鐺啷落在了地下。杏兒紅了臉，張皇著四下裡看，偏偏就見了張河正拿眼鄙薄地盯了她。一張窘臉頓時便消了紅暈，顯出十分的青白絕望來。虧著她身後是大使夫人老林，趕緊替她挑了把勺，又輕輕拉了她去取菜，才算將這番尷尬掩了過去。

杏兒取罷菜，去牆角尋了個椅子坐下，將盤子放在膝蓋上，低了眼左右看著。待見到有人開始吃了，這才捏了勺子，慢慢地往嘴裡送。吃一陣，又四下看看，見沒人注意到她，心裡一鬆，手裡的勺子便送得快了許多。不僅嘴裡漸漸有了聲響，臉上也跟著顯了酣爽淋漓的神情。正揀了塊雞腿肉津津有味地啃著，就有人站在了面前。杏兒抬頭看，是張河，便用紙巾擦了擦油膩膩的嘴，問：「你怎麼不去拿菜呢？」

張河用手指捻著酒杯，半瞇了眼說：「看你吃就行了。」酒在杯子裡悠悠地旋著，泛一圈黃澄澄的漣漪出來。

杏兒笑了，用勺子敲著菜盤說：「光看人家吃咋行呢。要不，你嘗嘗我的？真是挺好吃的。只可惜他們平日裡不做這費工的菜，都聚到這一頓來饞人了。你說，這不是讓人恨自己的肚子小麼？」

張河拖長了腔問：「你當今天是什麼日子？聯合國救濟非洲難民麼？」

張河這一說，杏兒方才覺出了話裡有異。手一縮，盤子又放回到膝蓋上，瞪了眼說：「我好心對你，你卻說出這樣的話來，你這人咋這麼沒良心呢？」

張河嘴角動動，像是笑，眼裡卻沒有一絲笑意。停半晌，才說：「如今你是參贊夫人了，好歹要記著自己的身份。縱使你不要面子，我們卻是要的。我不過是想提醒你注意一下自己的儀態。你方才的吃相實在是不雅，就不怕別人笑話麼？」

杏兒沉下臉，恨恨地說：「我知道你對我是看不過眼的。我就是做得再好，也合不了你的心思。你這麼要面子的人，咋不去管管你那小丁呢？我就算吃相不雅，做人總還是規規矩矩的吧?你瞧瞧她，一來就扎進男人堆裡，到這會兒還沒完呢。不就是顯著她會說幾句洋話麼?你瞧呀，還跟那外國人笑呢，這簡直是有損國格麼。你咋不去管管她呢?」

張河聽著，卻是連頭也不回。待把杯裡的酒倒進嘴裡後，才說：「這年頭，誰管誰呀。能管好自己就不錯了。」底下的話不說了，也不再看杏兒，搖晃著身子去了一邊。

讓張河這麼一攪，杏兒也就無心再吃下去，勺子在盤裡扒拉了兩下，心裡越發的不快。眼盯了丁小玎，心裡就罵，你個騷狐子，上咱使館來顯什麼能耐?看看在座的女人，不是外交官夫人就是官員的夫人，誰個不比你有身份?就因為了都是規矩女人，才不能像你這麼張狂下賤，反倒由著你出盡了風頭。說到底，你算個什麼東西?不過來給別人做翻譯吧，倒把自己捧得像個主人一般。今天這晚上，活活的是吃屎的把屙屎的給欺負了，這叫啥事呢!

正氣恨著，就見一位中國公司的經理走了過來，滿臉堆笑對她打著招呼。杏兒就想起了什麼，卻另提了話頭問那經理：「吃好了麼?」

經理說：「好了好了，使館這次準備的真豐富呀。在國內時，啥館子都去過了，可有些菜真是今天頭次才見著。」

杏兒就收了眼笑。笑罷，這才又問：「歡歡還好麼?」

經理先是一怔，待悟過來，臉上就有了難色，斂了笑說：「唉，這咋說呢。本來是好好的，可不知怎麼惹了當地人，讓人給毒死了。」

杏兒一激靈，那眼就扯直了，停一停，這才問：「死了？什麼時候死的？」

經理說：「前幾日吧。原想告訴你的，又怕你知道了難過，就沒給你打電話。你也別太上心，不就是條狗麼？若是你喜歡，過幾日我再讓人給你找一條就是了。」

杏兒說：「歡歡又不討厭的，怎麼會惹了當地人呢？」

經理說：「具體的我也不清楚，只聽說當地人曾經找來過，說這狗天天晚上去鑽人家的羊圈，偷了人家的小羊吃。當然，這未必是真的，所以我們也沒認那個賬。後來那當地人說若是我們不管，他們就要毒狗了。一開始，也只當他們是說來嚇唬人的。後來見狗死了，才知他們真的是下了手。」

杏兒仰了頭看著經理，說：「當地人說的是真的。牠一直吃不飽，不去偷又怎麼辦呢？」說罷這句，就再沒有了話，只低著頸子扒拉著盤裡的剩菜。那經理也就不敢再多說，支吾了兩句，趕緊上一旁找人說話去了。

杏兒就有了淚噙在了眼眶裡，只是不敢落下來。這是個喜慶的日子，又是個莊重的日子，無論如何是不能為了一條狗在這兒哭的。憋一陣，心裡越發地難受，就站起身往宴會廳的側門走去。

宴會廳的側門外是一個小小的花園。這裡也扯了些紅紅綠綠的燈，便有了三三兩兩的人在這裡聊天。杏兒出了門，見丁小玎與醫療隊的石隊長站在一起。兩人正說著話，就有一位當地的政府官員，拉了開餐館的華人賈老板來，笑嘻嘻地對丁小玎說了些什麼。丁小玎一愣，臉上就有了尷尬，在一旁的醫療隊石隊長卻大驚失色。石隊長看看賈老板，又看看丁小玎，臉上立時顯了窘迫。於是趕緊點頭笑笑，疑疑惑惑地便回身往宴會廳裡來。石隊長一離開，丁小玎便也有些心神不定。她敷衍了幾句那位政府官員，也一轉身離開了賈老板。

杏兒心裡一動，身子縮回到門裡。等著石隊長進門，走過了她身邊，這才慢慢地跟了上去。

張河是讓呂伊芬給送回來的。

張河離開杏兒，便又去拉著吳家琪喝酒。兩杯酒下肚，張河的神情便有些不支，絮絮叨叨的對吳家琪說起了丁小玎。吳家琪這晚給趙仁宗做翻譯，不敢隨意走開，便悄悄叫來了呂伊芬，讓她趕緊送張河回屋。

進到自己的房間，張河便愈發的口無遮攔，索性拉了呂伊芬的手說：「呂大姐，你給評評理，小玎她能這麼對我麼？我們倆的事，她不能一人就說了算，是不是？就算，就算我們不是夫妻，但我是怎麼對她的，她心裡該明白呀……」

呂伊芬就攔了他說：「張河，那頭屋裡還有人呢。有些不該說的話就不要說了，趕緊躺下睡吧。」

都說酒醉心明白。呂伊芬這麼一攔，張河果然就不說了，卻低了頭，嗚嗚地哭了起來。鑾大的一個人，哭起來卻如同孩子一般，呂伊芬勸他不住，急出了一頭的汗來。這時，就聽邊桂蘭一路嚷著進了門：「咋的了咋的了？哇，當真是喝不要錢的酒呀，居然醉成這個樣子！來來來，老老實實的給我躺到床上去，你這傢伙還怪沉的呢。」說罷，扯了毛巾被給張河搭上，這才偏了頭問呂伊芬：「今天招待會怎麼散得這麼早呢？」

呂伊芬說：「沒散呢。我是見張祕喝多了點，就先送他回來了。」

邊桂蘭臉上就有了動靜，越發像隻面目猙獰的貓。仔細了看，才看出是在笑，一邊笑著一邊說：「這小子真是醉得不輕呀。你等等，我去廚房裡找點醋來，灌他一大碗就好了。」說罷，也不等人答腔，自己轉了身就走。

邊桂蘭走開，張河也不哭了，昏昏地睡了過去。呂伊芬去到衛生間，取來毛巾給張河擦了把臉，又拿了個臉盆放在床前。還未歇一下，邊桂蘭便風風火火地闖了進來，嘴裡叫著：「來來，幫我把這醋給他灌下去，一會兒準好。」

呂伊芬沒動，說：「這麼一大碗呀？」

邊桂蘭說：「這有啥哩，在我們老家，還有灌一瓶的呢。來，你幫我扶著他。」說著，就捏了張河的鼻子，一抬手將醋灌下了大半碗去。張河讓醋一嗆，咕咯咕咯地打起了嗝，嘴也大張著喘著粗氣。邊桂蘭就說：「好了好了，酒氣快出來了。」話剛落音，張河果真哇地吐了出來，虧得呂伊芬在床前放了個盆子，方才沒弄得滿身滿地的腌臢。張河吐完，漱了漱口，仰頭倒回床上繼續又睡。

邊桂蘭說：「沒事了，他這一覺，少說要睡到明天晌午去了。」

呂伊芬說：「那就好，我也回屋去歇歇。」

邊桂蘭咦一聲，問：「你不去會上了？」

呂伊芬說：「我有些頭疼，想早點休息。」

邊桂蘭搖著頭道：「你們這些人好沒福氣。去年招待會，我們玩到十二點過才回來。客人走後，我們自己又吃了一陣，那才熱鬧呢。」

說著話，兩人出了門，各自回到各自的房間。

呂伊芬回到房間，便拿了睡衣進到衛生間去。一抬頭看見鏡子裡的自己，倒也比平日裡光亮嫵媚了幾分。心裡一動，就禁不住多看了幾眼，哪知看著看著，眼裡竟有了幾分淚光。

於是低下頭，輕輕地嘆口氣，戴上浴帽打開了水龍頭。

洗完澡，呂伊芬去到外屋的沙發上坐下，隨手拿起旁邊的一本《讀者文摘》。頭天，她翻到篇文章──「性激素影響婦女的一生」，這會兒便又接著看。看著看著，心裡就起了疑惑，心想莫不是我也到了更年期？要不為什麼人人都喜歡的事，偏就我一人提不起興趣來？看來我是命中注定做不了這外交官夫人，過不了悠閒無聊的日子。若果真如此，還莫如早些回到醫院去。儘管是整日裡忙忙碌碌，卻也少了許多煩人的心思。這麼一想，心裡反倒豁亮了一些，竟靠在沙發背上，迷迷糊糊地打起了盹。

杏兒在門口站下，伸手推了下房門。門吱呀呀地開了，跟著旋出來一股酒氣。杏兒支耳聽聽，除了鼾聲，屋裡沒有別的動靜，便放了心，踮著腳尖進了屋去。

張河側身躺在床上。床頭燈漫灑出片檸檬黃的光，在他身上薄薄地鋪了一層。杏兒走近床邊，微微埋下頸子，定了眼看著張河。心裡想，這男人在睡著時，便沒有平日那麼冷傲了，倒是有幾分乖憨呢。想著，便忍不住伸出手去，握住了張河額前的一縷頭髮。髮絲在掌心裡滑動，就有了熱從手指竄去了心裡，在身子的上上下下來回衝撞。

杏兒禁不住雙腿一軟，人跟著癱坐在了床沿邊。索性就大了膽，在這個讓她又恨又想的身體上來回摸著。摸一陣，就有淚從眼裡滾了出來，一顆顆落在男人的手臂上。杏兒也不去擦，反而埋下頸子張了嘴去吮。吮著吮著，嘴唇漸漸的就往上移，最後落在了男人的嘴上。

那酣酣睡著的張河，竟也伸出了手來，把個杏兒死死摟進了懷裡。接著，撕扯開杏兒的衣服，手在裸露的胸脯上來回搓揉。杏兒心跳的發慌，卻也隨著他去，只管咬了嘴唇不吭聲。待情不自禁時，索性反過身去，將張河的衣扣一一解了開來。再往下，一張臉便顯了從未有過的嬌艷，身子也只如花搖柳顫一般。待那男女之事行到高潮時，張河一下叫出了聲，反反覆覆的卻只是兩個字：「小玎，小玎，小玎……」

杏兒原本已快活得雲裡霧裡，張河這一叫，像是頂頭澆了盆涼水，身子禁不住簌簌的發抖。一張紅潤嬌艷的臉立刻失顏落色，霎時就現了平日的暗晦青黃。杏兒猛地翻身起來，狠狠地摔開張河的手，掩了衣服咬牙罵道：「好你個沒眼的東西！我擔了天大的風險從招待會上跑出了，就是想讓你知道她幹下的醜事。這種爛貨，正經男人躲都躲不開，偏你還口口聲聲地念著她想著她！不說她已經和別人有了野種，就是沒有，她真的把你放心裡去過麼？你只管一個心眼對她，卻不知她只是把你當做傻瓜來耍弄，她這種賤貨，有多少男人也是不夠的。難道這世上的女人都死光了，就剩下她騷狐子一個人了麼？那真的想你，疼你，愛你的人，你卻是連正眼也不瞧，只管把人家當做個惹閑氣的扯絆。你真是瞎了眼，塞了心，堵了竅！……」

杏兒罵到傷心處，自己先抽泣了起來。張河倒是自在，翻了個身繼續又睡。杏兒哭一陣，覺得了無趣，這才慢慢地收了口。正想著尋個東西擦擦臉，卻見了呂伊芬站在門口驚愕地望著她。杏兒情知方才的一番話已讓呂伊芬聽了去，索性不再掩飾，反倒冷下臉來大聲地說：「看啥哩看呢！」說罷，臉也不擦了，一邊整理著衣服一邊橐橐橐出了門去。倒是呂伊芬，讓她這麼一嚷，立時驚了個大紅臉，趕緊轉了身就往回走。待回到屋裡掩上門時，心裡還咚咚的直跳。

趙仁宗氣哼哼地回到了屋裡。在他獨自與大使夫婦、政務參贊夫婦站在宴會廳門口，滿面笑容的恭送賓客時，他就想好了要好好教訓杏兒一頓。待他回到屋裡，砰地關上門之後，就有了各種鈍響從房間裡傳出。奇怪的是，這晚無論他怎麼發狠，杏兒始終不吭一聲，往日的害怕畏縮竟是一絲不見。到後來，倒是趙仁宗自己累了，一屁股坐在沙發上，呼哧哧地喘著粗氣。

歇一陣後，趙仁宗緩過了氣來。他起身揪了杏兒，連拖帶拽地往臥室裡走。待走近床邊，便一掌將杏兒攘在床上，一邊罵著一邊撕扯著杏兒的粉紅旗袍。當他的身體壓住了杏兒的身體時，這才有了淒苦的呻吟從那個瘦小的胸腔裡擠了出來。這個聲音讓趙仁宗找到了往日熟悉的感覺，心裡的火氣頓時消了大半。他停止了咒罵，開始專心專意地折騰起那個蜷縮成一團的身體來。

12

呂伊芬走進候機室大廳時，一眼便看見了丁小玎。丁小玎同賈老板站在一塊兒，兩人正輕聲地說著什麼。乘這次航班回國的還有中國醫療隊，正排著隊在托運行李。因為人多，東西也多，行李托運處一片混亂。

呂伊芬便沒急著去辦手續。她轉過身，朝著丁小玎走了過去。吳家琪一直替她拿著行李，這會兒卻有些躊躇。遲疑了一陣，到底還是跟了上來，握了握丁小玎的手，說了些一路順風的客氣話。

張河也跟著車來送呂伊芬回國。見人們去同丁小玎寒暄，便折身回到候機室門口，扭了臉朝外面張望。賈老板見了，臉上就有了忿忿的神情，慌得丁小玎直拿眼求他。呂伊芬看出了端倪，便笑了對賈老板說：「真可惜吃不上你的海鮮了。什麼時候有了空，也回國來看看。只是，回國時不來找我，知道了不依你的。」

賈老板就笑了，說：「我是要去的。」說罷，不再看張河，轉了眼去看丁小玎，就有了光彩從眼裡流出來。

呂伊芬笑笑，握了丁小玎的手說：「咱們坐一趟飛機回國，也算是有緣吧。不過，這趟飛機可熱鬧了。你瞧瞧，那麼多的中國人，一路熱鬧著回去，倒是不寂寞的。」

丁小玎搖搖頭，說：「熱鬧有什麼好？太熱鬧了也吵人的。有時，吵也要把人吵寂寞了。」說罷，扭了頭對賈老板說：「你回去吧，餐廳裡還有事呢。」

賈老板說：「不忙，那些事什麼時候都可以幹的。既然來了，就要把你送進去才是。」

幾人正說著話，就見醫療隊的石隊長遲遲疑疑地走了過來。待走近丁小玎，便站住了，臉上有了一層層的窘色迭出。也不說話，只吭吭哧哧地咳嗽。咳一陣，到底還是開了口，剛叫出「丁翻譯」三個字，便沒有了下面的話。

丁小玎扭了臉，淡淡地看著他。國慶招待會後的第三日，汪經理便找了丁小玎去，追問她與賈老板的關係。這之前，丁小玎心裡多少還存些僥倖，想石隊長為人老持穩重，說不定不會將那衛生部長的話說給旁人去聽。待汪經理問起，便知道這一劫是躲不過了，也不等汪經理細問，便將做人工流產的事一五一十說了出來。

汪經理聽罷，一臉的沉重。靜一陣，才說這事是使館布置下來調查的。公司尚不知道，使館反倒先聽了去，這讓汪經理大為惱火。儘管他平日裡十分看重丁小玎，但出了這種事，他也無法再護著她了。

待汪經理說完，丁小玎便說：「汪經理，我不會讓你為難的。我知道我犯的錯誤有多麼嚴重，你該怎麼辦就怎麼辦吧。」

只是到最後，丁小玎也沒說出張河。既然人們已認定此事是賈老板所為，她也就昧著良心默認了。人們不會去問賈老板，他到底是外國人。就是她被遣返回國，她也只對賈老板說是公司臨時抽她回去幫助工作。

讓她椎心泣血的是，那以後，張河再沒來過電話。在她接到回國通知的那天，若不是賈老板匆匆趕了來，岔了她的話去，她幾乎就要說出張河來了。待賈老板走後，她開車去了與張河一起待過的那片海灘，獨自在那兒坐了兩個小時。

這會兒，石隊長來找她，她自然無話。只是當了人，不好太冷淡了他，便等著他自己開口。石隊長支吾了一陣，終於說道：「丁翻譯，我也是沒辦法了，只有請你去幫忙給說說。實在是，實在是麻煩你了。」幾句話說下來，竟出了一臉的羞汗，忙從兜裡扯出手絹，在額上來回擦拭著。

丁小玎抿了嘴看著他，看一陣，嘆出口氣來，問：「你要我幫你幹什麼呢？」

石隊長臉上就有了喜色，抬了眼說：「那個叫格曼爾的，說我們的行李超重，好說歹說也不給辦手續。我們跟他是不熟的，所以，所以只好請你幫忙給說說情了。」

吳家琪就有些詫異，問：「前兩天你們不是請機場的人吃過飯麼？」

石隊長說：「是呀是呀，是請過的。那個格曼爾那天有事沒去，今天恰恰又臨時換了他當班，這才不行了。」

丁小玎說：「也難怪人家的，你們的行李，每人少說也超重上百公斤吧？」

石隊長哪裡還好意思細說，只是拿著手絹在頭上揩來揩去。呂伊芬見這平日裡德高望重的人如此窘促，心裡不禁一軟，扭了頭對丁小玎說：「小玎，你若是有辦法，就幫幫他們吧，好歹大家都是中國人麼，也算是自己幫自己的忙。」

這話說出來，倒是讓丁小玎變了臉，冷了眉眼說：「中國人真的幫中國人麼？」說罷，轉了身向行李托運處走去。石隊長楞楞，看看呂伊芬，這才滿臉通紅地攆了過去。

那個叫格曼爾的官員正在喝斥著中國人。辦手續的是一位女醫生，手裡拿著具一百毫升的注射器，插在行李磅上的紙箱裡往外抽著什麼。丁小玎走近一看，注射器裡是黃黃的液體，便明白紙箱裡裝的是飲料。想來是醫療隊平日裡發給大家喝的，都讓這女人一點點積攢了下來，留待著回國時帶回家去。看著女人慌亂狼狽的神情，丁小玎心裡倒起了一絲悲哀。

那叫格曼爾的已不耐煩，索性直了嗓子叫喊：「你這麼一點點的抽管什麼用？你超的不是十斤八斤，而是二百多公斤！你也別在這兒耽誤時間了。要麼你別上飛機，要麼你丟下這行李，怎麼辦你自己選吧。我總不能為了你們幾個人，就耽誤了別的旅客辦手續。好了好了，先把你的東西拿到一邊去……」

正嚷著，就聽丁小玎叫了他一聲。那格曼爾先是把眼一鼓，待看清走近的人後，臉上就出了燦爛的笑。丁小玎上前握了他的手，就勢扯了他往一邊去，邊走邊說著什麼。說一陣，便見那格曼爾點了點頭，眾人心裡這就一鬆。果然，待那格曼爾再回來時，嘴裡便不再嚷了，只是板著臉把女醫生的行李往傳送帶上一扔，噼哩啪拉地貼上了行李籤。

丁小玎沒有立時走開。她站在一旁，有一句沒一句地同格曼爾搭訕著。兩人說著話，行李就一件件送到了傳送帶上去。待所有的中國人都辦完了手續，丁小玎才提了自己的行李來，一個軟皮的小衣箱。

格曼爾就有些驚詫，問：「你就這麼點行李麼？」

丁小玎笑吟吟地說：「我還要回來的，帶那麼多東西幹嗎？」

格曼爾也笑，一臉的釋然。待貼好行李籤，把登機牌遞給丁小玎後，他這才又問：「你什麼時候回來呢？」

丁小玎說：「頂多一個月吧。」

格曼爾的笑裡就有了輕鬆，說：「真主會保佑你一路平安的。」

聽他這麼一說，丁小玎的話倒有些不連貫了。她停了一陣，到底還是把話說了出來：「謝謝你，格曼爾，謝謝你。」說罷，轉了身就走。直到做罷安全檢查，這才想起該給賈老板打個招呼，又折身回來，快步去了用玻璃築成的隔離牆前。

賈老板果然還在等著她。隔了層玻璃，兩人誰也聽不見對方說些什麼。丁小玎只好伸了手指比劃，勸賈老板回家去。賈老板只是搖頭，不知是懂了還是沒懂。比劃一陣，就聽見廣播裡在叫人上飛機，賈老板指指裡面，衝她點了點頭。丁小玎也點點頭，慢慢轉過了身去。就在這時，她看見張河快步跑了過來。她停了停，像是要轉身的模樣，可到底還是穩住了身子，加快步子去了登機通道。

在繫好安全帶，等著飛機起飛時，呂伊芬突然扭了臉，問坐在身旁的丁小玎：「你恨張河嗎？」問罷，自己有了些不好意思，低頭把安全帶撥拉得叮鐺直響。

丁小玎卻沒有在意她的唐突，她盯了飛機的舷窗，淡淡地說：「恨過他，可現在不恨了。在我，什麼都算是過去了。」

呂伊芬這才抬起了頭來，她看著丁小玎，又問：「回國後，我還能找到你嗎？」

丁小玎眼裡就有了酸楚，垂了眼說：「若是我被開除公職，你就很難找我了。賈老板說，若是我不想在大陸待，可以上他妹妹那兒去。他妹妹移居美國二十多年了，他已經同他妹妹說好了給我辦手續。這以前，我一直想去美國。可現在，這個樣子去，我卻拿不定主意了……我欠他的太多，再欠，就得拿我的一生來還。」

說到這兒，就聽空中小姐拿了話筒在喊，說飛機要起飛了，讓大家檢查一下安全帶。話剛落音，飛機便開始發動，兩人就住了嘴，閉眼靠在椅背上，各自想著各自的心思。

飛機很快便衝上了天空。按照慣例，飛機先在城市上空轉了個圈。透過舷窗，丁小玎又看了眼那個像把壺一樣的城市。終於，她忍不住了，輕聲說道：「再見了，菲法拉街。」一旁的呂伊芬聽了，笑笑，伸手過來握住她的手，也說：「再見了，菲法拉街。」說罷，兩個從菲法拉街出來的女人，眼裡都有了些亮晶晶的東西。

三民叢刊書目

㉖	作家與作品	謝冰瑩著
㉗	冰瑩書信	謝冰瑩著
㉘	冰瑩遊記	謝冰瑩著
㉙	冰瑩憶往	謝冰瑩著
㉚	冰瑩懷舊	謝冰瑩著
㉛	與世界文壇對話	鄭樹森著
㉜	捉狂下的興嘆	南方朔著
㉝	猶記風吹水上鱗 ・錢穆與現代中國學術	余英時著
㉞	形象與言語 ・西方現代藝術評論文集	李明明著
㉟	紅學論集	潘重規著
㊱	憂鬱與狂熱	孫瑋芒著
㊲	黃昏過客	沙　究著
㊳	帶詩蹺課去	徐望雲著
㊴	走出銅像國	龔鵬程著
㊵	伴我半世紀的那把琴	鄧昌國著
㊶	深層思考與思考深層 ・轉型期國際政治的觀察	劉必榮著
㊷	瞬　間	周志文著
㊸	兩岸迷宮遊戲	楊　渡著
㊹	德國問題與歐洲秩序	彭滂沱著
㊺	文學關懷	李瑞騰著
㊻	未能忘情	劉紹銘著
㊼	發展路上艱難多	孫　震著
㊽	胡適叢論	周質平著
㊾	水與水神 ・中國的民俗與人文	王孝廉著
㊿	由英雄的人到人的泯滅 ・法國當代文學論集	金恒杰著
51	重商主義的窘境	賴建誠著
52	中國文化與現代變遷	余英時著
53	橡溪雜拾	思　果著
54	統一後的德國	郭恒鈺主編
55	愛廬談文學	黃永武著
56	南十字星座	呂大明著
57	重疊的足跡	韓　秀著
58	書鄉長短調	黃碧端著
59	愛情・仇恨・政治 ・漢姆雷特專論及其他	朱立民著

⑥⓪蝴蝶球傳奇　顏匯增著
・真實與虛構
⑥①文化啓示錄　南方朔著
⑥②日本這個國家　章　陸著
⑥③在沉寂與鼎沸之間　黃碧端著
⑥④民主與兩岸動向　余英時著
⑥⑤靈魂的按摩　劉紹銘著
⑥⑥迎向眾聲　向　陽著
・八〇年代臺灣文化情境觀察
⑥⑦蛻變中的臺灣經濟　于宗先著
⑥⑧從現代到當代　鄭樹森著
⑥⑨嚴肅的遊戲　楊錦郁著
・當代文藝訪談錄
⑦⓪甜鹹酸梅　向　明著
⑦①楓　香　黃國彬著
⑦②日本深層　齊　濤著
⑦③美麗的負荷　封德屏著
⑦④現代文明的隱者　周陽山著
⑦⑤煙火與噴泉　白　靈著
⑦⑥七十浮跡　項退結著
・生活體驗與思考
⑦⑦永恆的彩虹　小　民著
⑦⑧情繫一環　梁錫華著
⑦⑨遠山一抹　思　果著
⑧⓪尋找希望的星空　呂大明著
⑧①領養一株雲杉　黃文範著
⑧②浮世情懷　劉安諾著
⑧③天涯長青　趙淑俠著
⑧④文學札記　黃國彬著
⑧⑤訪草（第一卷）　陳冠學著
⑧⑥藍色的斷想　陳冠學著
・孤獨者隨想錄
⑧⑦追不回的永恆　彭　歌著
A・B・C全卷
⑧⑧紫水晶戒指　小　民著
⑧⑨心路的嬉逐　劉延湘著
⑨⓪情書外一章　韓　秀著
⑨①情到深處　簡　宛著
⑨②父女對話　陳冠學著

- ⑨③陳冲前傳　嚴歌苓著
- ⑨④面壁笑人類　祖　慰著
- ⑨⑤不老的詩心　夏鐵肩著
- ⑨⑥雲霧之國　合山　究著
- ⑨⑦北京城不是一天造成的　喜　樂著
- ⑨⑧兩城憶往　楊孔鑫著
- ⑨⑨詩情與俠骨　莊　因著
- ⑩⓪文化脈動　張　錯著
- ⑩①桑樹下　繆天華著
- ⑩②牛頓來訪　石家興著
- ⑩③深情回眸　鮑曉暉著
- ⑩④新詩補給站　渡　也著
- ⑩⑤鳳凰遊　李元洛著
- ⑩⑥文學人語　高大鵬著
- ⑩⑦養狗政治學　鄭赤琰著
- ⑩⑧烟　塵　姜　穆著
- ⑩⑨河　宴　鍾怡雯著
- ⑪⓪滬上春秋　章念馳著
- ⑪①愛廬談心事　黃永武著
- ⑪②吹不散的人影　高大鵬著
- ⑪③草鞋權貴　嚴歌苓著
- ⑪④是我們改變了世界　張　放著
- ⑪⑤夢裡有隻小小船　夏小舟著
- ⑪⑥狂歡與破碎　林幸謙著
- ⑪⑦哲學思考漫步　劉述先著
- ⑪⑧說涼　水　晶著
- ⑪⑨紅樓鐘聲　王熙元著
- ⑫⓪寒冬聽天方夜譚　保　真著
- ⑫①儒林新誌　周質平著
- ⑫②流水無歸程　白　樺著
- ⑫③偷窺天國　劉紹銘著
- ⑫④倒淌河　嚴歌苓著
- ⑫⑤尋覓畫家步履　陳其茂著
- ⑫⑥古典與現實之間　杜正勝著
- ⑫⑦釣魚臺畔過客　彭　歌著
- ⑫⑧古典到現代　張　健著
- ⑫⑨帶鞍的鹿　虹　影著
- ⑬⓪人文之旅　葉海煙著

⑬¹生肖與童年　小　民著　喜　樂圖
⑬²京都一年　林文月著
⑬³山水與古典　林文月著
⑬⁴冬天黃昏的風笛　呂大明著
⑬⁵心靈的花朵　戚宜君著
⑬⁶親　戚　韓　秀著
⑬⁷清詞選講　葉嘉瑩著
⑬⁸迦陵談詞　葉嘉瑩著
⑬⁹神樹　鄭　義著
⑭⁰琦君說童年　琦　君著
⑭¹域外知音　張堂錡著
⑭²遠方的戰爭　鄭寶娟著
⑭³留著記憶・留著光　陳其茂著
⑭⁴滾滾遼河　紀　剛著
⑭⁵王禎和的小說世界　高全之著
⑭⁶永恆與現在　劉述先著

⑭⑦ 東方・西方

夏小舟 著

東方古老神祕而透徹，溫情而淡漠；西方快樂的吉他演奏悲情的歌。長年浪迹於日本與美國的作者，如同一葉小舟，以其豐富的情感，敏銳地觀察異國生活情趣不同面貌，進而以細膩文筆記錄下來，使讀者能藉由閱讀和其心靈有最深切的契合。

⑭⑧ 嗚咽海

程明琤 著

作者以行世的闊步、觀想的深情，帶領讀者閱歷世界——一同憑弔瑪雅文明的浩劫災難；吟咏廬山的懸松傲柏；繫情塞歌維亞的夕輝斜映；漫遊唐吉訶德的故鄉。更以人文的關懷，心靈的透悟來探思文化、體驗人生、拓昇智慧。

⑭⑨ 沙發椅的聯想

梅新 著

擔任中副總編輯多年，梅新先生經歷了文化界的春去秋來，看多了人事的起伏，由他敏銳的觀察力所發抒成的文字，也更能扣緊時代脈動。本書包含作家訪談、藝文評論、生活自述，透過這些真摯生動的文字，我們彷彿見到一幅筆觸淡雅的文化群相。

⑮⓪ 資訊爆炸的落塵

徐佳士 著

在日新月異的電動玩具之外，您是否亦曾留意到資訊時代來臨在你我生活中所產生的新情境？在傳播媒體提供的聲光娛樂之餘，您是否關心其後所產生的文化衝擊？本書深入淺出為您剖析資訊社會中大眾傳播激盪下的文化省思，值得您細心體會。

⑮ 沙漠裡的狼

白樺 著

像在冷冽的冬夜裡啜飲著濃烈的茶，感受一種在蒼茫大地上，心海澎湃的震顫。那麼地古老、深沈，剎時間，恍若置身廣闊的大漠，一回首，就是長城。這是金鼎獎作家又一直指人性，內容深刻的作品，請您在一個適合沈思的夜晚，漫步中國。

⑫ 風信子女郎

虹影 著

一本能深刻引起讀者共鳴的小說，其必然與人世現實生活有著緊密的關連。本書作者秉持著對人的命運的關切，遠勝於對以往藝術形式的關注，賦予了文學創作的生命。從本書作者對人物刻劃描述的過程中，可窺知作者對此一理念的堅守。

⑬ 塵沙掠影

馬遜 著

生命的旅途中，有許多可掌握的機運，但似乎一半早已註定……。馬遜教授從故鄉到異國求學，最後來臺定居，繼而與佛結了不解之緣。滿懷豐富的情感，細膩的筆觸，深刻的寫下了旅赴歐美等地之點滴情事，而念舊懷恩之情愫亦時時浮現於文中。

⑭ 飄泊的雲

莊因 著

歲月的洗禮，在人們內心深處烙印著痛苦、悲哀、快樂與美好的回憶。由於時代的變動、戰爭的摧折，作者歷盡滄桑的輾轉遷徙，使那些漂流不定、幻化多變的過往，煥發出人生的智慧。就讓我們乘著飄泊的雲，領會「知足常樂，隨遇而安」的生活哲理。

⑮和泉式部日記

林文月 譯・圖

本書為日本平安時代文學作品中與《源氏物語》、《枕草子》鼎足而立的不朽之作。書中以簡淨的日記形式，記錄了一段不為俗世所容的戀情。優美的文字，纏綿的情詩，展現出愛情生活中細膩的起伏感受與歡愁，穿越時空，緊扣你我心弦。

⑯愛的美麗與哀愁

夏小舟 著

愛情之於女人，常常是引誘飛蛾撲火的明燈，是絢麗的毒花，可女人偏偏渴望愛情。作者列舉許多男女的愛情、婚姻故事，郎才女貌未必幸福，摯情摯愛未必有緣，只是男人與女人之間如同萬物的規則，一物降一物，鹵水點豆腐，魔高一尺，道高一丈。

⑰黑月

樊小玉 著

丁小玎隨著所在的中國公司到國外做勞務承包。因為是公司的英語翻譯，加上辦事勤快，見了人又總是一個柔柔和和的笑，於是很快就引起當地大部分男人的注意；而小玎能否在心儀的外交人員與愛慕自己的餐廳老闆間找到最後情感的歸宿？……

⑱流香溪

季仲 著

作者透過一群「沿江吉普賽人」在流香溪畔發生的動人故事，牽引出現代觀念與傳統文化的價值矛盾、中日文化的碰撞衝突、人與自然的挑戰，以及善與惡的拉扯等；全書行文時而如行雲流水，時而又如波濤洶湧，讀來意趣盎然，發人深省。

⑮⑨ 史記評賞

賴漢屏 著

司馬遷《史記》一三〇篇，既是「究天人之際，通古今之變」的史學鉅著，也是我國古代傳記文學的精華。本書作者自幼即喜讀《史記》，從師學習，如今蘊藉已深，以其深厚的治學基礎，發為見解獨具的文采手華，帶領讀者一探《史記》博雅的世界。

⑯⓪ 文學靈魂的閱讀

張堂錡 著

文學的力量使孤寂的心靈得到慰藉，貧乏的人生變得富有，唯有肯駐足品味的人才能透晰其所傳達出最深藏的祕密。本書共分三輯，窺視文學蘊含的殷情深意；感受其求新求變以及對大環境的價值。各自激發不盡的聯想與深沈的感動。

⑯① 抒情時代

鄭寶娟 著

在平淡無奇的生活中，你可曾留意生命中點點滴滴不平凡的小故事？作者以其平實的筆觸，刻劃出看似平凡卻令人難以遺忘的人生軌跡，你我都可能身在其中。書中情節所到之處，或許平凡、或許悲傷，但卻也不時充滿著生命的躍動，值得細細體會。

⑯② 九十九朵曇花

何修仁 著

人生有多少夢境會在現實中重複出現？夢境中，是山間的樵歌？是白雲間的群雁？還是昔日遠方純樸、悠閒的鄉漫步？作者來自屏東，以濃郁深摯的筆調，縷縷細述人生中最動人的記憶，伴隨你我步履於南臺灣的舊日情懷，一同感受人間最純摯的情感。

⑯③ 說故事的人

彭歌 著

這是作者多年來觀察文壇、社會與新聞界的肺腑之言。輯一故事與小說自不同角度探討小說寫作；輯二人與文刻劃出許多已逝人物卓然不凡的風範；輯三海外生涯則寫遊記、觀賞職籃等旅居海外之觀感。讀了此書，彷彿親身經歷了一趟時空之旅。

⑯④ 日本原形

齊濤 著

從明治維新以來，日本的一舉一動都對世界有著深遠的影響，尤其對臺灣來說，其影響更是巨大。作者長期旅日，摒除坊間「媚日」或「仇日」的論調，以客觀的描述，剖析日本的現形。對想要了解日本時勢與脈動的人來說，是不得不看的一本好書。

⑯⑤ 從張愛玲到林懷民

高全之 著

作者以嚴謹誠虔的態度，客觀分析的筆調，來評論臺灣當代小說，深深讓讀者了解近代文學的特點，進而深入九位作者的作品中，提供一些深刻的創見，帶領你我欣賞文學的美與實，進而體驗文學對生命喜悅、悲哀等生動的描述。

⑯⑥ 莎士比亞識字不多？

陳冠學 著

莎士比亞識字不多！一直以來被誤認是個偉大的作者。讀過本書，應能還莎士比亞一個清白，他絕對不是一個掠美者。這把聖火在臺灣重新點燃，希望將來這聖火能夠由臺灣再度傳回英國，傳到世界各地，也好讓莎士比亞的靈魂得到真正的安息。

⑯⑦ 情思・情絲

龔華 著

「妳，像野薑花；清香，混合在黎明裏，催我甦醒。沒有妳，我睜不開眼睛，走進陽光的世界。她，是我在黃昏裏，永遠踩不到的影子。像夜來香，惑我走進黑夜的濃郁……」本書集結了龔華在〈中副〉發表的散文，篇篇情意真摯，意境深遠，值得細細品味。

⑯⑧ 說吧，房間

林白 著

一個是離婚、失業的中年婦女，一個是愛熱鬧的單身貴族。兩個背景、個性迥然不同的女子，為何會發展出一段患難與共的交情？且看兩個女子的心情告白。本書在作者犀利細膩的筆調下，深刻描繪出都會女子的愛恨情仇、悲歡離合，值得細細品味。

國家圖書館出版品預行編目資料

黑月／樊小玉著.--初版.--臺北市：
三民，民86
面；　公分.--(三民叢刊;157)
ISBN 957-14-2705-5 (平裝)

857.7　　86013044

國際網路位址　http://sanmin.com.tw

著作人　樊小玉
發行人　劉振强
著作財產權人　三民書局股份有限公司
臺北市復興北路三八六號
發行所　三民書局股份有限公司
地　址／臺北市復興北路三八六號
電　話／五〇〇六六〇〇
郵　撥／〇〇〇九九九八——五號
印刷所　三民書局股份有限公司
門市部　復北店／臺北市復興北路三八六號
重南店／臺北市重慶南路一段六十一號
初　版　中華民國八十六年十一月
編　號　S 85375
基本定價　叁元肆角
行政院新聞局登記證局版臺業字第〇二〇〇號

ISBN 957-14-2705-5 (平裝)